中央高校基本科研业务费专项资金资助（项目编号RW2014-09）

苏珊·桑塔格
徘徊在唯美与道德之间

朱红梅◎著

知识产权出版社
全国百佳图书出版单位

图书在版编目（CIP）数据

苏珊·桑塔格：徘徊在唯美与道德之间/朱红梅著. —北京：知识产权出版社，2018.6
ISBN 978-7-5130-5504-8

Ⅰ.①苏… Ⅱ.①朱… Ⅲ.①苏珊·桑塔格—文学研究 Ⅳ.①I712.065

中国版本图书馆CIP数据核字（2018）第061277号

内容提要

苏珊·桑塔格（1933—2004）是美国当代声名卓著的文艺批评家、小说家和公共知识分子，著作等身。从20世纪60年代至今，她的批评文字和文学作品几经嬗变，在国际文坛享誉已久。本书通过梳理桑塔格从20世纪60年代到其去世后所出版的作品，审视她的文艺思想和创作方法从激进回归现实的流变，分析她的文艺批评在形式与内容、唯美与道德等关系方面所做的思考与变化，勾勒出她的小说创作从实验派向历史现实转变的思想轨迹，并探讨她女权思想和她笔下具有双重命运的女性形象，以此还原她作为一个徘徊于唯美与道德之间、形式与内容之间的现代主义者的本真样貌，以此管窥过去的半个世纪间现代主义文艺批评与创作在欧美的发展与变迁。

责任编辑：陈晶晶　　　　　　　　　责任出版：孙婷婷

苏珊·桑塔格：徘徊在唯美与道德之间

朱红梅　著

出版发行：知识产权出版社 有限责任公司	网　　址：http://www.ipph.cn
社　　址：北京市海淀区气象路50号院	邮　　编：100081
责编电话：010-82000860转8391	责编邮箱：shiny-chjj@163.com
发行电话：010-82000860转8101/8102	发行传真：010-82000893/82005070/82000270
印　　刷：北京虎彩文化传播有限公司	经　　销：各大网上书店、新华书店及相关专业书店
开　　本：720mm×960mm　1/16	印　　张：13.75
版　　次：2018年6月第1版	印　　次：2018年6月第1次印刷
字　　数：207千字	定　　价：56.00元
ISBN 978-7-5130-5504-8	

出版权专有　侵权必究
如有印装质量问题，本社负责调换。

目　录

序 ……………………………………………… 王　宁（Ⅰ）

导　论 …………………………………………………（1）

第一章　学院派之外的知识分子：桑塔格生平与述评 …………（11）

　　第一节　桑塔格生平纪略 ……………………………（12）

　　第二节　桑塔格的文艺批评与文学创作研究述评 ………（21）

　　本章小结：桑塔格研究综述和拓展空间 ………………（37）

第二章　美学与道德的交织：桑塔格文艺批评纵论 ……………（39）

　　第一节　激进意志的样式：20 世纪 60 年代的文艺批评 …（40）

　　第二节　美学表象与道德隐喻的互文：20 世纪 70 年代的文艺批评

　　　　　………………………………………………………（61）

　　第三节　反思与重估：20 世纪 80 年代之后的文艺批评 ……（80）

　　本章小结：后期现代主义抑或现代主义之后 ……………（92）

第三章　从先锋派回归历史感：桑塔格的小说创作 ……………（99）

　　第一节　存在与虚无：20 世纪 60 年代的小说创作 ………（100）

　　第二节　融入多种形式的社会议题：桑塔格短篇小说研究 …（108）

　　第三节　现代对历史的穿越：《火山恋人》与《在美国》………（120）

　　本章小结：诉诸文学的"激情之思想" ……………………（133）

第四章　从双重标准到双重命运：桑塔格笔下女性众生相 …… （137）

　　第一节　性别的"双重标准"：论女性主义及女性写作 ……（139）

　　第二节　从沮丧到和解：《床上的爱丽斯》中的女性命运魔咒 …（149）

　　第三节　生如夏花：《火山恋人》与《在美国》中的女性形象 …（160）

　　本章小结：双重标准决定双重命运 ……………………………（170）

第五章　美学家品位、道德家情怀：桑塔格的文化定位 ………（173）

结　语 ………………………………………………………………（184）

参考文献 ……………………………………………………………（188）

附录：桑塔格生平及著作年表 ……………………………………（198）

后　记 ………………………………………………………………（204）

献给

我的父亲

(1937—2017)

序

王　宁

在目前的中国学界，人们常常会有这样一种看法，即在当今的美国文学批评界，所有风行的理论都是从欧洲大陆进口的，因为美国本土并不产生批评理论。仔细想来，这种看法既对又不对：自20世纪初以来逐步发展壮大起来的美国的各种学院派批评理论确实大多是从欧洲大陆引进的，但是这些本来影响仅限于欧陆，有时甚至仅限于法语或德语世界的批评理论，一经在北美登陆，就对美国的文学批评产生了巨大的影响，进而通过英语这一中介迅速走向世界，成为具有普世意义的文学和文化批评理论。凭心而论，中国在改革开放的年代里从西方引进的大多数批评理论都是通过英语世界的中介进入中国的，这一点无论是从精神分析学、新马克思主义还是现象学、解构主义等批评理论在中国的风行中可见其端倪。那么人们要问，它不对的方面又体现在哪里呢？我认为，恰恰在于人们往往忽视了美国本土发展壮大起来的与文艺创作密切相关的一些游离于学院派之外的批评流派和批评家的影响。而且说实话，这支批评力量涉及的范围更广，他们常常在发行量很大的文学和文化类刊物，诸如《纽约书评》《党派评论》《肯庸评论》《纽约客》等杂志上发表评论文章。由于他们笔锋犀利，文字潇洒，往往更具可读性，因此对大众读者的影响或许更大。我们今天研究美国的文学理论批评，应该对这两股批评力量分别给予恰当的和实事求是的描述和评价。两年前，我在为美国学院派批评家和比较文学学者文森特·里奇（Vincent Leitch）的专著《20世纪30年代至80年代的美国文学批评》（王顺珠译，北京大学出版社，2013年版）的中译本撰写的"序"中也提到，该书在中国的出版将对我们正确全面地评价美国现当代文学批评有着很大的帮助，同时也可供我们在评价中国当代一些游离于学院派批评之外的批评家的成就时提供参考借鉴。

既然我们在评价美国的文学批评时不应忽视上述批评流派的作用,那么我们就可以这样认为,美国的文学批评基本上有着两条平行的发展线索:其一是出自本土的文学创作并与之关系十分密切且带有鲜明的人文关怀的文学和文化批评,这在(早期的)马克思主义批评、"新批评"、芝加哥学派、纽约知识分子等学派中可以发现。沿着这一条发展路径,我们不难见到这样一批蜚声文坛的大批评家的名字:埃德蒙·威尔逊(Edmund Wilson, 1895—1972)、马尔科姆·考利(Malcolm Cowley, 1898—1989)、莱昂内尔·特里林(Lionel Trilling, 1905—1975)、欧文·豪(Irving Howe, 1920—1993)、阿尔弗雷德·卡津(Alfred Kazin, 1915—1998)、苏珊·桑塔格(Susan Sontag, 1933—2004)等,他们中的一些人虽然已不大为当今的学院派批评家所提及,但在广大读者中仍有着不可忽视的影响。里奇也许是美国学者中少数对这些批评家给予特殊关注者之一,他充分地认识到了他们的批评价值,并给予了恰如其分的评价。另一条则是与欧陆的各种文学以外的理论有着直接渊源关系的学院派理论批评,如现象学、存在主义批评、阐释学、读者反应批评、文学结构主义与叙事学、解构主义批评、女权主义批评等。即使这些批评理论大多源于欧洲大陆,但在美国的语境下,它们都发生了变异,并且各自显示出其独特的风格,甚至为这些批评理论的进一步走向世界起到了不可或缺的中介作用。我们从中国的视角出发同时关注和研究这两类批评家的批评理论与实践无疑具有十分重要的意义,因为我们可以借鉴产生于美国本土的批评家的成就来创造性地打造我们中国自己的文学和文化批评学派,并使之具有国际影响。也许在很大程度上出于这一目的,我从一开始就支持并鼓励朱红梅博士以桑塔格作为自己的研究对象撰写博士论文。

确实,桑塔格是一位不属于任何特定的批评流派的重要批评家,而且,与一般的学院派批评家不同的是,她在文学创作方面也取得了世人瞩目的成就。因此,红梅将这样一位创作和著述生涯极其复杂的人物定位在"唯美与道德之间"无疑是比较准确的。正如她在全面评述了桑塔格的批评生涯和特色后总结的,"桑塔格是游离于学院派之外的批评家和小说家,并未加入任何理论阵营或文学流派。她在四十年间的文艺批评和文学创作过程中对艺术复

序

杂性的体察、她本人在批评视角和创作理念上的流变，使得任何以单一的理论对她的作品进行的阐释都难免牵强。"这也许正是桑塔格这位特立独行的批评大家的不同凡响之处。虽然美国的学院派批评对她并没有那么重视，但是由一位中国学者以她作为博士论文的研究对象无疑是从另一个跨文化和跨学科的角度对这位多才多艺的作家和批评家的学术肯定。我想这应该是本书的一个重要学术价值。

正如书中所介绍的，桑塔格虽不是出生在中国，但是她母亲在中国时就怀上了她，这就命定了她与中国文学和理论批评界的不解之缘。她在成名后数次访问中国，并以其创作和批评著述对中国文学创作和理论批评也产生了一定的影响，引起了一些中国学者的关注和研究。实际上，对桑塔格的全面考察和研究还远远不够，因为正如我们所知道的，对于她这样一个拒绝被贴上任何标签的作家，回归她的作品本身看她的思想变迁，怀着好奇和敬意来阅读她的文本，尽量客观公正地审视她传达的信息，以求尽可能贴近她的本真样貌。桑塔格有着多重身份，她身兼批评家、小说家、戏剧家、社会活动家、电影制片人和导演等数职，并且在几乎每一个她涉足的领域内都有着很深的造诣和较大的影响。即使作为一位文艺批评家，她在文学艺术的王国里也涉猎极广：文艺批评、文化阐释、美学思想、现代主义、女性主义、法西斯主义、摄影、绘画、舞蹈、电影、音乐、戏剧、癌症、艾滋病等诸多领域都有她留下的足迹。此外，她在 20 世纪 60、70 年代的后现代主义讨论中也是一位举足轻重的人物，一些后现代主义研究者从她对先锋实验的迷恋认为她是早期的后现代主义者，而她自己则更加认同现代主义的艺术观。因此对这样一位复杂的人物的全面研究难免挂一漏万。显然，红梅也认识到了这一点，因此她便着重研究作为一位文学批评家的桑塔格的批评理论，因为在她看来，桑塔格关注的核心主要是文学，"无论是文艺批评，还是社会议题，即使在谈论摄影、疾病等非文学现象时，她也是大量援引世界文学中的事件予以佐证。"此外，作为一位女性学者来讨论同样是一位女性的思想家和批评家，作者始终从学术的角度力求客观公正地评价桑塔格在美国文学及批评史上的地位和贡献。在作者看来，"桑塔格不屑谈论理论化的女性批评，不承认女性写作必须有女性特征，她更多的是从现实角度谈论女性如何摆脱社会性别角色和解放自己。她深知社会对男女两性采取双重标准，从而导致了女性有着双重命运：作为人的命运和作为女人的命运。"但是桑塔格作为一个女人，或者更确切地说，一位女性知识分子，她是无论如何也摆脱不了女性主义运动的干系的。因此，桑塔格不属于那些仅仅玩弄理论概念的女性主义批评家，而是一位有着社会责任感和人文关怀的女性知识分子。可以说，作者的目的基本上达到了，我们将在书中看到一个有血有肉、具有多重身份和人格特征的女性思想家和批评家的身影。

当然，用任何简单的标签将这位复杂的思想家归类都难免有所偏颇。因此作者最终决定将桑塔格锁定在"唯美和道德之间"，即作为一位艺术家，她有着现代主义的唯美主义审美理想，追求感性，同时作为有着强烈的伦理道德感的公共知识分子，她又不无正义感，敢于对一切社会不公正现象提出自己的尖锐批评。这后一点也是人们很难将她归为"后现代主义者"之列的一个重要原因。我以为桑塔格对我们中国的知识分子和文艺批评家也有着重要的意义，因为在我们这个时代，伴随着商业大潮和物欲横流，人们的道德观念和审美理想逐渐淡化，因此我们完全可以从桑塔格的著述中得到某种启示和激励。这也正是本书的价值和意义所在。如果这本书的出版能够对国内的桑塔格研究有所推进，作者也就应该感到告慰了。是为序。

导 论

一、苏珊·桑塔格：过早问世的传奇

巴黎的南郊，有一片绿草如茵的墓地，名为蒙帕纳斯公墓（Monteparnasse Cemetery）。自19世纪以来，有众多文坛巨擘安眠于此。在林立的墓碑上可以发现这些熠熠生辉的名字：波德莱尔（Charles Pierre Baudelaire，1821—1867）、莫泊桑（Guy de Maupassant, 1850—1893）、萨特（Jean-Paul Sartre, 1905—1980）、波伏瓦（Simone de Beauvoir, 1908—1986）、贝克特（Samuel Beckett, 1906—1989）、尤内斯库（Eugene Ionesco, 1909—1994）、杜拉斯（Marguerite Duras, 1914—1996），齐奥兰（Emil Cioran, 1911—1995），阿隆（Raymond Aron, 1905—1983），等等。如果说英国伦敦泰晤士河畔古老的威斯敏斯特教堂的"诗人角"（Poets' Corner）是众多英国古典主义、浪漫主义、现实主义文豪的长眠之地，那么蒙帕纳斯公墓则是法国现代主义大家的亡魂际会之所。

2005年1月17日，有一位美国女性入葬蒙帕纳斯公墓，从此这里多了一处值得凭吊的墓碑。她就是苏珊·桑塔格（Susan Sontag, 1933—2004）。孕育于中国、出生于纽约、成长于加州、受教于芝加哥、定居于纽约，桑塔格最终埋骨于她的第二故乡——巴黎，与她生前念兹在兹的现代文学巨匠们比邻而眠。

在这群星灿烂的墓地，苏珊·桑塔格这块招牌并不黯然失色。她名下有着诸多头衔：美国当代著名文艺批评家、小说家、形式主义美学家、先锋派作家、剧作家、电影制作人、社会活动家、政治活动家、声名卓著的公共知识分子、"美国文坛黑女郎""美国公众的良心"，与西蒙娜·波伏瓦、汉

苏珊·桑塔格：徘徊在唯美与道德之间
Susan Sontag: Besotted Aesthete, Obsessed Moralist

娜·阿伦特并称为西方当代最重要的女知识分子，等等。早在1969年，美国老牌政论与文论期刊《党派评论》（*Partisan Review*）的主编威廉·菲利普斯（William Phillips）就对桑塔格做了如下评论：

> 当代作家中，苏珊·桑塔格所受到的批判和追捧都是无与伦比的。如果我们可以撇开那些竭力从她身上挖掘文化含义的研究者不谈，也许可以看清真正的桑塔格，而她业已被塑造成为一种象征。看清她并不容易，因为她的本真样貌还未发育成熟，众人已经给她设置好了固定形象——像一个过早问世的传奇。❶

20世纪60年代，刚过而立之年的桑塔格即以《党派评论》为主要阵地、以风格犀利的文艺批评开始了自己的"传奇"。时隔半个世纪，在桑塔格本人已然作古十余年之后，这个传奇依然继续流传。即使桑塔格从70年代开始对她在60年代的批评观点做出了很大调整和改变，然而在大多数研究者眼中，她始终是代表60年代激进文化变革的先锋人物、是推崇形式重于内容的唯美主义者。她后期的文艺批评，由于不像60年代那么旗帜鲜明，因此并没有达到重塑"偶像"的效果；而她最看重的文学创作，几乎也都沦为了她文艺批评的文学注脚。美国的学院派研究者们对她颇不以为然，因为她不是任何思想流派的一员，常年驻足欧洲，与美国本土的作家和理论家保持距离。大众所见的桑塔格是个一身黑衣且经常在《名利场》《Vogue》等时尚杂志上露脸、在电视上接受访谈、不断抨击美国政府好战政策的公知斗士与文化明星。

桑塔格生前曾在访谈中对加在自己身上的诸多标签予以驳斥或修正，希望澄清自己的本真样貌。就像她早年提出的"反对阐释"批评视角一样，她也反对别人根据她在某个特定文化语境下提出的某些特定观点，对她进行断章取义的解读。1995年，她接受《巴黎评论》的采访时说："很显然，对我早期的文章我现在并不完全赞同。我已经变了，我知道得更多了。当年激发

---

❶ Phillips, William. Radical Styles [J]. Partisan Review, 1969 (Summer): 388.

我写那些文章的文化背景也全然改变了。"❶ 而在同年她的一篇文章《单一性》("Oneness")中，她更是试图辨别作为作家的自我与真实的自我之间的分裂与统一。

> 每个作家——当他或她的劳动产出了一定数量的作品以后——都会觉得自己既是弗兰肯斯坦博士又是那个怪物。因为，虽然初写者未必个个都觉得自己窝藏着一个隐秘的同伙，但是继续写作生涯的人肯定会被那个想法吸引。还有更长久地写下去的人。到如今，这于我便成了一种角色：容忍对早年作品的星星点点的疏离感受并尽力不去注意它们，尽管时间以及更多的作品必然使这疏离感更趋严重。这也游戏般地证实了内在（写作的狂喜和艰辛）与外在（堆积的误解以及构成声名和美誉的种种脸谱化形象）之间的令人愕然的差距。这一角色宣布说：我不是（他人心目中的）那个形象。❷

桑塔格在《单一性》里坦陈自己在作家生涯中曾有的不可回避的挫折感与使命感。她所走的道路迥然不同于当今大多数文艺研究者：她不是学院中人，而是自由撰稿人，以写作为生，不受任何官方机构的固定资助和庇护；她没有建立系统的文艺批评理论，也没有把自己归于某个思想派别的门下。正因如此，40年间，桑塔格始终保持着自由、独立的知识分子情怀，积极参与时事，身兼批评家、小说家、戏剧家、社会活动家、电影制片人和导演等多种身份，涉猎文艺批评、文化阐释、美学思想、现代主义、女性主义、法西斯主义、摄影、绘画、舞蹈、电影、音乐、戏剧、癌症、艾滋病等诸多领域。她的思想和观念是发展的、批判的、辩证的、多层面的，这是她在文坛数十年保持鲜明个性和文化魅力的原因之所在，也是笔者选择她作为研究对象的重要出发点。

---

❶ Rollyson, Carl. Reading Susan Sontag: A Critical Introduction to Her Work [M]. Chicago: Ivan R. Dee, 2001: 183.

❷ 苏珊·桑塔格. 重点所在[M]. 陶洁, 黄灿然, 等译. 上海：上海译文出版社, 2004: 310.

从 20 世纪 60 年代到 21 世纪，桑塔格用她的文字记录下了一个美国知识分子在这期间的感受与反思，其中有前瞻与回顾，有热情与绝望，诉诸于她对文学和艺术的热爱之中。笔者希望从整体研究的角度，对这位备受争议与误读的文化偶像做出较为切实的文学解读，探究她如何在美学和道德之间徘徊不定，如何以她的文艺批评和文学创作来实现文学家的"预言、批评甚至颠覆的任务"[1]。

二、研究内容

与以往研究者看重桑塔格作为美学家所提出的文艺批评观点不同，本书要强调的是桑塔格对自己的定义。她自称是个"沉醉的美学主义者"（besotted aesthete）、"痴迷的道德主义者"（obsessed moralist）、"狂热的捍卫严肃者"（zealot of seriousness）[2]。以上三重定义是了解桑塔格的文艺思想和文学创作的根本，忽视其中任何一点都可能对她做出偏颇的结论。因此，本书的研究重点是从整体上把握桑塔格的文艺观的变迁和创作历程，既要关注她在唯美与道德之间的徘徊，又要关注她一以贯之的严肃性。唯有把这三者结合起来，才能理解一个真实的桑塔格，理清她在不同时期对美学和道德的不同程度的结合与偏向。诚如桑塔格之子戴维·里夫（David Rieff, 1951— ）在她去世后对她的评价：

> 人们有时在谈论母亲的著作时说，她在美学主义与道德主义、美与伦理之间左右为难。她的任何有眼光的读者都会看到这方面的力量，但我认为更敏锐的评说会强调她著作中的不可分割性。她写道："我要冒昧地说，从一生深刻而漫长地接触美学（过程中）所获

---

[1] 苏珊·桑塔格. 同时：随笔与演说[M]. 黄灿然，译. 上海：上海译文出版社，2009：236.

[2] Sayres, Sohnya. Susan Sontag: The Elegiac Modernist [M]. New York and London: Routledge, 1990: 23.

得（的）智慧，是不能被任何种类的严肃性所复制的。"❶

美学与道德的不可分割是桑塔格文学生涯的经纬线，是厘清她毕生文艺思想和文学创作的主体脉络。她对美学的追求体现在对形式、风格和感受力的推重上，对道德的执着则体现在对内容、意义、艺术之独立、文学之自由等文艺伦理的考量上。本书在考察国内外对桑塔格的研究基础上，鉴于既有研究的不足之处，具体从以下三方面对桑塔格的平生著作做出解析。

（一）美学与道德的交织：文艺批评纵论

桑塔格最令人瞩目的成就是文艺批评。虽然她更看重自己的文学创作，但不可否认，她的批评成就要高于文学创作。文艺批评最能集中反映桑塔格的文艺思想和文学品位。因此，本部分将以时间为序，分三个阶段讨论桑塔格的文艺批评，即20世纪60年代以"反对阐释"为口号的形式—内容之辩、70年代对有关摄影和疾病的表象—隐喻分析、80年代之后对于文艺领域美学—道德的最后思考，重点分析桑塔格在不同阶段文艺观点的异同变化。本部分将缕析桑塔格从前卫向历史感的回归，指出她在反后现代主义情绪下蕴含的"现代主义之后"的怀旧情结，表现为她在形式上对现代主义审美感受力的赞赏与继承、在内容上对现代主义富于深度的思想资源的追悼与反思，还体现在她对当代甚嚣尘上的消费文化的抵触与抨击。桑塔格的文艺批评与学院派理论保持一定的距离，她采用随笔为写作文体，对作家作品的分析是个体与个体之间的阅读和交流，不同于理论先行、文本验证的学术研究模式。

（二）从前卫回归历史：小说创作研究

本部分是对桑塔格文学创作进行整体研究，分三节对她的四部长篇小说和一部短篇小说集进行文本细读，着眼点是这些作品的形式（叙事策略）与内容（思想感情）之间的表现关系。桑塔格的文学创作呈现出与文艺批评相

---

❶ 苏珊·桑塔格. 同时：随笔与演说[M]. 黄灿然，译. 上海：上海译文出版社，2009：5.

类似的发展轨迹：60年代以形式与虚无为主要表现方式的先锋派小说创作，70、80年代的短篇小说创作，90年代回归现实的历史小说创作。桑塔格的小说创作与她的文艺观有着互文关系，60年代的两部长篇小说《恩主》和《死亡之匣》是她抛开现实、形式至上的"反对阐释"理念在文学创作上的体现。在70、80年代的文学创作中，桑塔格尝试了多种叙事方式，并与自身经历和社会议题相结合，写出了多篇形式多样、质量上乘的短篇小说，尤以反映艾滋病恐慌的《我们现在的生活方式》最为突出。及至90年代，桑塔格从历史中寻求灵感，写出了她自己最满意的长篇小说《火山恋人》以及获得美国图书奖的最后一部长篇小说《在美国》。桑塔格把她的现代意识带入这两部历史小说，赋予了历史故事以新的视角。在这些小说中依然可以看见桑塔格对美学、道德、艺术的复杂性、现代性、消费文化等主题的思考。

（三）女性主义解读：桑塔格笔下的女性众生相

本部分集中解读桑塔格的女权言论和文学创作中的女性形象。女性主题独立于桑塔格以欧洲现代主义文艺思想为根基的批评范畴，需要另立篇章加以阐述。作为游离于学院派之外的批评家，桑塔格没有把自己归属在任何一种文艺理论的门墙之下，对女性主义理论避而远之。但桑塔格本人是个天生的女权主义者。她不仅身体力行女权思想，成为独立自强的女性知识分子楷模，而且她关怀女性在男权社会中的地位和遭遇，将之反映到她的言论和文学创作中。本章以她70年代有关妇女地位的文章和访谈为资料，总结桑塔格立足于社会现实的女权思想以及她对女性写作的看法、对社会和对男女两性所持的"双重标准"的批判。然后以她的舞台剧《床上的爱丽斯》和两部长篇小说《火山恋人》和《在美国》为主，分析其中的女性命运。本章尤以桑塔格在为意大利女作家安娜·班蒂的小说《阿尔泰达西亚》所写的导言中提出的女性的"双重命运"为参照，以此揭示桑塔格笔下的女性——尤其是有才华、有天分的知识女性——在男性为主导的社会中所受到的压制和禁锢。

以上三小节分别对桑塔格的文艺批评、小说创作和女权思想进行整体研究，试图较为清晰地勾勒出桑塔格文艺思想的发展轨迹，以她的文艺观和文学创作的变迁来证明她在美学与道德之间的流连，借此总结出桑塔格的文化定位，展示其所具有的美学家品位和道德家情怀。

三、研究方法

艾布拉姆斯在他的名著《镜与灯：浪漫主义文论及批评传统》中总结了文学批评的四要素：作品、作者、世界和读者，而"批评家往往只是根据其中的一个要素，就生发出他用来界定、划分和剖析艺术作品的主要范畴，生发出借此评判作品价值的主要标准"❶。以此为参照，桑塔格早期"反对阐释"的批评理念是以"作品"为主，排斥"世界"对文本的干预，反对社会文化批评理论对文本的过度挖掘，倡导对文本形式和风格的重视。后期桑塔格的文艺观回归现实，增加了社会意义在文学作品中的分量，她做文艺批评是作为一个赞赏而挑剔的读者对她所看重的作家作品本身进行感悟性阅读和品评，绝不套用单一的理论模式来阐释文本。鉴于桑塔格本人的阐释风格，本书的研究方法遵循"反对阐释"的理念，尝试真实地再现她本人的文艺批评和文学创作原貌，尽力提供新而全的桑塔格研究资料，避免以单一的理论来附会桑塔格几经变化的文艺思想。具体而言，本书有以下四种考量方法。

（一）回归文学

桑塔格身兼批评家、小说家、戏剧家、社会活动家、电影制片人和导演等多种身份，涉猎文艺批评、文化阐释、美学思想、现代主义、女性主义、法西斯主义、摄影、绘画、舞蹈、电影、音乐、戏剧、癌症、艾滋病等诸多领域。但文学是她关注的核心，无论是文艺批评，还是社会议题，即使在谈论摄影、疾病等非文学现象时，她也是大量援引世界文学中的事件予以佐证。桑塔格一生最看重的是文学阅读与文学创作。2003年，桑塔格在接受德国图书交易会"和平奖"时，曾如下宣称自己对文学的热忱："文学可以告诉我们世界是什么样子的。文学可以给出标准和传承知识，以语言、以叙述来体现。文学可以训练和强化我们的能力，使我们为不是我们自己或不属于我们的人

---

❶ 艾姆拉姆斯 M H. 镜与灯：浪漫主义文论及批评传统[M]. 丽稚牛，张照先，童庆生，译. 北京：北京大学出版社，1989：6.

哭泣。"[1] 有鉴于此，本书将研究重点限定在文学范畴内，以她的文艺批评和文学创作为主要研究对象。目前国内外尚无专著系统地梳理桑塔格在文艺批评和文学创作上的发展过程，本书希望在这方面有所贡献。

（二）回归文本

文本是文学研究的基本资料，由文本上升到理论高度进行阐释固然是文学研究的重要方法，而脱离原文、过度阐释则往往会扭曲文本的原意。当前桑塔格研究的一个缺陷，即缺乏文本细读，尤其是对她文学作品的详细解读。桑塔格非常注重文学形式与内容的结合，她的小说和剧本充分体现了她在文艺批评中对写作形式和文学意义的追求。因此，本书将对桑塔格的文艺批评与文学作品做仔细解读，并相互映射，以解析她文学创作的形式与意义。把她的批评思想和文学创作思路对照起来，印证她文学观的变迁、在文学形式与意义之间的关联、对社会议题的关切，以及她作品中的女权思想。桑塔格去世已有十余载，但她的著作仍在陆续出版，这些作品为本研究完整地探索她的文学历程提供了充分的文本材料。以她生命后期的文本来反观她一生的文学理念，在当前研究中尚不多见，本研究试图填补这个空白，较为完整地呈现桑塔格所有的重要文本和观点。

（三）回归作者

眼下桑塔格研究的一个有趣现象是：她被严重地"标签化"了；她留给研究者的印象总是 20 世纪 60 年代的先锋派代表人物、后期现代主义的代言人、前期后现代主义的探路者。尤其是她"形式主义美学家"的称谓，占据了大部分学者的研究视野。虽然研究者们也曾注意到她在 70 年代之后发生的思想转变，但目前很少有研究成果整体考察过这一变迁历程。事实上，随着时代的前进和文化氛围的变化，桑塔格本人对自己曾经的言论和文字都在不断地做着再思考、重新定位和自我扬弃。研究者注目于她在特定时期、特定

---

[1] 苏珊·桑塔格. 同时：随笔与演说[M]. 黄灿然, 译. 上海：上海译文出版社, 2009：208.

语境下的观点进行深度挖掘固然有其学术意义，而追随作者思想变迁的足迹、历时性地考察作者对自己文学观的反思，也是一种具有学术价值的文学研究方法。虽然桑塔格非常推崇的法国文论家罗兰·巴特提出了"作者之死"（the Death of the Author），即不追寻或依赖作者的意图来解读文本的批评方法，但笔者认为，桑塔格个性鲜明，喜欢以无拘束的随笔方式进行文学创作，尤其是她在后期创作中更多地将自己的经验和思考纳入作品里，其作为"文化偶像"的人格魅力与文字魅力等同，是我们研究西方知识分子发展历程的绝好样本。因此，本研究将最大限度地让作者"复活"，澄清桑塔格文艺批评和文学创作的思路与意图，还原她作为美学家和道德家的思想情怀。

（四）回归人文精神

文学研究的终极追求是什么？在如今文学研究多元化的背景下，这个问题很难有唯一的答案。笔者认为，文学研究终究不应脱离对意义和精神世界的追求，即对人文精神的弘扬。这里说的"人文"，指的是以人为本的入世精神，是文学对于"真""善"的追求，对道德和伦理的坚守。桑塔格以形式美学观著称，以往的研究者多致力于她在60年代提出的"新感受力"的阐释。本研究除了回顾她的审美趣味之外，更为关注的是她作为一个"道德家"的思想解读。桑塔格一生关心政治，反对强权，拒绝犬儒，积极投身社会现实，同情个体的遭遇。她前期类似"为艺术而艺术"的美学观不能遮盖她作为一个公共知识分子的人文精神，对于美的感悟反而加深了桑塔格对"真"和"善"的领悟。本书意在打破桑塔格作为后现代美学先驱的固定形象，集中探讨她的文艺批评和文学创作中对现实的关切、对艺术背后所隐含的价值观的重视。在当今消费主义盛行、传统价值观日渐崩溃的时代，重提文学研究中的人文精神应有其积极的意义。

桑塔格的文艺成就是多方面的，她对文艺批评和文学创作的广泛涉猎以及她不断变化的文学观和价值观使其成为一个难以归类的批评家和作家，也为研究者以多视角的方法予以解读提供了可能。本研究与既有研究的差别在于：避开业已被多重言说的美学范畴的桑塔格研究，专论桑塔格在文学领域里的建树——她的文学观变迁、她的文学批评和创作中的社会议题，以及她在世界文学和翻译方面的思想。至于上文提到的四个"回归"，并非排斥既有研究中重理论、轻文本的批评时尚，而是提供挖掘理论深度之外的另一种文学解读途径。桑塔格是难以归类的，对于她这样一位极具个性、关注现实的作家来说，通过她的言谈和文字来研究她本人有其独特的人文意义，在她身上体现了一位当代女性如何凭借自身的聪明智慧和辛勤努力，自我成就为世界级文艺批评家和作家的奋斗精神，对后人有着非同一般的示范作用。通过对她的研究，笔者希望能有助于我国学者和作家更多地了解西方知识分子的成长历程和观念变迁，从而在文艺批评、文学创作和学术研究上有所借鉴，有助于我国人文事业的发展。

第一章 学院派之外的知识分子：
桑塔格生平与述评

与众多以著作闻名的当代作家略有不同，桑塔格的一生跟她的作品一样引人注目，她在大众媒体上的高曝光率成就了她文化偶像的地位，也为她赢得了褒贬各异的种种评论。在《纽约时报》为她撰写的讣告中，作者援引了21对意义相反的形容词来概括人们对她的评价，说她既突进又倒退，既天真又世故，既热情又冷漠，既深刻又清浅，既真诚又造作，既狂喜又伤感，既右倾又左倾，如此等等；但无论怎么形容她，"没人说她平淡无味"[1]。很难找到将如此多相反相悖的形容词集于一身的作家。

桑塔格的生活与事业密切相连，她把激情的思想投入生活中，又从生活中提炼素材来反映思想。她关注的焦点和态度会随着时代的发展、文化氛围的变化和自身的成熟而发生相应的变化，而她的评论者并非能够跟随她的变化而变化，于是半个世纪以来对于桑塔格的评述也是众说纷纭，莫衷一是。因此，追述桑塔格的生平，缕析国内外对她的研究和评价，是对桑塔格做整体研究必不可少的工作。唯有厘清了诸多加在她身上的理解和误解之后，才能全面地对桑塔格在不同时代的作品和言论做出客观公正的研究和讨论。

---

[1] Fox, Margalit. Susan Sontag, Social Critic With Verve, Dies at 71 [N]. New York Times, 2004 – 11 – 28.

第一节 桑塔格生平纪略

一、嗜书如命：早慧的童年

苏珊·桑塔格的生活似乎和"早熟"二字不可分离，并且与中国有着不解之缘。1933年1月16日，苏珊出生在美国纽约。她的父亲杰克·罗森布拉特（Jack Rosenblatt）长期在中国天津经营皮货生意，她的母亲米尔德丽德（Mildred Jacobson Rosenblatt）就是在中国怀上苏珊的，回到美国生下她后又返回中国，把苏珊留在美国由亲戚抚养。苏珊五岁时，她的父亲因肺结核在中国去世，之后母亲回国。由于苏珊患有哮喘，母亲带她和她的妹妹朱迪丝（Judith）移居到气候干燥的亚利桑那州图森地区居住。苏珊十二岁时，母亲改嫁给空军上尉内森·桑塔格（Nathan Sontag），她随了继父的姓，改名苏珊·桑塔格。因为生父的原因，桑塔格对中国怀有特别的感情，她曾在70年代两次访问中国，并在1973年出访中国前撰写了自传体短篇小说《中国旅行计划》（"Project for a Trip to China"），书中曾写道："我一直想去中国。一直。"❶

桑塔格自小与书为伴，学业上一帆风顺。六岁入小学，连跳三级，始终是优等生。她早熟的智力令她迫不及待地想长大。1946年，桑塔格一家迁居加州，苏珊入读北好莱坞中学，做过校报的主编。她博览群书，广泛涉猎文学、音乐、艺术等领域，阅读包括《党派评论》在内的学术期刊，对欧美文学巨匠充满敬慕，曾与好友拜访过当时在美居住的德国文豪托马斯·曼，被她称为"朝圣"之旅，也奠定了桑塔格一生对文学艺术的热爱和崇敬。1987年，桑塔格在她的自传式短篇《朝圣》（"Pilgrimage"）中回顾自己从童年走向成年的心态。

---

❶ Sontag, Susan. I, etcetera [M]. New York: Anchor Books, 1991: 4.

第一章 学院派之外的知识分子：桑塔格生平与述评

> 我现在仍然能感觉到自己从令人窒息的童年中解放出来时的兴奋和感激。是敬慕之情解放了我，还有作为体会强烈的敬慕感的代价的难为情。那时我觉得自己是个成年人，但又被迫生活在孩子的躯壳里。后来，我又觉得自己像一个有幸生活在成人的躯壳里的孩子。我的那种认真热情的品质在我的童年时期就已经完全形成。它使我现在还继续认为现实还未到来，我看到在我的前面还有一片很大的空间、一条遥远的地平线。这就是真实的世界吗？四十年以后，我还是像在漫长而累人的旅途中的小孩子一样，不停地问着"我们到了吗？"。我没有获得过童年的满足感，作为补偿，我的前方总是呈现着一条满足的地平线，敬慕的喜悦载着我不断地向它前进。❶

桑塔格似乎从未有过天真烂漫的童年，她的广泛阅读促成了她思想的早熟，而她对知识的热情、对现代主义经典作家的敬慕，也使得她终生像个孩子，热切地追逐自己的梦想，从未满足，至死不休。

二、先行者：求学与婚姻

桑塔格在成年后的岁月里始终保持着她对文学艺术的仰慕之情和认真热情的品质。她15岁考上加州大学伯克利分校，半年后转学芝加哥大学。本科教学已不能满足她对知识深度的要求，于是她经常旁听研究生课程。在一次旁听研究生课程时，她邂逅了28岁的讲师菲利普·里夫（Philip Rieff, 1922—2006）。他是一位年轻的社会学研究者，犹太人，专攻弗洛伊德研究。10天后两人结婚，那时桑塔格17岁，她并没有按照常规改用夫姓，而是保留了自己的闺姓。两年后，她生下儿子戴维·里夫。不到20岁，桑塔格已经完成了本科学业，为人妻、为人母，比同龄人先行了数年旅程。

桑塔格本科毕业后，先是去康涅狄格大学读英语研究生，后转学哈佛大学攻读硕士学位，两年后获哲学硕士学位。1956年，桑塔格开始在哈佛攻读

---

❶ 苏珊·桑塔格. 我，及其他[M]. 徐天池，申慧辉，王予霞，等译. 上海：上海译文出版社，2009：322-323。

哲学博士学位，在 19 名博士候选人中名列第一[1]。在此期间，她深受哈佛宗教学教授雅各布·陶布斯（Jacob Taubes, 1923—1987）的影响，并与陶布斯的妻子、同在哈佛读博的苏珊·陶布斯结为密友。1969 年苏珊·陶布斯投水自杀，桑塔格为此痛心不已，并将此经历写进了她的短篇小说《心语》（"Debriefing"）。

1957 年，桑塔格获得美国大学妇女协会奖学金资助，到英国牛津大学进修，撰写她的博士论文《伦理的形而上学预论》（*The Metaphysical Presuppositions of Ethics*）。桑塔格挥别丈夫和儿子，踏上欧洲之旅，先在牛津后转入巴黎大学深造。对于从小阅读欧洲经典文学作品成长起来的桑塔格来说，巴黎给了她更宽的视野和更适宜智性发展的文化土壤，在这里她结识了包括波伏瓦在内的众多欧洲知识分子，让她一生都深受欧洲文化影响，从此，她常年穿梭于大西洋两岸生活和工作，成了一名出身美国的欧洲人。

1959 年，二十六岁的桑塔格从欧洲负笈归来，随即提出与里夫离婚。夫妻俩合作写成的专著《弗洛伊德：道德家之心灵》（*Freud: The Mind of the Moralist*）商定只署里夫为唯一作者。她拒绝了应得的赡养费，只身带着六岁的儿子戴维，奔向文化大都会纽约，开始了一个单亲母亲、自由知识分子的文坛打拼生涯。1979 年，桑塔格接受《滚石》杂志采访时谈及当初离婚时的感想：

> 我想过好几种生活，而要过好几种生活还得守着个丈夫就很难了——至少对于我的婚姻来说的确如此，关系过于密切；我们总是在一起。你不可能一天二十四小时跟某人生活在一起，多少年都不分开，然后还能自由地成长、变化、一时兴起就能飞香港……这是不负责任。这就是我为什么说在人生的某个阶段，一个人得在生活与事业之间做出选择。[2]

---

[1] 卡尔·罗利森, 莉萨·帕多克. 铸就偶像：苏珊·桑塔格传[M]. 姚君伟, 译. 上海：上海译文出版社, 2009: 45.

[2] Cott, Jonathan. Susan Sontag: The Rolling Stone Interview [A]. Rolling Stone, 1979 - 10 - 4.

第一章 学院派之外的知识分子:桑塔格生平与述评

于是桑塔格放弃了传统的家庭生活,选择了自由和事业,从此再未步入婚姻殿堂。她对生活方式的选择,除了因其强烈的事业心之外,还有她一直秘而不宣的双性恋倾向。她去世之后,她的儿子兼编辑戴维·里夫编辑了她毕生的日记,分为三卷,目前已出版了前两卷《重生》(*Reborn: Notes and Journals, 1947—1963*; 2008)和《心为身役》(*As Conciousness Is Harnessed to Flesh: Notes and Journals, 1964—1980*; 2012)。《重生》是桑塔格16~30岁的日记,详细记录了她从少女时代开始体验同性恋情的焦虑和彷徨。她在十七岁与里夫"闪婚",既有对丈夫所在的知识圈子的向往,也是她摆脱自己"非正常"性取向的尝试。当她从法国接受精神洗礼回到美国,她已决定了要走自己的路:摆脱家庭束缚,走向"重生"。

事实上,桑塔格的婚姻危机从一开始就显现了出来。在2000年出版的小说《在美国》中,桑塔格把自己代入小说场景中,以自己的亲身感受和经历来述说故事。在小说的序幕里,她描写了女主人公玛琳娜的言谈举止,认为她可以成为乔治·艾略特的小说《米德尔马契》(*Middlemarch*, 1871—1872)的主人公多萝西亚·布鲁克(Dorothea Brooke)那样的女性。联想到书中这位杰出女子与年长自己二十七岁的卡苏朋先生(Mr. Casaubon)仓促而短暂的结合,桑塔格谈到了自己的婚姻:

> 我记得自己初读《米德尔马契》时,刚满十八岁。读到这书的三分之一时,我流泪了。因为我意识到,自己不仅就是多萝西亚,而且还在几个月前,嫁给了卡苏朋先生。[1]

纯真高尚的多萝西亚,满怀对知识的仰慕,嫁给了学识渊博的牧师卡苏朋先生,愿意以他为师,给他做助手,协助他成就学术伟业。婚后她才发现,卡苏朋先生是个闭门造车的老学究,固执而自恋,与多萝西亚热情慷慨的性情毫无共通之处。在桑塔格的回忆中,早在当年匆促结婚后不久,她就发现

---

[1] Sontag, Susan. In America [M]. New York: Farrar, Straus and Giroux, 2000: 24.

与菲利普·里夫的婚姻并不和谐,而且一直未有好转。后来,在日记中,她记录了前往牛津求学前与丈夫菲利普告别时的情形:

> "我与菲利普从未有适当的机会说声再见——在这过去的几天里从来都没有作过长谈——因为只有这样,我们才不会吵架。我仍处于这一痛苦造成的麻木之中。它让一切都变得琐屑了,这样好假装互相之间从未有过那些恶毒、伤人的侮辱。"❶

由此可见,桑塔格与里夫的婚姻很早就出现了裂痕。在桑塔格去欧洲游学的过程中,她见识了更广阔的天地,在个人情感上也有了更多体验。生活在19世纪的英国淑女多萝西亚曾做好牺牲自我、屈从丈夫的准备,是卡苏朋先生的遽然去世让她摆脱了痛苦婚姻的桎梏。20世纪的美国新女性桑塔格,主动向丈夫提出了离婚,此后未再婚。她热爱自由、以自我为中心的天性,让她在与家人的关系中倍感制约。在1962年的日记里她写道:"我服过三次刑:我的童年、我的婚姻、我孩子的童年。"❷ 她以"服刑"来形容自己与母亲、丈夫和幼子的关系,以示自己对自由独立的热爱。在离婚之后,她带着孩子飞往纽约,开始了自己独来独往的职业女性生涯。

三、锋芒初露:激进的20世纪60年代

初到纽约,桑塔格做过编辑、在一些院校兼课谋生。1960—1964年间她曾在哥伦比亚大学宗教系全职任教,工作之余将精力放在文学创作上。1961年,她完成了她的第一部小说《恩主》❸(*The Benefactor*,1963),写的是一个梦境与现实混淆难辨的故事,具有现代派新小说的典型特征。这部新小说得

---

❶ 苏珊·桑塔格. 重生:苏珊·桑塔格日记与笔记(1947—1963)[M]. 姚君伟,译. 上海:上海译文出版社,2012:185.
❷ 苏珊·桑塔格. 重生:苏珊·桑塔格日记与笔记(1947—1963)[M]. 姚君伟,译. 上海:上海译文出版社,2012:384.
❸ 《恩主》是上海译文版姚君伟译本题名,台湾时报出版公司出版的王予霞译本则名为《恩人》。本书所引译文取自上海译文版《恩主》译本。

到美国资深出版人罗伯特·吉劳（Robert Giroux）和罗杰·斯特劳斯（Roger Straus）的赏识，1963年由弗雷·斯特劳斯·吉劳出版社（Farrar, Straus and Giroux）出版。这个时期，她向《党派评论》杂志的主编威廉·菲利普斯毛遂自荐，开始为该刊写评论文章，进入纽约上层知识分子圈。她的文学评论和文化批评文章越来越多地出现在《纽约书评》《纽约客》等重要刊物上。1964年秋，她的文章《关于"坎普"的札记》（"Notes on Camp"）在《党派评论》上发表，在文中她推崇大众文化中矫揉的"坎普"审美趣味，为同性恋品位正名。此文的梗概被《时代》杂志转发，桑塔格因此被誉为"曼哈顿最出色的青年知识分子之一"[1]，声名鹊起。

20世纪60年代是桑塔格的黄金时期，她发表了多篇重量级的文艺批评文章，如《反对阐释》（"Against Interpretation"，1964）、《一种文化与新感性》（"A Culture and New Sensibility"，1965）、《论风格》（"On Style"，1965）、《色情的想象力》（"Pornographic Imagination"，1967）、《静默之美学》（"Aesthetics of Silence"，1967）等，这些文章聚成了她的第一部评论文集《反对阐释》（*Against Interpretation*，1966）。这部文集收录了她1961—1965年间发表的26篇重要文章，奠定了她作为艺术作品的感性审美者、单一智性解读的反对者、形式论美学的倡导者的地位。她还完成并出版了第二部长篇小说《死亡匣子》（*Death Kit*，1967）——一个亦真亦幻的死亡故事。除了写作之外，桑塔格还在欧洲导演电影，在意大利编导了《食人者的二重奏》（*Duet of Cannibals*，1969），在瑞典编导了《卡尔兄弟》（*Brother Carl*，1971）。她荣获了多种奖项和基金支持，积极参与社会活动，反对越南战争，1968年应邀访问越南北部，写下《河内之行》（"Trip to Hanoi"）。1969年秋，她出版了第二部论集《激进意志的样式》（*Styles of Radical Will*），收录了60年代后期桑塔格所写的有关美学、文艺批评、政治学的重要随笔与书评。

四、笔墨生涯：写作·患病·获奖·辞世

20世纪70年代起桑塔格开始长期居住在法国，成为巴黎知识分子圈的一

---

[1] 卡尔·罗利森，莉萨·帕多克. 铸就偶像：苏珊·桑塔格传[M]. 上海：上海译文出版社，2009：107.

员。她从波伏瓦那里获得授权，改编其小说《女宾》(She Came to Stay)。她还开始参与女权运动，发表了多篇文章和接受访谈抨击男权社会，强调女性独立。1973年1月，她随美国新闻代表团，第一次访问了中国。她在成行前创作并发表了半自传性质的短篇小说《中国旅行计划》("Project for a Trip to China")，并开始撰写关于摄影的系列文章。1975年，她体检时查出患了乳腺癌，被医生告知存活率只有百分之十。她全力与病魔抗争，做了乳房全切，在巴黎接受大剂量的化疗试验，奇迹般地得以康复。1977年，她的又一部文集《论摄影》(On Photography) 出版。1978年，她把患病期间对疾病的思考写成《疾病的隐喻》(Illness as Metaphor) 一书并出版，同年还出版了她的短篇小说集《我，及其他》❶ (I, etcetera)，所收八篇小说中有数篇带有明显的自传性质。1979年，她访问日本，并再次造访中国。

1980年，桑塔格出版了她的又一部论集《在土星的标志下》(Under the Sign of Saturn)，其收录的七篇文章中有五篇分别表达了作者对五位作家的赞赏和敬慕：保罗·古德曼 (Paul Goodman, 1911—1972)，安托南·阿尔托 (Antonin Artaud, 1896—1948)，瓦尔特·本雅明 (Walter Benjamin, 1892—1940)，罗兰·巴特 (Roland Barthes, 1915—1980) 及艾利亚斯·卡内蒂 (Elias Canetti, 1905—1994)；另两篇是对法西斯美学的批判，与她在60年代《反对阐释》中的审美观点背道而驰。1982年，她编辑出版了《苏珊·桑塔格读本》(A Susan Sontag Reader) 和《巴特读本》(A Barthes Reader)。1986年，她写下了关于艾滋病的短篇小说《我们现在的生活方式》("The Way We live Now")，并入选《美国20世纪最佳短篇小说》❷。1987年，桑塔格当选美国笔会主席 (President of PEN American Center, 1987—1989)，致力于维护作家的自由创作权利，同年发表《艾滋病及其隐喻》(AIDS and Its Metaphor)。1989年，她代表美国笔会公开谴责伊朗悬赏追杀《撒旦诗篇》的作者萨尔曼·拉什迪，为捍卫作家的创作自由奔走呼号。

---

❶ 台湾探索文化出版公司出版的王予霞译本译作《我等之辈》，本文取自上海译文出版社徐天池等译本《我，及其他》（徐天池，申慧辉等译）。

❷ Updike, John & Kenison, Katrina. The Best American Short Stories of the Century [M]. Boston, New York: Houghton Mifflin Company, 1999: 600–615.

1991年，她在波恩完成八幕剧《床上的爱丽斯》（Alice in Bed），次年，她的第三部长篇小说《火山恋人》❶（The Volcano Lover）问世，成为年度畅销书，标志着她的文学创作从现代主义向现实主义的回归。1993年，她多次前往北约战火中的萨拉热窝，在此排演贝克特的荒诞剧《等待戈多》（Waiting for Godot）。1998年，她的癌症复发，又经过痛苦的化疗，战胜了病魔，继续写作和参加社会活动。

2000年，桑塔格出版了第四部长篇小说《在美国》（In America），获得该年度美国图书奖。2001年，她出版论文集《重点所在》（Where the Stress Falls），分"阅读""视觉""彼处与此处"三部分，收录了她近几年发表的论文。911事件之后，她发表激烈言论，抨击美国政府煽动民族情绪、混淆视听，一时成为众矢之的。2001年获耶路撒冷国际文学奖；2003年获德国图书大奖——德国图书博览会和平奖，并在法兰克福保罗教堂发表演说《文学即自由》。2004年三月在开普敦和约翰内斯堡发表首届"纳丁·戈迪默讲座"演讲《同时：小说家与道德考量》，这是她所做的最后文学讲座。

2004年12月28日，桑塔格因急性髓细胞性白血病病逝于纽约，享年71岁。戴维·里夫在母亲死后写下《死海搏击：母亲桑塔格的最后岁月》（Swimming in a Sea of Death, A Son's Memoir, 2008），记录了桑塔格对生之渴望、对死之反抗。她的遗体被安葬在巴黎蒙帕纳斯公墓。

五、余音未了：身后事

桑塔格去世之后，她的儿子兼编辑戴维·里夫编辑、出版了桑塔格最后的演讲与论文集《同时：随笔与演说》（At the Same Time：Essays and Speeches, 2007）以及她早期的日记《重生：日记与笔记（1947—1963）》（Reborn：Journals and Notebooks 1947—1963, 2008），曝光了桑塔格的双性恋取向。第二卷桑塔格日记《心为身役：1963—1980》（As Consciousness is Harnessed to Flesh：1963—1980）于2012年4月出版，真实记录了桑塔格在风起云涌的20世

---

❶ 上海译文出版社译为《火山情人：一个传奇》（姚君伟译，2012），本文取译林出版社译名《火山恋人》（李国林、伍一莎译，2002）。

纪 60 年代到 80 年代的志向、奋斗、困惑和思考。戴维·里夫还把桑塔格毕生的随笔收录成集，分两册重新出版，分别为：《苏珊·桑塔格：20 世纪 60、70 年代随笔》（*Susan Sontag：Essays of the 1960s & 70s*❶，2013）和《苏珊·桑塔格：后期随笔》（*Susan Sontag：Later Essays*❷，2017）。

桑塔格一生特立独行，饱受争议。她的生活中没有汽车、电视等现代用品，只留两万余册藏书，以及已被译成三十多种文字流传于世的作品。她逝世后，以她的名字设立了"苏珊·桑塔格翻译奖"，用以支持世界范围内年轻译者的翻译工作。她既享受到了来自公众的追捧，又遭受过来自学界的贬损。与她私交甚笃的俄裔美国诗人、诺贝尔文学奖得主约瑟夫·布罗茨基（Joseph Brodsky，1940—1996）曾称她为"大西洋两岸第一批评家"❸，未免带有主观偏爱。然而，在她去世后，加拿大著名作家玛格丽特·阿特伍德（Margaret Atwood）给她的评价则显得更为客观中肯。

> [桑塔格]是一位独特的、勇敢的女性。不管你是否同意她的观点，她永远都是一位勇敢的、非凡的思想者。她总是让你思考。……不管她在想什么，也不管她想到了什么，反正肯定不是人们已然熟知的观点。她把那些既定的观念扔进粉碎机，而对事物进行重新审视。她就是那位已经长大了的、在"皇帝的新装"里讲真话的孩子。当孩子们说皇帝赤身裸体时，你会告诉他们不要公开讲出这些东西。当成年人说出这些时，他们会麻烦不断——而她根本不在乎引火烧身。❹

---

❶ Sontag, Susan. Susan Sontag：Essays of the 1960s and 70s [M]. David Rieff, ed. New York：Library of America, 2013.

❷ Sontag, Susan. Susan Sontag：Later Essays [M]. David Rieff, ed. New York：Library of America, 2017.

❸ Kennedy, Liam. Susan Sontag：Mind as Passion [M]. Manchester and New York：Manchester University Press, 1995：iii.

❹ Atwood, Margaret. A Courageous and Unique Thinker [A]. The Guardian, 2004 – 12 – 29. //马红旗. 关于社会议题的激进主义者苏珊·桑塔格[J]. 当代外国文学, 2006 (4)：145.

从迫切想长大的孩子到一生讲真话的孩子,阿特伍德对桑塔格的盖棺定论可谓诚挚公允,她道出了桑塔格最可贵的品质:勇于质疑,敢于否定,特立独行,直言不讳。这位以"反对阐释"闻名的批评家,一生都在以她的言说和文字来阐释文学的意义、艺术的价值。在她互相补充又常常互有抵触的文字中,留下了大片的阐释空间,留给后人去解读。

第二节 桑塔格的文艺批评与文学创作研究述评

一、国外研究

自桑塔格于 20 世纪 60 年代在美国文艺批评界迅速崛起之后,关于她的批评思想与著作的研究层出不穷。早期的桑塔格研究主要集中在她"坎普"札记、"反对阐释"的形式美学观点,多以书评、期刊论文的形式进行论述。随着她本人涉猎领域的拓宽,对她的研究也日渐广泛,扩展到政治、影视学、摄影理论、疾病等诸领域。国外桑塔格研究成果大体可分为资料集编和学术探讨两大类。

(一) 文献整理与生平传记

在资料搜集方面,勒兰德·伯格(Leland Poague)和凯西·A·帕森斯(Kathy A. Parsons)编有《苏珊·桑塔格:著作索引注解,1948—1992 年》(*Susan Sontag: An Annotated Bibliography 1948—1992*,1995),用字典词条的方式罗列出 1948 年至 1992 年桑塔格重要作品的相关索引,以探究桑塔格"多样的、复杂的、独特的"[1]创作以及以她为对象的相关研究。勒兰德·伯

---

[1] Poague, Leland & Kathy A. Parsons. Susan Sontag: An Annotated Bibliography 1948—1992 [M]. New York: Garland, 2000: vii.

格还编辑了《苏珊·桑塔格访谈录》（*Conversations With Susan Sontag*, 1995），相当详尽地汇编了1969—1993年间桑塔格在欧美多国所接受的重要采访，共有24篇，其中一半以上的访谈原稿是以德语、意大利语、法语、波兰语、西班牙语、瑞典语等发表，收入此书时转译为英语❶，真实地记录了桑塔格对自己的作品和观念的剖析和澄清，是宝贵的第一手研究资料。

另一位桑塔格研究的资料搜集者是纽约城市大学的教授卡尔·罗利森（Carl Rollyson）。他的《阅读苏珊·桑塔格：作品评介》（*Reading Susan Sontag: A Critical Introduction to Her Work*, 2001）涵盖了从1963年出版的《恩主》到2000年出版的《在美国》等几乎所有的重要作品，内容包括作品内容概述、简要批评以及桑塔格对自己作品的解读等，语言浅显易懂，针对的是普通读者，目的是"想表明桑塔格的重要性、她的作品为什么依然值得研读"❷。

罗利森夫妇也是第一本桑塔格传记的作者。2000年，他们出版了《铸就偶像：苏珊·桑塔格传》（*Susan Sontag: The Making of an Icon*），详尽地叙述了桑塔格从出生到1999年间的个人经历，展示了她如何通过自身努力成为光彩夺目的学术明星和文化偶像❸。不过此传记并没有得到桑塔格的认可，书中有对桑塔格自我奋斗的赞赏和钦佩，也添加了一些关于桑塔格成名历程和感情生活的负面材料，遭到了桑塔格本人的抵制，被评论者梅尔金称为"仰慕者变诋毁者"所写的不实传记❹。桑塔格去世之后，作者对这本传记做了大量补充和更新，添加了桑塔格及其亲友的日记、通信等私密材料，内容更为详细❺，并于2016年8月再版。

---

❶ Poague, Leland. Conversations with Susan Sontag [M]. Jackson: University Press of Mississippi, 1995: viii.

❷ Rollyson, Carl. Reading Susan Sontag: A Critical Introduction to Her Work [M]. Chicago: Ivan R. Dee, 2001: x.

❸ Rollyson, Carl & Paddock, Lisa. Susan Sontag: The Making of an Icon [M]. New York: W. W. Norton and Company, Inc., 2000.

❹ 黄灿然. 格拉斯的烟斗[M]. 上海：上海人民出版社：2009：155.

❺ Rollyson, Carl & Paddock, Lisa. Susan Sontag: The Making of an Icon, Revised and Updated [M]. Jackson: University Press of Mississippi, 2016.

第一章　学院派之外的知识分子：桑塔格生平与述评

卡尔·罗利森还写有《女性偶像：从玛丽莲·梦露到苏珊·桑塔格》(*Female Icons: Marilyn Monroe to Susan Sontag*)，总结了二十多年来作者从事女性传记研究中对女性偶像的形成和变迁的考察。关于桑塔格的内容取自他所写的桑塔格传记。笔者认为，罗利森为研究桑塔格做过大量的工作，虽然由于他个人与桑塔格的关系，在传记中对信息的处理不够公正，但他搜集的资料依然具有很大的参考价值。不过他把桑塔格定位为"文化偶像"，专注于描写她的明星光环，对桑塔格作为双性恋的私生活着墨多于她作为一个公共知识分子的心路历程，不免有失偏颇。

桑塔格在海外的影响力要高于她在美国的口碑。2014年，在伦敦金斯顿大学人文学院任教的杰罗姆·波伊德·摩恩赛尔（Jerome Boyd Maunsell）出版了桑塔格的传记《苏珊·桑塔格》(*Susan Sontag*, 2014)，从桑塔格的日记中选取了大量材料，描述了她从生活到事业、从美国到欧洲乃至世界各地的探索❶。同年，德国作家丹尼尔·舒雷博（Daniel Schreiber）的英译本《苏珊·桑塔格传》(*Susan Sontag: A Biography*, 2014)出版，除按时间顺序叙述桑塔格生平之外，还从国际视野，尤其是从一个德国人的视角，着重描述了桑塔格在欧洲的活动和影响❷。

还有一些出版物是关于桑塔格的回忆录。如美国诗人、作家爱德华·菲尔德（Edward Field, 1924— ）写的随笔集《想娶苏珊·桑塔格的那个人：及波西米亚时代其他文学剪影》(*The Man Who Would Marry Susan Sontag: And Other Intimate Literary Portraits of the Bohemian Era*, 2005)中回忆了20世纪中期在纽约格林尼治村时他所认识的一些杰出的艺术家和作家，其中就有阿尔弗莱德·切斯特（Alfred Chester, 1928—1971），他是当时美国波西米亚风格的作家和批评家、同性恋者。根据菲尔德所说，切斯特是桑塔格仰慕的对象，曾想娶桑塔格为妻，为自己的事业铺路❸。这些回忆文章有助于读者了解

---

❶ Maunsell, Jerome Boyd. Susan Sontag [M]. London: Reaktion Books, 2014.

❷ Schreiber, Daniel. Susan Sontag: A Biography [M]. trans. David Dollenmayer. Evanston: Northwestern University Press, 2014.

❸ Field, Edward. The Man Who Would Marry Susan Sontag: And Other Intimate Literary Portraits of the Bohemian Era [M]. Madison: University of Wisconsin Press, 2005.

60年代桑塔格所生活的纽约先锋派文艺圈子的人生百态，对桑塔格60年代的文艺观所产生的文化背景有真切的体会。2008年，桑塔格的儿子兼编辑戴维·里夫出版了回忆录《死海搏击：母亲桑塔格最后的岁月》（*Swimming in a Sea of Death：A Son's Memoir*，2008），回顾了桑塔格生命的最后阶段，记述了她对生活的无限热爱与期待。2011年，西格瑞德·纽奈兹（Sigrid Nunez）出版了回忆录《永远的苏珊：回忆苏珊·桑塔格》（*Sempre Susan：A Memoir of Susan Sontag*，2011），作者曾于1976年作为《纽约书评》的助理编辑受雇于患病的桑塔格，帮助她整理邮件，并曾与桑塔格的儿子戴维·里夫相恋。她记忆中的桑塔格高傲固执、躁动不安，却是年轻人最适宜的良师。这些资料让研究者对桑塔格有了具体而生动的了解。

（二）学术专论

国外研究中最具学术价值的研究专著当属拉尔姆·肯尼迪（Liam Kennedy）所撰的《苏珊·桑塔格：作为激情的思想》（*Susan Sontag：Mind as Passion*，1995）。作者如今是爱尔兰都柏林大学（University College Dublin）从事美国研究的教授，这本专著是在他博士论文的基础上撰写而成。他在桑塔格纷繁多样的创作生涯中找到了一条贯穿始终的主题，那就是："现代意味着什么"（What does it mean to be modern?[1]），围绕这一主题，分别从现代性所体现的自由想象力、终结感（a sense of ending）、忧郁的沉思、自我超越的激情等方面对桑塔格的所思所写、所作所为进行归纳，从她那部赢得盛誉的论文集《反对阐释》到她的小说《火山恋人》，系统地剖析了桑塔格充满思辨和批判意识的文艺批评、多层叙述的文学创作手法，以及屡经转换的政治与文艺观点。本书视角客观，索引精细，真实地再现了桑塔格从20世纪60年代到90年代这三十年间的创作之路。遗憾的是由于成书较早，该书未能涵盖1995年之后桑塔格的作品与思想评述。

另一部研究桑塔格的专著是美国库珀联合大学（Cooper Union）人文社科

---

[1] Kennedy, Liam. Susan Sontag：Mind as Passion [M]. Manchester：Manchester University Press, 1995：9.

第一章　学院派之外的知识分子：桑塔格生平与述评

学院的副教授索尼亚·赛瑞斯（Sohnya Sayres）所著的《苏珊·桑塔格：哀歌的现代主义者》(*Susan Sontag*：*The Elegiac Modernist*，1990)。她研究了桑塔格90年代之前的生活轨迹、她作品中经常出现的关键词、60年代出版的两部小说《恩主》和《死亡匣子》、她的文章中美学的负累以及她对一些现代思想家和作家的追思，而这些都表现出桑塔格对现代主义思想与艺术理念的逐渐终结所表现的复杂感情：既有哀悼与留恋，又有批判和拒斥。作者认为，桑塔格踯躅在现代主义废墟的边缘。❶

以上两部专著都把桑塔格定义为一个现代主义者进行论述，还有很多研究是把桑塔格作为后期现代主义与早期后现代主义交叉时期的代表人物之一纳入研究视野。早在1984年，荷兰乌特勒支大学（De Universiteit Utrecht）总体文学与比较文学研究所举行的一次关于"后现代主义"的专题研讨会上，乌特勒支大学英文系教授汉斯·伯顿斯（Hans Bertens）提交的论文《后现代世界观及其与现代主义的关系概览》("The Postmodern Weltanschauung and its Relation with Modernism：An Introductory Survey")中，将桑塔格视为后现代运动初始阶段的批评家之一，并把她在《反对阐释》文集中的一些文艺观点当作60年代中期后现代主义文艺观的典型体现，声称"反对阐释"和"新感受力"是桑塔格提出的后现代主义的两大特征。❷ 该论文收入了《走向后现代主义》(*Approaching Postmodernism*，1986)论文集，其中文译本于1991年在中国出版❸，是较早论述桑塔格为后现代主义文论家的论著之一。

与此不同的是英国泰晤士河谷大学（Thames Valley University）社会学系副教授安吉拉·麦克罗比（Angela McRobie）在其著作《后现代主义与大众文化》(*Postmodernism and Popular Culture*，1994)里所论述的桑塔格。该书第二

---

❶ Sayres, Sohnya. Susan Sontag：The Elegiac Modernist [M]. New York and London：Routledge, 1990：148.

❷ Bertens, Robert. The Postmodern Weltanschauung and its Relation with Modernism：An Introductory Survey [C]//Fokkema, Douwe Wessel and Bertens, Hans, ed. Approaching Postmodernism. Amsterdam：John Benjamins Publishing Company, 1986：9 – 52.

❸ 佛克马，伯顿斯. 走向后现代主义[C]. 王宁，等译. 北京：北京大学出版社，1991.

苏珊·桑塔格：徘徊在唯美与道德之间
Susan Sontag: Besotted Aesthete, Obsessed Moralist

章"文化理论领域里的关键人物"中的第一节是"苏珊·桑塔格的现代主义风格"❶，作者把桑塔格定位为以欧洲现代主义为理论背景、把注意力投向了欧洲文化的美国批评家，并没有关注席卷全球的美国大众文化，对性别研究不感兴趣。桑塔格的现代主义立场使得她在后现代主义时代远离了与她同时代的大众文化研究范畴，与后现代主义文化研究中盛行的西方马克思主义、女性主义都保持距离。作者把桑塔格放在现代主义的终结处来考量，认为她70年代的文章反映了后现代主义从现代主义脱胎过程中所经历的辗转挣扎。她只赞成特定范围内的通俗艺术，无意打破精英文化与大众文化之间的分野。这一见解相当敏锐，但桑塔格后期的文学创作和批评与女性主义之间的密切关系在该书中并没有得到全面的考察。

澳大利亚拉筹伯大学（La Trobe University）艺术史讲师塞尔维亚·哈里森博士（Sylvia Harrison）在《流行艺术与后现代主义的源头》（*Pop Art and the Origins of Post-Modernism*, 2001）中用一整章的篇幅讨论了桑塔格在60年代提出的"静默之美学"和"新感受力"与流行艺术的关系（"Susan Sontag: Pop, the Aesthetics of Silence and the New Sensibility"）。作者将之溯源到海德格尔的现象学对"体验"的重视，和对现实主义图景的拒斥。"新感受力"让批评家沉默，不再履行阐释任务，因为对于流行艺术来说，阐释显得尤其不宜。作者批评西方对希腊阐释学的继承，认为艺术必须客观反映外部世界。桑塔格所提出的"静默之美学"颠覆了现实主义的权威，体现了现象学对人类意识的反映：世界不能以任何客观的方式被认知，而是要以一种心智与世界之间的有意相连。❷ 这一论述又把桑塔格置于后现代主义文化批评的源头，但也只限于她在60年代的文艺批评观。

由此可见，桑塔格在美学和感受力方面的建树更容易得到学界的关注和研究，甚至在她90年代的文学创作达到巅峰之后，研究者们依旧更为关注她作为美学家的作品。2012年，北卡罗来纳大学的哲学教授迈克尔·凯利（Mi-

---

❶ McRobie, Angela. Postmodernism and Popular Culture [M]. Oxon: Routeledge, 1994: 77.

❷ Harrison, Sylvia. Pop Art and the Origins of Post-Modernism [M]. Cambridge: Cambridge University Press, 2001: 16-27.

chael Kelly）出版了《渴求美学：艺术的诉求》（A Hunger for Aesthetics: Enacting the Demands of Art）一书。书中分析了20世纪60年代以来一些理论家和哲学家对当代艺术的美学批评及其在道德、政治上的诉求，其中一章专门论述桑塔格的美学理念[1]，尤其是她的《论摄影》和《旁观他人之痛》中所涉及的美学效应与道德—政治诉求的相互作用，是那个时代美学对艺术批评最显著的效应体现。作者对桑塔格的美学批评评价很高，把她的美学家身份置于道德家之上，认为桑塔格所论述的艺术的道德与政治含义，是在美学意义的烘托下才得以实现的，这符合桑塔格对自己美学品位的定位。

（三）对比研究

桑塔格的名流地位和独特风格常使她成为比较的对象。伊丽莎白·布拉斯（Elizabeth Bruss）在其专著《美丽的理论：当代批评中的话语景观》（Beautiful Theories: The Spectacle of Discourse in Contemporary Criticism）中把桑塔格与同时代的美国作家威廉·霍华德·加斯（William Howard Gass, 1924— ）相比较。作者指出，桑塔格和加斯这两位作家有着相似的背景：都曾受过专业的哲学训练，都是小说家和随笔作家，两人的创作中都带有明显的理论性和随笔特点。不同之处在于：加斯极力将理论和故事从自己的作品中加以清楚的区分，而桑塔格却没有区别理论与故事。尤其在她的早期作品中，她把理论和故事都当成体现感性经验的工具。桑塔格的理论性体现在她的文学创作中，为她提出的理念和现象提供证明，这是与加斯大为不同的写作手法[2]。

与布拉斯风格不同的美国专栏作家和编辑克莱格·赛里格曼（Craig Seligman）著有《桑塔格与凯尔——相异对我的吸引》（Sontag and Kael: Opposites Attract Me, 2004）。作者用口语化的文字、幽默的笔调把桑塔格与美国女评论家及作家波林·凯尔（Pauline Kael, 1919—2001）进行了比较研究，同为波兰血统的纽约犹太知识分子、单身母亲、知名撰稿人，两人的表达方式和思

---

[1] Kelly, Michael. A Hunger for Aesthetics: Enacting the Demands of Art [M]. New York: Columbia University Press, 2012: 56-83.

[2] Bruss, Elizabeth. Beautiful Theories: The Spectacle of Discourse in Contemporary Criticism [M]. Baltimore: John Hopkins University Press, 1982: 203-280, 504-506.

想倾向却南辕北辙，凯尔热情、随意、无心政治，而桑塔格严肃、冷静、热衷政治和社会活动。作者通过比较表达了自己对桑塔格的尊重和对凯尔的喜爱，也提供了两幅格调不同却相映成趣的女性知识分子肖像。通过对比，读者可以了解在同样的社会背景下，知识女性可以通过自己的笔，追寻文化批评的建树，同时也对桑塔格几经变化的文化立场有更客观的认识。

（四）其他散论

研究桑塔格的论文数量众多，多以书评的方式刊登在美国各大报纸、刊物上。桑塔格自己的作品涉猎广泛，观点激进，总会引起褒贬不一的争议。较早的重要文章有1969年《党派评论》主编威廉·菲利普斯所写的文章《激进的样式》，把60年代后期红遍美国批评界的桑塔格称为一个"过早问世的传奇"。凯瑞·尼尔森（Cary Nelson, 1982）探讨了桑塔格批评中所体现的修辞特点、她在批评过程中所体现的隔离、怀疑、不确定和对自我认知的诉求[1]。卡米拉·帕格利亚（Camille Paglia, 1994）抨击桑塔格利用自己早期对大众文化的鼓吹推销自己，大红大紫之后又背弃了美国文化，转而祀奉欧洲精英知识分子[2]。斯塔西·奥尔斯特（Stacey Olster, 1995）针对《火山恋人》中形象化的浪漫形式，在后现代理论背景下分析了这部小说，重点围绕桑塔格对语言的运用来描述人的经历和行为的延续性[3]。琼·阿考塞拉（Joan Acocella）的文章《饥饿艺术家》（"The Hunger Artist", 2000），较为详细地总结了桑塔格作为一个小说家、随笔作家和癌症患者的写作状态和健康状况[4]。

2009年，两位美国学者芭芭拉·秦（Barbara Ching）和詹妮弗·瓦格纳－劳勒（Jennifer A. Wagner-Lawlor）编辑了一部论文集《闲话苏珊·桑塔

---

[1] Nelson, Cary. Soliciting Self-Knowledge: The Rhetoric of Susan Sontag's Criticism [A]. Critical Inquiry 6, 1980 (Summer): 707-726.

[2] Paglia, Camille. Sontag, Bloody Sontag [A]. Vamps and Tramps. New York: Vintage Books, 1994: 344-360.

[3] Olster, Stacey. Remakes, Outtakes, and Updates in Susan Sontag's The Volcano Lover [A]. Modern Fiction Studies 41, 1995 (Spring): 117-139.

[4] Acocella, Joan. The Hunger Artist [A]. New Yorker, 2000, 3 (6): 68-77.

格》(The Scandal of Susan Sontag),收录了 12 篇不同评论者撰写的桑塔格的研究论文,从文化、艺术、文学、政治、生活等多个角度阐明各自对桑塔格的看法,对桑塔格写作生涯所倡导的复杂的感受力表示了各式各样的理解和接受,各有褒贬,瑕瑜互见,对业已辞世的桑塔格涉猎广泛的作品提供了新的视角❶。

综上所述,国外对桑塔格的研究以短篇书评、散论为主,多集中在她激进的艺术审美和鲜明的人道主义意识。专著则重视她的文化研究身份,迄今尚无系统全面地论述她的文学批评与文学创作的著作。学术界对桑塔格的理论研究相对较少,大都针对她在 60 年代的先锋言论。桑塔格本人不是学院中人,多以随笔、书评的方式写作,并未构建任何系统的文学理论,也未加入任何文论门派之中,与学院派的文学批评迥然不同,这也使得学界对她的研究保持了距离。她在美国本土多是以公共知识分子的面貌为人们所熟悉,而她作为作家和文艺批评家的一面还没有得到足够的认识。

二、国内译介与研究

(一) 译介

国内对桑塔格的译介兴起于 20 世纪 90 年代,近 10 余年来有愈演愈烈之势,甚至超过了美国本土对桑塔格的研究兴趣。上海译文出版社组织翻译、发行的《桑塔格文集》截至 2017 年 7 月,已经出版了她的 18 部作品,其中论著九种:《反对阐释》《激进意志的样式》《论摄影》《论摄影:插图珍藏版》《疾病的隐喻》《在土星的标志下》《重点所在》《关于他人的痛苦》和《同时:随笔与演讲》;文学作品六部:《恩主》《死亡匣子》《我,及其他》《火山情人》《床上的爱丽斯》和《在美国》;戴维·里夫编辑的桑塔格日记与笔记两册:《重生》和《心为身役》,还有戴维·里夫的回忆录《死海搏击:母亲桑塔格的最后岁月》。上海译文出版社还于 2009 年翻译、出版了桑

---

❶ Ching, Barbara and Wagner-Lawlor, Jennifer A. The Scandal of Susan Sontag [M]. New York: Columbia University Press, 2009.

塔格传记《铸就偶像：苏珊·桑塔格传》，译林出版社于2015年出版了《苏珊·桑塔格谈话录》。

国内从事桑塔格作品译介的专家众多，黄梅、陶洁等老一辈学者都曾参与翻译了桑塔格论集《重点所在》。国内以译介桑塔格著称的学者有三位：姚君伟、黄灿然、王予霞。他们在翻译其作品的同时，还分别以译者序、访谈、书评、论文等形式对桑塔格的思想和作品进行研究和评论，对桑塔格作品和思想在我国的流传与研究功不可没。上海译文出版社"桑塔格文集"的多部译著均出自姚君伟之手。他还在《外国文学动态》上多次发表介绍有关桑塔格作品译介状况的文章，并在桑塔格去世后继续与戴维·里夫合作翻译桑塔格的遗著，培养桑塔格研究方向的研究生，还把自己从事桑塔格翻译的译序、译后感和悼念文章收入文选[1]。黄灿然曾在《读书》上发表《苏珊·桑塔格与中国知识分子》一文，用桑塔格所持公众知识分子的身份来验证中国知识分子所处的环境[2]。王予霞更是在翻译原著的基础上成为我国桑塔格学术研究的先行者之一，发表多部论著、多篇论文探讨桑塔格，对此下文将有详细介绍。

（二）学位论文与学术专著

王予霞是国内较早对桑塔格做系统探究的研究者，迄今为止她已翻译出版了桑塔格的多部文学作品，发表了多篇学术论文与研究专著。她于2004年出版的《苏珊·桑塔格纵论》是我国桑塔格研究的第一部专著，涵盖了桑塔格的成长历程：桑塔格在20世纪60年代文艺理论发轫期的作品剖析，"反对阐释"理念在桑塔格早期文学作品中的实践，桑塔格的文艺理论在她的戏剧评论、影像批评、疾病阐释方面的体现，以及桑塔格后期基于新历史主义视角下的文学创作。虽然作者知道桑塔格对后现代主义的拒斥，但还是通过比照分析，把桑塔格的文艺理论和创作实践归结到后现代主义的思潮中[3]。

---

[1] 姚君伟. 姚君伟文学选论[M]. 上海：复旦大学出版社，2007：211-236.
[2] 黄灿然. 苏珊·桑塔格与中国知识分子[J]. 读书，2005（4）：105-107.
[3] 王予霞. 苏珊·桑塔格纵论[M]. 北京：民族出版社，2004.

第一章　学院派之外的知识分子：桑塔格生平与述评

王予霞的另一部专著《苏珊·桑塔格与当代美国左翼文学研究》（2009），把桑塔格置于二战后美国左翼文学的氛围之下，揭示了她在当时的"纽约文人群体"和"新左派"中的代表地位，比较了她和玛丽·麦卡锡之间的顺承和差异，着重分析桑塔格的政治立场、女权思想、公共知识分子情怀等，指出桑塔格的作家生涯带有鲜明的左派特征❶。作者有着深厚的史学背景，因此对桑塔格所处的社会政治文化背景做了细致入微的分析，但在文学性方面涉猎不多。

根据中国知网数据，迄今为止以桑塔格为主题研究的文学类博士论文已有十余篇，其中有几篇已出版为专著。其研究重点大都以桑塔格20世纪60年代"反对阐释"的形式主义美学观为切入点来分析她的文艺思想和文学作品。

其中，最早的一篇博士论文当属首都师范大学比较文学与世界文学专业王秋海的《反对阐释：桑塔格形式主义诗学研究》（2004年），现已出版成书，题名《反对阐释——桑塔格美学思想研究》（2011年）。此书以美学理论阐释为主、文学为辅，分桑塔格形式主义美学溯源、基本观念、对现代主义的缅怀和反思、长篇小说创作四部分进行论述，缕析了桑塔格从早期激进的形式主义美学观到后期文学创作对现实主义的回归❷。

浙江大学文艺学专业陈文刚的博士论文《苏珊·桑塔格批评思想研究》依然是以桑塔格的"反对阐释"为论证核心，指出形式和感受力是桑塔格批评的两大武器，其内在精神与俄国形式主义和英国形式论有着本质的联系，而桑塔格所代表的先锋派艺术观对新感受力的提倡，则是致力于一种全面的虚无主义❸。

上海师范大学文艺学专业孙燕的博士论文《后现代主义与反阐释理论》（2006年）从历时的角度考察了阐释与反对阐释在现代主义和后现代主义时

---

❶ 王予霞. 苏珊·桑塔格与当代美国文学左翼文学研究[M]. 北京：中国社会科学出版社，2009.
❷ 王秋海. 反对阐释——苏珊·桑塔格美学思想研究[M]. 北京：中央编译出版社，2011.
❸ 陈文刚. 苏珊·桑塔格批评思想研究[D]. 杭州：浙江大学，2006.

期的具体体现，该论文已出版成专著《反对阐释：一种后现代的文化表征》❶。此书把桑塔格与罗伯—格里耶、鲍德里亚等提出反阐释理论的后现代大家相比较，并且拿出一章的篇幅来专门论述桑塔格的"唯美主义气质""艺术色情学"以及"疾病的隐喻"，以体现桑塔格独特的先锋文艺思想和对传统文化的反叛精神。她指出，苏珊·桑塔格等人反对阐释就是主张冲破一切既有的文化观念，尤其要抛弃历史感的重负，削平深度以达到对生活的直接体验。对于桑塔格等人而言，反对阐释实际上只是一种姿态或一种策略，他们并非反对阐释本身，而是反对专制的一元论；他们倡导的是一种主体间性，即一种平等对话、多元共存的和谐状态。在这种意义上，反对阐释的内涵是一种后现代的生态意识或生存伦理❷。

四川大学文艺学专业刘丹凌的博士论文《苏珊·桑塔格新感受力美学研究》（2007 年）出版后题为《从新感受力美学到资本主义文化批判——苏珊·桑塔格思想研究》（2010 年），以桑塔格的新感受力美学为出发点，把"反对阐释"、"坎普"美学、图像理论、"疾病美学"、文化政治学、道德批判、资本主义文化批评依次与之结合评判，剖析了人文主义在桑塔格以新感受力美学为核心的整个思想体系中的地位和意义，并通过桑塔格的身体力行对资本主义文化形成了"最完整和最有效的抵制"❸。

上海外国语大学英语语言文学专业梅丽的博士论文《作为解放手段的文学：结合马尔库塞的理论探讨桑塔格 20 世纪 60 年代的作品》（2007 年）介绍了美国新左派代表赫尔伯特·马尔库塞所提出的以恢复感性、诉诸艺术审美为解放人性的途径的观点。作者认为桑塔格的文艺批评观与马尔库塞提出的人性拯救之道有诸多相似之处。作者分析了桑塔格 20 世纪 60 年代的小说创作与她所提出的文艺解放、人性解放的主张之间的互文关系，指出桑塔格所提出的"反对阐释"和"新感受力"即是对那种将文学批评和文学创作狭隘化、意识形态化的做法进行的严正批评，也是对艺术形式对艺术发展本身、

---

❶ 孙燕. 反对阐释：一种后现代的文化表征[M]. 上海：上海三联书店，2007.
❷ 孙燕. 后现代主义与反阐释理论[D]. 上海：上海师范大学，2006.
❸ 刘丹凌. 从新感受力美学到资本主义文化批评——苏珊·桑塔格思想研究[M]. 成都：巴蜀书社，2007：246.

第一章 学院派之外的知识分子：桑塔格生平与述评

以及对人性所产生的解放性力量的充分肯定❶。

四川大学郝桂莲的博士论文《反思的文学：苏珊·桑塔格小说艺术研究》（2008）在梳理了桑塔格40年小说创作的内容、风格和变化之后，提出她在不同的历史情境下，对形式或内容的强调各有偏重，"目的是为了对时代的流弊有所反思和纠正"❷。这也是国内第一篇专论桑塔格小说创作的博士论文，已出版成同名专著（2013）❸。她还发表多篇论文，论及桑塔格的批评理论与文学创作之间的关联，如以桑塔格"反对阐释"的新感受力形式主义审美观来解读她的小说《恩主》（2006）❹；用热奈特的时间理论分析《火山恋人》的叙事时间（2009）❺；从罗兰·巴特的"作者之死"、叙述的不确定性和开放式结局三个方面分析《恩主》和《死亡之匣》中的文本狂欢（2009）；用"静默美学"来表现《在美国》中艺术的沉默和生活的喧嚣之间的交互关系（2011）。郝桂莲（2010）还用平行研究的方法，把禅宗的"禅悟"与"反对阐释"理论相联系，从两者对语言、体验和对待终极意义的态度上说明"反对阐释"所暗含的禅意，可谓别开生面❻。

山东师范大学文艺学专业王建成的博士论文《桑塔格文艺思想研究》（2010年）侧重于论述桑塔格20世纪60年代的"反对阐释"理论，与她的新感受力、坎普、艺术色情学、静默美学等理论一起归结为反西方理性主义传统的美学主张，为她的女性主义诉求张目，并在她的小说创作中成为注脚。她的理念引申到疾病领域，即反对以隐喻的方式看待疾病，是"反对阐释"的延伸。作者也注意到了桑塔格对启蒙知识分子严肃立场的回归，是一位有着独立人格和勇气的公共知识分子❼。

---

❶ 梅丽. 作为解放手段的文学：结合马尔库塞的理论探讨桑塔格二十世纪六十年代的作品[D]. 上海：上海外国语大学，2007.
❷ 郝桂莲. 反思的文学：苏珊·桑塔格小说艺术研究[D]. 成都：四川大学，2008.
❸ 郝桂莲. 反思的文学：苏珊·桑塔格小说艺术研究[M]. 北京：光明日报出版社，2013.
❹ 郝桂莲. 桑塔格的批评理论与《恩主》的互文性解读[J]. 当代外国文学，2006，4.
❺ 郝桂莲. 流连忘返——《火山恋人》的叙事时间分析[J]. 当代外国文学，2009，2.
❻ 郝桂莲. "禅"释"反对阐释"[J]. 当代外国文学，2009，2.
❼ 王建成. 桑塔格文艺思想研究[D]. 济南：山东师范大学，2010.

武汉大学哲学专业的袁晓玲在博士论文基础上写成的专著《桑塔格思想研究——基于小说、文论与影像创作的美学批判》（2010），将桑塔格的思想溯源到 20 世纪 60 年代兴盛的反文化运动和先锋艺术，从桑塔格的小说艺术创作、文论、影像视觉艺术创作中总结她的美学思想，并结合学界对桑塔格思想的批判，对桑塔格形式、风格、新感受力三者合一的美学观做出了解析与澄清[1]。

中央民族大学比较文学与世界文学专业张莉的博士论文《"沉默"的言说——苏珊·桑塔格小说创作研究》（2011），把桑塔格的小说创作置于后现代语境下，以"沉默的美学"和自我的追寻与消解为核心，集中论述桑塔格小说中的主题分析和美学评判[2]。该论文已出版为专著《"沉默的美学"视阈下的桑塔格小说创作研究》（2016）[3]。

除了以上的博士论文和专著之外，近年来有近百篇硕士论文以桑塔格研究为选题，对她的文化批评、文学创作、疾病理论、政治立场等做出了多种多样的探究。比如南京师范大学顾明生的《一幅叙事简图：苏珊·桑塔格小说〈在美国〉叙事艺术探究》（2008）[4]，以叙事视角的切入为重点来解读桑塔格的后期力作《在美国》；四川师范大学陈永兰的《论新历史视角下的〈火山情人〉和〈在美国〉》（2008）[5]，从新历史主义的视角来分析桑塔格后期这两部小说的主题、人物形象和艺术特色；陈新蓉从女性主义角度研究《在美国》的论文《杰出女性之困境》（2017）[6] 等，在此不逐一列举。

---

[1] 袁晓玲. 桑塔格思想研究——基于小说、文论与影像创作的美学批判[M]. 武汉：武汉大学出版社，2010.

[2] 张莉. "沉默"的言说——苏珊·桑塔格小说创作研究[D]. 北京：中央民族大学，2011.

[3] 张莉. "沉默的美学"视阈下的桑塔格小说创作研究[M]. 北京：外语教学与研究出版社，2016.

[4] 顾明生. 一幅叙事简图：苏珊·桑塔格小说《在美国》叙事艺术探究[D]. 南京：南京师范大学，2008.

[5] 陈永兰. 论新历史视角下的《火山情人》和《在美国》[D]. 成都：四川师范大学，2008.

[6] 陈新蓉. 杰出女性之困境：桑塔格《在美国》研究[D]. 北京：北京林业大学，2017.

(三) 文艺研究散论

国内关于桑塔格研究的论文数量庞大，涉猎广泛，上文所列举的博士论文和专著的核心论点，都以论文的形式发表在各大期刊上。王予霞、王秋海、陈文刚等桑塔格领域内的研究专家继续进行着这方面的研究。本书侧重的是桑塔格的文艺理论与文学创作研究，在此省略国内对她在摄影、疾病等方面的文献综述。

除了上文提及的研究者之外，还有不少学者对桑塔格的文化理论做出深刻的反思。例如，徐岱、周静（2009）❶指出，桑塔格新感受力的两大特征：审美非个体性与非情感性，在为大众价值的文化商业化过程中，成为先锋诗学被文化商业蓄意误读的一个重要原因。桑塔格的诗学困惑不仅在特定历史语境中具有普遍性，而且体现了从现代性向后现代性转型的先锋派诗学的一种文化张力。新感受力中包含的行动至上和永恒的现实感依然是桑塔格留给美学领域的财富。陈治云（2010）❷则认为，文化研究在揭示文本隐藏的意识形态以及文化政治关系上将文学批评引入了一条新的道路，可关于文学研究的外部因素与内部因素的对立却日益激烈，出现了"感受力分离"的情况，这种对立甚至可以说是艺术文化与科学文化的对立。"第四种批评"的出现为当下文学批评提供了一种新的可能性，作家的学者型批评为两种文化及批评方法的融合提供了一种新思路，桑塔格提出的"新感受力"即是这方面的代表。

在桑塔格小说研究中，较早的成果有《在美国》的两位译者廖七一、李小均所写的论文。廖七一（2003）指出《在美国》不是简单地重述历史，而是从后现代主义的视角重新阐释女主人公的艺术人生，并将作家自己的个人经历、艺术理念和批判意识融入传记小说，以此探索在文化冲突中自我放逐与自我重塑的艰难历程，揭示艺术的救赎功能以及艺术的丰富性、复杂性和

---

❶ 徐岱，周静：被误读的先锋诗学——桑塔格批评理论之批评[J]. 学术月刊，2009，11.
❷ 陈治云. 后现代语境下"第四种批评"的文化倾向——以桑塔格的"新感受力"为例[J]. 求索，2010，10：134-136.

苏珊·桑塔格：徘徊在唯美与道德之间
Susan Sontag: Besotted Aesthete, Obsessed Moralist

似是而非[1]。李小均（2003）以后殖民批评为理论依据，论证了《在美国》中女主人公虽然最终在美国舞台上赢得了凯旋，但其身份的混杂所导致的认同危机依旧搁置这一两难境地。她在美国的经历实质上是从一个民族主义者向个人主义者的转变[2]。桑塔格写作的宗旨在于对现代社会中流亡者身份认同的质疑。周艺（2010）在其论文中呼应了这一身份危机的判定，重申了主人公对主体性的追寻。作者认为她一直追寻却未能把握其主体性的原因在于，她的生命中缺少"教师"和"神"这两个重要因素[3]。

除了作品研究，桑塔格本人的文化身份和知识分子气质也是众多研究者注目的对象。林超然（2010）指出桑塔格是个很少执有偏见的立论者，始终反对美学和道德上的浅薄和冷漠[4]。张柠（2006）则注意到桑塔格以她独特的角度和言谈方式，使得她的政治批评融入日常生活场景之中，将她的公共关怀和热情有效地传递给了公众[5]。马红旗（2006）把桑塔格定义为关注社会议题的激进主义者，并以她的短篇小说《我们现在的生活》为例予以证明[6]。荒林（2006）考察了西蒙·波伏瓦、汉娜·阿伦特、苏珊·桑塔格这三位最知名的西方女性知识分子在中国语境下的阅读和接受。她们所代表的女性主义者形象和生活方式，对中国女性主义思想的发展产生了重要影响[7]。

桑塔格翻译思想方面的研究尚不多见。王秋海（2006）曾从解构主义的视角出发，提出用德国的"无限相融"理论在典籍翻译中使用诗意的艺术语言"创造性"地提取作品的意义和艺术内涵，从这个角度出发，他论述了桑

---

[1] 廖七一. 历史的重构与艺术的乌托邦——《在美国》主题探微[J]. 外国文学, 2003 (5): 70-75.

[2] 李小均. 漂泊的心灵 失落的个人——评苏珊·桑塔格的小说《在美国》[J]. 四川外语学院学报, 2003 (4): 71-75.

[3] 周艺. 盲目的追寻——评《在美国》中玛琳娜的主体性[J]. 外语研究, 2010 (06): 97-100.

[4] 林超然. 桑塔格"反对阐释"理论的文化认同[J]. 文艺评论, 2010 (01): 18-23.

[5] 张柠. 桑塔格：被肢解的女性和批评家[J]. 中国图书评论, 2006, (02): 53-57.

[6] 马红旗. 关注社会议题的激进主义者苏珊·桑塔格——兼评短篇小说《我们现在的生活》[J]. 当代外国文学, 2006 (04): 145-150.

[7] 荒林. 作为女性主义符号的另类场景—西蒙·波伏瓦、汉娜·阿伦特、苏珊·桑塔格的中国阅读[J]. 中国图书评论, 2006 (5): 78-84.

塔格的三种翻译策略，并认为在全球化时代，典籍翻译应被纳入商品运作规律，快速进入世界文化产品的流通之中[1]。

本章小结：桑塔格研究综述和拓展空间

本章是对桑塔格学术生平的回顾以及对国内外桑塔格文艺思想和文学创作既有研究的述评。桑塔格一生著作等身，以她和她的作品为研究对象的学术成果也蔚为壮观，不一而足。比较起来，可以发现国内外在这个领域存在很大的不同。桑塔格去世后在美国之外受到了比她在美国本土更大的学术关注。美国的桑塔格研究以散论为主，桑塔格学院派之外的自由知识分子身份、多姿多彩的研究涉猎范围、频频在公众视野曝光的明星形象、与美国主旋律背道而驰的批判精神，使得美国的研究者并没有把她当成重要的文艺批评家和小说家来看待。虽然她生前获得了众多奖项和荣誉，但在她去世后却还没有一部系统的专著来论及她一生的文艺成果。由于她鲜明的个体特征，有两部书专门论及她与另外两位同时代的批评家和作家的对比。专著方面只有索尼亚·赛瑞斯的《苏珊·桑塔格：哀歌的现代主义者》流传较广，但成书是在1990年，没能涵盖20世纪90年代之后桑塔格的论著和作品。不过美国研究者勒兰德·伯格和卡尔·罗利森等人整理了详细的桑塔格资料和生平传记，为研究桑塔格提供了丰富的第一手材料，为该领域的研究者们提供了很大帮助。

与此相比，美国之外的研究者更为看重桑塔格的整体研究。爱尔兰的拉尔姆·肯尼迪的《苏珊·桑塔格：作为激情的思想》是最详尽的学术专著，遗憾的也是其成书于1995年，缺乏对桑塔格后十年著作的批评。英国和澳大利亚学者所做的关于桑塔格的现代主义和后现代主义特征的研究，主要是从

---

[1] 王秋海. 从解构主义看典籍英译的意义——兼论桑塔格的三种翻译方法[J]. 首都师范大学学报（社会科学版），2006（S3）：110-113.

文化批评的角度论证桑塔格与当前流行的大众文化之间的联系与不同，针对的是她60年代的文艺批评，未能囊括她后期的文学创作和文艺批评从形式向意义的转变。

在中国，二十多年来的桑塔格研究几乎是愈来愈热，成果迭出。不过细究起来发现，很多研究视角雷同，观点重复，难以形成对桑塔格的全面理解。比如由文艺学或文学专业博士论文出版的专著绝大多数都是围绕桑塔格早期的"反对阐释"与"新感受力"理论而进行的美学研究，对于20世纪70年代后她在思想上的转折以及在文学创作上对现实主义的回归虽有提及，但论述薄弱，绝对性较强，缺乏深度挖掘和整体考察。

散论多以桑塔格的某部作品为研究对象，或以某一批评理论为先导，对她的批评见解和文学创作做单方面的解读，涉及她的先锋派创作手法、对现实主义的回归、后殖民主义视野下的主题解读等。这样的批评手法，往往正好落入桑塔格"反对阐释"理念所反对的单一解读方式。在内容方面，与评论者对她的文艺批评重视程度相比，她本人所看重的文学创作却没有得到她在文艺研究和社会批评领域同样的重视。她的文学作品常常被当作她文艺批评思想的证据，这固然有其合理的地方，但鉴于研究视角的单一、影响的焦虑、时代的局限、研究热点的变化，难免会落入断章取义、过度阐释的窠臼。在研究过程中如何整体地、发展地把握桑塔格的思想流变、在研究内容上如何对待桑塔格的文学评论与创作成果，是后来的研究者们有待拓宽的探求领域，这也为桑塔格研究的推陈出新提供了广阔的研究空间。本书正是立足于国内外既有的研究成果，试图以一种历时的、综合的视角来研读桑塔格在不同阶段的著作和言论，从而对她的文艺思想和文学创作梳理出一份完整的研究报告，以还原这个文化传奇的本真样貌。

第二章 美学与道德的交织：桑塔格文艺批评纵论[1]

从 1964 年发表《坎普札记》和《反对阐释》两篇文章一举成名，到 2004 年 3 月在南非"纳丁·戈迪默讲座"发表最后的演讲《同时：小说家与道德考量》，40 年间桑塔格的文艺观点和视角发生了显著转变。从极力赞成纯粹的形式美，到越来越多地关注文艺的内容和道德层面；从赞同大众文化中的"坎普"风格，到明确维护"高级文化"与"低级文化"之间的界限；从杜撰如梦如幻的"新小说"，到回归历史书写现实主义传奇，桑塔格的文艺观和文学创作经历了从前卫到保守的流变。这一流变过程并非从一个极端走向另一极端，其变革性与保留性同时呈现，最大的改变是文化语境的变化引起的观念调整。虽然大多数研究者关注的都是她 20 世纪 60 年代的文艺美学思想，但笔者认为，桑塔格中后期的文艺批评和文学创作有着与早期成就同样重要的研究价值，其中的变化显示出她从"早熟"到"成熟"的蜕变过程。因此，从整体上纵览桑塔格文艺思想的流变，会更有利于探索她作为批评家和小说家的心路历程，还原她本人观念发展的真实样貌，以此为样本来剖析美国知识分子从 60 年代往后的思想变迁。

本章以时间为序分三部分，分别就桑塔格在 60 年代的"激进意志之样式"、70 年代的"美学表象与道德隐喻"、80 年代之后对美学与道德之辩所做的反思和重估这三个阶段的主要论题进行剖析，解读桑塔格从 60 年代开始一

---

[1] 本章部分内容已发表，详见：朱红梅. 反对阐释及其反思：苏珊·桑塔格文艺批评探微[C]//王宁. 文学理论前沿（第十辑）. 北京：北京大学出版社，2013：171-196.

直到她中后期的文艺批评观,并将之进行比照,展示桑塔格在不同时期所强调的文学艺术鉴赏的重点所在。需要强调的是,桑塔格在40年的美学研究和文学创作过程中,始终徘徊在对形式美的追求和对道德内涵的坚守之间,而贯穿其中的,是她一以贯之的"严肃性":严肃地对待所有引起她关注的文艺作品和思潮。在这种严肃眼光的注视下,无论是形式还是内容、高级文化还是大众文化、经典文学还是色情文学,都浸透着作者质疑成见、探究问题、并试图澄清文化现象之本质的认真与热忱。

第一节 激进意志的样式:20世纪60年代的文艺批评

如前一部分文献综述中所示,大多数研究者都把桑塔格在20世纪60年代的文艺批评作为研究重点。在那个激进的年代,桑塔格发表了数篇轰动批评界的文章:《坎普札记》《反对阐释》《静默之美学》《色情想象力》。提出了几个标志性的名词:"新感受力""艺术色情学"。她名下的"先锋派""前卫""实验派作家""形式主义美学家""后现代主义先驱"等标签都来自于这个阶段。即使在70年代之后桑塔格对这个激进的60年代中自己的言论进行了重审和调整,但她的一些重要立场和文艺观并未完全改变。60年代为桑塔格一生所持的文艺观定下了基调。重温她在60年代的思想,对照后期她对这些作品和思想的反思,是缕析桑塔格思想变迁的重要线索。

1966年桑塔格出版了她的第一部批评论集《反对阐释》,其中收录了1962—1965年间她所撰写的二十六篇文章,已分别发表于当时美国最主要的一些学术杂志。这部论集分为五个部分,第一部分是桑塔格标志性的论文《反对阐释》和《论风格》,第二部分是八篇论艺术和艺术家的文章,第三部分是四篇关于戏剧的论述;第四部分是六篇电影评论,第五部分是六篇书评和文艺评论,其中最后两篇文章《关于"坎普"的札记》和《一种文化与新感受力》与第一部分的两篇文章相呼应,强化了桑塔格20世纪60年代提出的主要文艺观点:对形式美的重视,对过度阐释的否定。除了这四篇专论之外,她的思想还散见于该书的其他二十二篇文艺评论中,是她核心论点的佐证。

桑塔格的第二部论集《激进意志的样式》出版于1969年,收录的是她在1966—1968年间的八篇重要论文,分文学、电影与政论三个部分。第一部分开篇的两部作品《静默之美学》与《色情想象力》是提纲挈领的概论性文章,第三篇是对罗马尼亚哲学家、随笔作家齐奥兰(Emil Cioran,1911—1995)"自省"的反思。第二部分的三篇分别对戏剧与电影的关系、著名瑞典电影导演伯格曼(Ingmar Bergman,1918—2007)的电影《假面》,法国导演戈达尔(Jean Luc Godard,1930—)的评述。第三部分是两篇社会评论:《美国现状(1966)》是对美国当代政治经济文化的批判,《河内之行》记录了她1968年应邀访问越南北部的所见所闻所感。

这两部论集辑录了桑塔格在20世纪60年代最重要的文艺批评思想,其中观点相辅相成,为桑塔格今后的研究兴趣奠定了基础,那就是对形式美学的沉迷,以及对随之而来的内容上的道德评判的难以割舍。桑塔格的博闻广识在60年代已初见端倪,她的文艺批评遍及文艺各领域,尤以文学、电影、戏剧为主要研究对象,并能站在哲学高度对这些艺术形式进行审视。总体来说,在60年代这个文艺激进的时期,桑塔格最为关注的论述内容有三点:由"反对阐释"和"静默之美学"为代表的文艺形式与内容之争;由"坎普"感受力所代表的新感受力与高级文化之争;由色情文学引起的关于快感与道德之争。这三对关系萦绕在桑塔格一生的文艺批评和文学创作之中,是把握她的文艺思想流变的精神之轴。

一、形式与内容之争:"反对阐释"与"静默之美学"

(一)《反对阐释》:感性体验取代理性阐释

桑塔格以"反对阐释"的口号闻名于世。从传统观念来说,文艺批评家的任务本来就是对文艺作品做出阐释和评论。在20世纪60年代之前,阐释是最重要的批评手法,无论是以马克思主义为出发点的社会意识形态批评,

苏珊·桑塔格：徘徊在唯美与道德之间
Susan Sontag: Besotted Aesthete, Obsessed Moralist

还是以弗洛伊德为代表的精神分析批评，文艺批评都试图在文本下挖掘出更多的"潜文本"意义。那个时候的美国纽约文人圈，是以欧文·豪（Irving Howe, 1920—1993）、莱昂内尔·特里林（Lionel Trilling, 1905—1975）这些从社会历史、道德心理的角度评论文学和文化的批评家为主流。而桑塔格重温以王尔德为代表的19世纪唯美主义气质，公然提出"反对阐释"的口号，不啻于逆流而行，这也是她忽然之间异军突起又饱受争议的原因。

在《反对阐释》这篇文章中，桑塔格针对当时批评界重内容而轻形式、重阐释而轻感受的风气，以唯美主义的艺术观予以反拨。她提出：对艺术做出阐释是对艺术作品本身的忽略，而阐释永远也不能达到完美，因为阐释永远不能代替艺术品本身，只能解释一部分。桑塔格自言并非反对所有的阐释，而是反对那些缺乏敬意、对文本造成破坏的意义挖掘：

> 当代对于阐释行为的热情常常是由对表面之物体的公开的敌意或明显的鄙视所激发的，而不是由对陷入棘手状态的文本的虔敬之情（这或许掩盖了冒犯）所激发的。传统风格的阐释是固执的，但也充满敬意；它在字面意义之上建立起了另外一层意义。现代风格的阐释却是在挖掘，而一旦挖掘，就是在破坏；它在文本"后面"挖掘，以发现作为真实文本的潜文本。最著名、最有影响的现代学说，即马克思和弗洛伊德的学说，实际上不外乎是精心筹划的阐述学体系，是侵犯性的、不虔敬的阐释理论。❶

桑塔格所反对的，是过度的智性阐释对艺术形式本身的破坏，为了阐释而阐释，因为挖掘意义而破坏了文本自身的意义。她说："就一种业已陷入以丧失活力和感觉力为代价的智力过度膨胀的古老困境中的文化而言，阐释是智力对艺术的报复。"❷ 有些艺术家欢迎别人对他们的作品做出阐释，但这很难说明他们的艺术价值取决于阐释。与文学相比，桑塔格更喜欢电影这种艺

---

❶ 苏珊·桑塔格. 反对阐释[M]. 程巍，译. 上海：上海译文出版社，2003：8.
❷ 苏珊·桑塔格. 反对阐释[M]. 程巍，译. 上海：上海译文出版社，2003：9.

第二章 美学与道德的交织：桑塔格文艺批评纵论

术形式，因为电影能产生直接的影响力，不用阐释。于是她提出，批评家的作用应该对艺术品提供一种"精确的、锐利的、深情的描述"。在这样一个崇尚无情分析的文化中，批评家应该回归到文本的感性特质，还原艺术的形式美。

桑塔格所处的时代正是批评家们努力在艺术中寻找象征、神话、精神分析，竭力挖掘隐含意义的时期。桑塔格攻击弗洛伊德主义对"隐含意义"的热衷，指斥这种从文本中挖掘意义的方法遮蔽了艺术作品本身的美学体验，她呼吁有必要恢复人们对艺术的感觉。她赞赏奥斯卡·王尔德的唯美主义，认为对于艺术来说，形式重于内容，感性重于知性。"为取代艺术阐释学，我们需要一门艺术色情学。"[1] 所谓色情学（erotics），并不是内容上的色情，而是与"阐释学"相对的艺术鉴赏，强调审美过程中的感性体验。桑塔格对感性的推崇，引领她对"新感受力"的评述和对真正的色情文学的探讨。

《反对阐释》文集中的另一篇文章《论风格》（"On Style"）继续"反对阐释"的观点。桑塔格把风格视为艺术作品的一部分，而批评者们却常常把风格从艺术作品本身分离出来，从而使得风格与道德各自独立，艺术所带来的快感遭到道德或内在意义的绑架。有鉴于此，她强调艺术的美学体验，风格才是艺术最完整的呈现方式，才能最好地表达无以言表的美妙感受。她援引了纳粹电影导演莱尼·里芬斯塔尔作品中的艺术美作为例子来证明内容在审美中的次要：

> 在艺术中，"内容"似乎是将意识介入那些本质上是形式的转换过程中的托词、目标和诱饵。
>
> 这就是我们何以问心无愧地对那些就内容而言令我们产生道德反感的艺术作品抱有好感的原因（这种难堪与欣赏诸如《神曲》这一类其前提对我们来说在理智上显得陌生的艺术作品时的难堪同属一类）。把莱尼·里芬斯塔尔的《意志的胜利》和《奥林匹亚》称为杰作，并不是在以美学的宽容来掩盖纳粹的宣传。其中存在着纳

---

[1] 苏珊·桑塔格. 反对阐释[M]. 程巍，译. 上海：上海译文出版社，2003：17.

苏珊·桑塔格：徘徊在唯美与道德之间
Susan Sontag: Besotted Aesthete, Obsessed Moralist

粹宣传，但也存在着我们难以割舍的别的东西。这是因为，里芬斯塔尔这两部影片（在纳粹艺术家的作品中别具一格）展现了灵气、优美和感性的复杂动态，超越了宣传甚至报道的范畴。❶

这个时期的桑塔格把艺术美从内容上剥离出来，不从道德层面上考虑其艺术价值，只从形式和风格上感受艺术作品是否优美迷人，如果是，那么这件艺术作品就是杰作，即使其内容是反动的。她所列举的里芬斯塔尔的两部纳粹宣传片就是这样的典型作品：内容上的纳粹宣传不能湮没其形式上的"灵气、优美和感性的复杂动态"。在此需要注明的是，桑塔格的这种唯美主义取向到了20世纪70年代发生了转变，本文将在随后的第二节中分析她创作于1975年的另一篇评论文章《迷人的法西斯主义》（"Fascinating Fascism"），在其中她重新审视了对里芬斯塔尔电影艺术的观点。

公正地说，桑塔格在《反对阐释》里直言反对以马克思主义和弗洛伊德理论为根据的艺术阐释学，但她反对的并不是马克思和弗洛伊德本人所做的理论探索。在《反对阐释》文集中收入的一篇她为《从托尔斯泰到加缪的宗教》❷一书所写的书评《没有内容的虔诚》中，她批评了此书选编所表现的"浅薄"和"学究气"，对此书把弗洛伊德的《幻象之未来》（*The Future of Illusion*）归入宗教情怀这一视角不以为然，由此她还批驳了爱德蒙·威尔逊等批评家把马克思说成是"当代预言家"这一言论。她说："马克思和弗洛伊德的确定无疑的特质，是他们对全部人类问题采取的那种批判的、全然世俗的态度。由于他们作为人的那种精力，作为思想家的那种巨大的道德严肃性，肯定可以为他们找到一个比这些意在唤起宗教导师的威望的陈腐名称更好的称谓。"❸ 在这篇写于1961年的书评中，桑塔格反对的是以宗教情怀来阐释一些伟大的作家和作品，在她看来，不管是尼采、马克思，还是弗洛伊德，他

---

❶ 苏珊·桑塔格. 反对阐释[M]. 程巍, 译. 上海：上海译文出版社, 2003: 29 – 30.
❷ Kaufmann, Walter. Religion from Tolstoy to Camus [M]. New York and Evansion: Harper & Row Publishers, 1961.
❸ 苏珊·桑塔格. 反对阐释[M]. 程巍, 译. 上海：上海译文出版社, 2003: 297.

第二章　美学与道德的交织：桑塔格文艺批评纵论

们所构成的道德与反道德的思想传统，都存在着"现代的严肃性"[1]，不能称之为"宗教性"。在此文集中的另一篇同年发表的书评《精神分析与诺曼·奥·布朗的〈生与死的对抗〉[2]》中，桑塔格称赞了布朗对弗洛伊德思想的严肃研究，把精神分析与马克思主义这两种理论看作是治疗性和阐释性理论，同时也看作政治范畴和身体范畴的探索性思考，其探索的对象是宗教所不能回答的有关人类文明和人本身的去向议题。桑塔格以她的批判性否决了这些思想家跟宗教的归属关系，认可了其思想的严肃性和深刻性，而她自己又进一步批判了艺术阐释学，否定了这些思想理念跟艺术审美的必然关系——艺术作品不是思想内容的载体，而是直觉感受的投射。在内容与风格、道德与审美之间考量的过程中，她肯定了内容和道德的严肃性，却希冀艺术的审美可以摆脱内容的束缚，直接由艺术的风格来建立美的感觉。

（二）《静默之美学》：艺术表达的极致

桑塔格的第二部论集《激进意志的样式》的开篇之作《静默之美学》（"The Aesthetics of Silence"）依旧遵循"反对阐释"的理念来进行进一步的论述。这篇长文比《反对阐释》具有更为思辨的哲学性。桑塔格把艺术创作视为人类再创自身独特的"灵性"（spirituality）的一种途径。艺术是否能够表达思想、从而实现灵性？答案充满了悖论。审美冲动是艺术超越现实中痛苦矛盾的主要途径，然而艺术毕竟是人工作品、物质产品，依然不能完全脱离其"现实性"："艺术力图表现的'精神'与艺术本身的'物质'特性发生了冲突。……艺术成为艺术家的敌人，因为它不让后者实现其渴求的目标——超越"[3] 在这种追求下，艺术走向了自身的反面，以消灭自身的诉求为最终目标，而静默即为通往超越的手段。

有些艺术家正因为认识到了这一点而选择静默，与这个世界脱离联系，

---

[1] 苏珊·桑塔格. 反对阐释[M]. 程巍, 译. 上海: 上海译文出版社, 2003: 298.
[2] Brown, Norman O. Life against Death: The Psychoanalytic Meaning of History [M]. Middletown, CT: Wesleyan University Press, 1959.
[3] 苏珊·桑塔格. 激进意志的样式[M]. 何宁, 周丽华, 王磊, 等译. 上海: 上海译文出版社, 2007: 6.

以"无为"的方式超脱在现实之外。沉默有很多方式：自杀、对世界的拒斥、丧失理智，还有对表达的禁止。无论是采用哪种沉默的方式，都可以让艺术作品更专注、更感性。文学不可避免地要使用语言，不管作者或其作品如何保持沉默。在这种两难境地下，如何以有形的方式来表达沉默？那就是拒绝阐释，让人注意到语言的局限性。

  静默隐喻着纯净、不受干扰的视野，正适合那些本质内敛、审视的目光也不会损害其基本的完整性的艺术作品。观众欣赏这种艺术如同欣赏风景。风景不需要观众的"理解"，他对于意义的责难，以及他的焦虑和同情；它需要的反而是他的离开，希望他不要给它添加任何东西。沉思，严格来说，需要观众的忘我：值得沉思的客体事实上消解了感知的主体。❶

  桑塔格列举了伯格曼的电影《假面》中女演员的故作沉默、济慈诗中希腊古瓮的静默所包含的永恒思考来证明静默之美学在艺术中的呈现形式。她解释了静默的诸多功用，如：确认所缺乏或被放弃的思想、确认思考的完成、为继续或拓展思想提供时间、提供或帮助言语获得其最大限度的完整性和严肃性等。如里尔克在他的《杜伊诺哀歌》中所说，静默是一种"清空"，一种治疗性的清场，扯开语言的层层包装，让事物本质袒露出来，寻找新的出路。善于使用沉默方式的艺术家有贝克特和卡夫卡，拒绝寻找传统意义，写出寓言般文学作品，不愿让人从作品中提取内容。静默是艺术保持自治的方式之一，可以帮助现代艺术家们"为艺术而艺术"去从事创作，以实现理想中灵性的圆满。

  虽然桑塔格满怀热忱地分析静默之美学，她也自知这种"无声胜有声"的艺术形式已脱离了客观实际，其终极形式只是一种无法企及的理想，最终走向虚无主义。《反对阐释》中号召的是读者或者观众凭感觉去感受艺术作品的形式或者风格之美，反对挖掘隐含意义；到了《静默之美学》，甚至连作者

---

❶ 苏珊·桑塔格. 激进意志的样式[M]. 何宁，周丽华，王磊，等译. 上海：上海译文出版社，2007：18.

都跟艺术表达产生了抵触,为了实现"美"作为艺术领域里的终极追求,艺术家们必须寻求表达"无法形容、难以描述和不可言喻的效果"❶。艺术必须以某种方式表现"美",而真正的"美"却是不可言喻的,这个艺术悖论折磨着艺术家,也为艺术和艺术表现之间制造了无穷的张力和自我消耗。桑塔格说:"所有精神活动本质上都会消耗自身——耗尽它们自身的意义,也就是它们赖以表达的那些术语的意义。"❷ 艺术属于精神活动,也难免自我消耗的过程。在本文的最后,桑塔格寄希望于"反讽"的活力来拯救消耗殆尽的艺术,但对此也持怀疑和悲观的态度:"不断打破各种设想的可能性似乎不会一直发展到无限的未来,最终必然会被绝望,或是令人窒息的苦笑所遏制。"❸

从反对阐释到静默之美学,桑塔格在文艺观上逐渐走到另一个极端:放弃理性,注重感性,再到以静默的艺术方式来表现"美"和"灵性"。为了寻求纯粹的艺术真谛,这种激进的文艺观点逐渐弃绝了所有表现方式,最终难免堕入悲观绝望之中,无路可走。这也为她从 20 世纪 70 年代之后改变激进的观点,更多地从历史角度进行文艺批评埋下了伏笔。

二、大众文化与高级文化之争:"坎普"与"新感受力"

桑塔格在《反对阐释》《论风格》和《静默之美学》中所倡导的注重感性审美的文艺观具体体现在她对"坎普感受力"和"新感受力"的推崇。《反对阐释》文集中收入的另一篇名文《关于坎普的札记》("Notes on Camp")最早发表于 1964 年,对这一边缘艺术领域的探讨令桑塔格声名远扬,也给桑塔格带来了拥抱大众文化的声誉。桑塔格喜欢运用"札记"(Notes)的形式进行论述,这种读书笔记加箴言型的论述方式不用像学院派

---

❶ 苏珊·桑塔格. 激进意志的样式[M]. 何宁,周丽华,王磊,等译. 上海:上海译文出版社,2007:33.
❷ 苏珊·桑塔格. 激进意志的样式[M]. 何宁,周丽华,王磊,等译. 上海:上海译文出版社,2007:36.
❸ 苏珊·桑塔格. 激进意志的样式[M]. 何宁,周丽华,王磊,等译. 上海:上海译文出版社,2007:37.

学术论文那样循规蹈矩，更为适合自由奔放地表达思想。对于"坎普"❶这一未经详细描述、定义和来源含糊不清的艺术名词，桑塔格采用札记这种松散的文体来描述，这种写作手法与作者本人所赞赏的感性解读十分匹配，而这篇"札记"也以其散论的形式谈论了这个松散模糊的文艺领域。

　　桑塔格给坎普感受力所下的定义是："（坎普）不是一种自然形态的感受力"，其"实质在于其对非自然之物的热爱：对技巧和夸张的热爱。而且坎普是小圈子里的东西——是某种拥有自己的秘密代码甚至身份标识的东西，见于城市小团体中间"❷。这个定义也说明了为什么有的译作将"坎普"译作"矫揉"。而桑塔格将坎普感受力限制为"小圈子里的东西"，并没有把它作为大众品位的一种。相反，在文中她拿来作为例证的坎普经典作品，都是艺术作品中别具一格的作品，如柴可夫斯基的《天鹅湖》、贝里尼的歌剧、林恩·沃德的木板印刻的小说《上帝之子》等。她把这类非自然、求技巧与夸张的趣味归结为一种不受理性干涉的感受力，以唯美主义代表人物奥斯卡·王尔德的言论提纲挈领，逐条写下自己的思考，把王尔德所追求的艺术类型作为坎普感受力的典型代表，强调这种以技巧和风格化获取美感的艺术形式，并将之与高级文化的感受力和"先锋派"艺术的感受力作对比，称之为第三种感受力：

---

　　❶ 根据 Wikipedia 有关 Camp 的说明，"坎普"（Camp）一词来自法语口语 se camper，意思是"摆出夸张的姿态"；《牛津英语词典》（*OED*）把 1909 年定为这个词首次被运用出现的时间，其定义为"矫揉造作的，夸张戏仿的，女性化或同性恋的；具有同性恋特征的"。20 世纪 60 年代之后，此词演变为一种刻意的艺术审美品位，因桑塔格的《关于坎普的札记》而进入艺术审美时尚主流。旅美学者徐贲曾考察过 Camp 的诸多译法，如陈冠中主张按顾爱彬、李瑞华、程巍等的音译，把 camp 译为"坎普"；而田晓菲译作"矫揉造作"，沈语冰译作"好玩家"，董鼎山译作"媚俗"（借"坎普"与"刻奇"的亲缘关系），王德威的"假仙"（中国台湾用语，指行为上的假装），但都只突显了"坎普"某些特性而最终都未能达意。见陈冠中. 坎普·垃圾·刻奇——给受了过多人文教育的人[J]. 万象（第二卷）. 2004，4. 徐贲取刘亮雅、罗敬尧和肖瑞莆等人的"敢曝"说法，认为这比其他翻译更能传达他所说的通过夸张扮装实现反抗意识的"一种民间亚文化的政治体现"。见徐贲. 扮装政治、弱者抵抗和"敢曝"（Camp）美学[J]. 文艺理论研究，2010，5.

　　❷ 苏珊·桑塔格. 反对阐释[M]. 程巍，译. 上海：上海译文出版社，2003：320.

第二章 美学与道德的交织：桑塔格文艺批评纵论

> 第一种感受力，即高级文化的感受力，基本上是道德性的。第二种感受力，即体现于当代众多"先锋派"艺术中的那种情感极端状态的感受力，依靠道德激情与审美激情之间的一种张力来获得感染力。第三种感受力，即坎普，纯粹是审美的。……坎普是坚持在审美层面上体验世界。它体现了"风格"对"内容"、"美学"对"道德"的胜利，体现了反讽对悲剧的胜利。[1]

据此桑塔格与她在《反对阐释》一文中的观点相呼应，使得坎普感受力拒绝与内容和道德挂钩，也跟反智主义的回归自然毫不相同。在桑塔格的划分下，高级文化是以道德感受力为主，先锋派艺术是以道德激情和审美激情之间的张力为主要感受力，而坎普则摒弃了道德性，纯粹从审美层面上体现感受力，以其矫揉造作、对通俗艺术所持有的良好趣味形成了一种新的艺术感受。

她还专门提到了坎普趣味与同性恋趣味之间的特别关联。桑塔格认为同性恋者因其具有的唯美主义和反讽倾向而成为现代感受力的两种先驱力量之一（另一种力量是以道德严肃性著称的犹太人群体）。鉴于桑塔格最常引用的坎普代言人——王尔德和奥登——都是著名的同性恋者，而桑塔格本人也有同性恋倾向（更确切地说是双性恋），他们对坎普品位的兴趣可谓所见略同。桑塔格认为坎普兼具两性特征，由此她对风格又做了新的阐释："所有的风格，也就是说所有的技巧，终究是兼具两性特征的。生活没有风格。自然也没有。"因此，坎普风格是艺术家为了制造美的感受而独具匠心创作出来的感受力。

桑塔格肯定了高级文化的严肃性："真、美与庄严"[2]，她把坎普归入高级文化之外的一些有创造性的感受力，表示只尊重高级文化的风格是虚伪的。坎普感受力之所以好，"不是因为它达到了预期目的，而是因为它揭示了人类状况的另一种真相以及人之为人的另一种体验——简而言之，它揭示了另一

---

[1] 苏珊·桑塔格. 反对阐释[M]. 程巍，译. 上海：上海译文出版社，2003：334.
[2] 苏珊·桑塔格. 反对阐释[M]. 程巍，译. 上海：上海译文出版社，2003：333.

种令人信服的感受力。"❶

综观全文，可以发现桑塔格为坎普所写的这五十八条札记并不协调连贯，有些观点彼此抵触。桑塔格在此文开篇不久就说："我既为坎普所强烈吸引，又几乎同样强烈地为它所伤害。"❷ 她极力去区分坎普与非坎普、朴实的坎普和蓄意的坎普的区别。经典的坎普既要匠心独运，又得非蓄意而为，既"显露天真"，也"腐蚀天真"❸。她尤其强调坎普的严肃性，即使艺术品的内容荒诞离奇，但创作态度务须既严肃，又是反严肃的，"一种失败的严肃……那些适当地混合了夸张、奇异、狂热以及天真的因素的严肃，才能算作坎普。"❹ 这种又爱又恨的态度贯串在格言式的札记中，更多的是出自作者的感性认识，而不是逻辑判断，与坎普感受力给人的感官影响相一致。

紧随《关于坎普的札记》之后的是《反对阐释》文集中最后一篇文章《一种文化与新感受力》继续探讨关于多种感受力的问题。作者关注的是科学文化对文学－艺术文化的强大影响。与悲观的艺术精神捍卫者们不同，桑塔格认为艺术并非静止不动的弱势文化，而是如科学文化一样发展变化，两者并不必然构成冲突。科学文化对文学－艺术文化所造成的冲击，形成了一种新的感受力，是对社会发展、人类生存环境的变化、艺术品大规模复制时代"艺术的泛文化观点的体验"❺。桑塔格乐观地对待这一"新感受力"，称其摆脱了艺术的宗教性，利用社会和科技发展的新模式，成为改造意识的工具，挑战传统的文化分界，打破形式与内容之间、浅薄与严肃之间、高级文化与低级文化之间的区分。传统上以小说为主的文学不再是新时期的文化标杆，取而代之的是电影、音乐、舞蹈、建筑、绘画、雕刻等"内容要少得多、道德评判方式要冷静得多的艺术"，这些艺术形式所体现的新感受力的核心即在于："大量地、自自然然地、不觉尴尬地吸纳科学和技术的因素"❻。

---

❶ 苏珊·桑塔格. 反对阐释[M]. 程巍, 译. 上海：上海译文出版社, 2003：334.
❷ 苏珊·桑塔格. 反对阐释[M]. 程巍, 译. 上海：上海译文出版社, 2003：320.
❸ 苏珊·桑塔格. 反对阐释[M]. 程巍, 译. 上海：上海译文出版社, 2003：329.
❹ 苏珊·桑塔格. 反对阐释[M]. 程巍, 译. 上海：上海译文出版社, 2003：329.
❺ 苏珊·桑塔格. 反对阐释[M]. 程巍, 译. 上海：上海译文出版社, 2003：343.
❻ 苏珊·桑塔格. 反对阐释[M]. 程巍, 译. 上海：上海译文出版社, 2003：346.

第二章 美学与道德的交织：桑塔格文艺批评纵论

在本文中，桑塔格对科学时代的这种新感受力充满热情和期待。她批判马修·阿诺德的传统文化观念，重申要沿着反对阐释的路径，弱化道德评价在艺术中的位置，强调官能体验在艺术价值中的重要性：

> 马修·阿诺德的文化观念把艺术定义为对生活的一种批评——这被理解为提出道德、社会和政治诸方面的思想来进行思考。新感受力却把艺术理解为对生活的一种拓展——这被理解为（新的）活力形式的再现。道德评价的作用在这里并未被否定，只是其范围被改变了：它变得不那么严厉，它在精确性和潜意识力量方面的所获弥补了它在话语明确性方面的损失。这是因为，比起我们储存在我们的脑袋里的那些思想储存物所塑造的我们，我们之本是甚至能更强烈、更深刻地去看（去听、去尝、去嗅、去感觉）。❶

不过，桑塔格在颠覆了传统的道德文章的艺术价值之后，并没有放弃她的精英品位，没有放任所有形式的当代艺术进入她的新感受力。她强调现代艺术也具有其严肃性以及这种严肃性带来的对快感的刺激与挑战。她依然反对当代艺术中存在着大量的愚蠢的流行音乐、低劣的、装模作样的先锋派绘画、电影等。她所倡导的，是建立起"一些新标准，关于美、风格和趣味的新标准"❷，是高质量的唯美作品，以体现新感受力的多元性，使得人们获得一种更为开放的世界观和艺术观。这一点使得她与后来兴起的后现代视野下大众文化研究中"削平差异性"的观点拉开了距离，也使得她到了后期旗帜鲜明地"反后现代主义"❸，成为一名与大众文化潮流逆向而行的文化精英分子。

---

❶ 苏珊·桑塔格. 反对阐释[M]. 程巍，译. 上海：上海译文出版社，2003：347.
❷ 苏珊·桑塔格. 反对阐释[M]. 程巍，译. 上海：上海译文出版社，2003：352.
❸ 苏珊·桑塔格，陈耀成. 反对后现代主义及其他——苏珊·桑塔格访谈录[A]. 黄灿然，译. 南方周末，2005-1-6.

三、快感与道德之争：色情文学的价值重审

桑塔格在《反对阐释》中提出以"艺术色情学"取代"艺术阐释学"，其实是提倡在文艺批评中以感性体验代替理性阐释。从"艺术色情学"到色情艺术，桑塔格对艺术作品感性美的推崇很自然地牵涉到对色情作品的讨论上。与"反对阐释"的理念吻合，色情艺术正好是脱离了道德轨道、诉诸"感性"和"快感"这些感官体验的一种艺术形式。桑塔格文章中多次论及色情艺术，涉及文学、电影、摄影、美术等诸多领域。她撇开内容层面的道德评说，专从感性角度重新审视色情艺术中一些精品的艺术魅力，对色情文艺这一为人所不齿的艺术题材进行了严肃思考，试图重新定位其艺术价值。

《反对阐释》文集中收入了桑塔格对美国电影导演杰克·史密斯（Jack Smith）于1963年发行的成人电影《淫奴》（*Flaming Creatures*）的影评。对这部充斥着肆无忌惮的性行为、异装癖、同性恋的色情电影，桑塔格为其翻案，认为这部电影"太充满伤感情调，也太巧妙，以致引不起淫念"❶。她把它归入到美国先锋派电影之一，在电影史上属于"诗意的、有冲击力的电影这一特别的传统的一部作品"❷。桑塔格从情节安排、拍摄技巧方面赞赏这部电影，认为这部"充满了视觉材料"的电影是"坎普"知识的大杂烩，正好体现了她想弘扬的那种新感受力："没有思想，没有象征，没有对任何东西的评论或者批评。……不折不扣地是提供给感觉的乐趣。"❸ 用影像而非文字的形式来反映这种感官刺激，所表现的感性体验更为直接。但桑塔格依然强调这种感觉的诗意与趣味，把大量粗鄙模仿之作排除在外。

关于文学中的色情作品，桑塔格在《反对阐释》中多次提及法国作家让·热内（Jean Genet, 1910—1986）及其色情文学创作。这位沦落在社会底层、自小流离失所、靠偷窃和坐牢为生的叛逆型怪才作家，其作品深受存在

---

❶ 苏珊·桑塔格. 反对阐释[M]. 程巍, 译. 上海：上海译文出版社, 2003：265.
❷ 苏珊·桑塔格. 反对阐释[M]. 程巍, 译. 上海：上海译文出版社, 2003：266.
❸ 苏珊·桑塔格. 反对阐释[M]. 程巍, 译. 上海：上海译文出版社, 2003：268.

第二章 美学与道德的交织:桑塔格文艺批评纵论

主义大师萨特的关注❶。与萨特一样,桑塔格从热内的那些表现底层堕落生活的作品中找到了哲学意义。萨特看重的是热内所表现的存在主义思想,就如同波德莱尔的《恶之花》,通过表现极端的"恶"而走向"恶"的反面——"善"。桑塔格在热内的色情文学中看到的是其不加粉饰的感性美,没有任何社会伦理的羁绊,完全真实地表达人的感官体验。

桑塔格集中阐述对色情文学之美学探究的文章是她写于1967年、收入《激进意志的样式》的长文《色情想象力》("Pornographic Imagination")。在本文中,桑塔格把她所讨论的色情作品称之为"非主流却有趣的形式或传统",她只筛选了少数几部色情作品作为探讨文本:"皮埃尔·卢维(Pierre Louys❷)的《三少女和母亲》、乔治·巴塔耶(Georges Bataille❸)的《眼睛的故事》和《爱德华达夫人》、匿名发表的《O的故事》❹ 和《色像》❺"❻,这些作品是色情文学中的严肃作品,与其他那些泛滥成灾的粗制滥造之作不可同日而语。桑塔格对这些严肃的色情作品的兴趣,不同于当时知识分子中的主张严查色情作品的雄辩卫道士,如乔治·保·爱略特(George P. Elliott)

---

❶ 萨特曾为热内的自传体小说《小偷日记》撰写了长达五百多页的序言,后来因为篇幅太长只好将这序言出了单行本,题名为《圣热内:戏子与殉道者》(Sartre, Jean Paul. Saint Genet, Comédien et Martyr [M]. Paris: Gallimard, 1952.)。

❷ 皮埃尔·卢维(Pierre Louys, 1870—1925),法国小说家、诗人,以写作女同性恋为主题的色情作品闻名。作品有《阿芙洛狄忒》(Aphrodite)、《女人与傀儡》(La Femme et Le Pantin)、《三少女和母亲》(Trois Filles de Leur Mère)等。

❸ 乔治·巴塔耶(Georges Bataille, 1897—1962),法国评论家、思想家、小说家,作品涉及哲学、伦理学、神学、文学等诸多禁区,以叛逆精神著称。有关色情的重要作品有《文学和邪恶》(La Littérature et le Mal)、《色情史》(L'histoire de L'erotisme)、《眼睛的故事》(L'histoire de l'oeil)、《爱德华达夫人》(Madame Edwarda)等。

❹ 《O的故事》(Histoire d'O, 1954),又译作《O娘的故事》,是法国女作家安妮·迪斯卡洛斯(Anne Desclos, 1907—1998)以笔名"波利娜·雷阿日"(Pauline Réage)发表的一部虐恋小说。这部小说以其精致的笔触、匪夷所思的虐恋情节得到了广泛的阅读与评论,赢得了经典文学的地位。

❺ 《色像》(L'Image, 1956),是法国女演员、摄影师兼作家凯瑟琳·罗布-格里耶(Catherine Robbe-Grillet, 1930—)以"让·德·贝格"(Jean de Berg)的笔名发表的性虐小说,由《O的故事》作者波利娜·雷阿日作序。

❻ 苏珊·桑塔格. 激进意志的样式[M]. 何宁,周丽华,王磊,等译. 上海:上海译文出版社,2007:41.

和乔治·斯坦纳（George Steiner），也不同于提倡艺术自由的自由主义者，如保罗·古德曼（Paul Goodman）。无论是主张禁绝还是宽容，他们都是把色情"简化为病态的征象和有问题的社会商品"[1]。她也无意于以"宗教禁锢后人性自由的反拨"和"社会转型后传统家庭模式与性别角色的混乱"这些社会视角来阐释色情文学。她所关注的是这些色情作品所反映的人类普遍存在的"色情之想象"，认为这是不该回避的社会现实，而高质量的色情作品本身即为"有趣而重要的艺术作品"[2]，不应被鄙弃为低级读物。

桑塔格首先在文类上给这些色情作品正名。她驳斥了否认色情作品为一种文学形式的归类法，批评了把现实主义小说作为小说唯一衡量标准的观点。她把色情文学看作是一种散文式的、极端的文学形式。色情文学不是现实主义作品，而是出于想象，因为其中涉及的情节发展、行为方式在现实中很难完全实现。既然科幻小说能成为一种文学体裁，色情文学也是如此。色情文学不是对现实的模仿，而是对传统标准的叛逆，它解放了人们对性的思考。

不过，桑塔格在对色情文学的探究上，并不是完全按照感性体验来决定其价值，她逐渐深入到从意识和人性角度对之进行阐释。在她看来，色情关乎意识的状态，能让读者产生兴奋情绪，"同时也触及其整个人性经验——包括他的人格和身体的界限"[3]。像宗教叙述一样让教徒产生兴奋感，从而获得情感刺激。不同的是，基督教伦理对身体和性深恶痛绝，而色情所涉及的却是魔鬼般、不可控制的力量，超越在善恶评判之外。两者都会让人产生迷恋，是产生"使人皈依"的劝诱。

---

[1] 苏珊·桑塔格. 激进意志的样式[M]. 何宁，周丽华，王磊，等译. 上海：上海译文出版社，2007：42.

[2] 苏珊·桑塔格. 激进意志的样式[M]. 何宁，周丽华，王磊，等译. 上海：上海译文出版社，2007：44.

[3] 苏珊·桑塔格. 激进意志的样式[M]. 何宁，周丽华，王磊，等译. 上海：上海译文出版社，2007：52.

第二章　美学与道德的交织：桑塔格文艺批评纵论

桑塔格以《O 的故事》为例，说明这部深受萨德（Sade[1]）影响的性虐小说所表现出的严肃的文学性，是对理查森（Samuel Richardson[2]）的那些道德教育小说中对女性美德战胜男性淫邪的颠覆。《O 的故事》中有情节、有爱，作为性奴的 O 也有感情、有回应，甚至可以主动示爱，这都使得这部小说不同于大多数单一讲性的色情作品。桑塔格借此抨击了西方基督教对于性冲动长期的扭曲和妖魔化，更质疑了社会主流对人类性欲"淫秽可耻"的定论，因为事实上"每个人都感觉过（至少在幻想中）生理虐待的色情魅力以及在可耻和令人反感的事物中的色情诱惑"[3]，性虐故事是色情之想象的文学体现，有其真实性和艺术价值：

> 色情想象可能说出了一些值得聆听的东西，虽然其形式可能是堕落的，而且时常让人难以辨认。我还特别强调，这种人类想象的极为晦涩的形式仍然有其揭示真理的独特途径。当这一关于感性、性、个体人格、绝望和限度的真理将其自身投射在艺术中时，它便可以被人所分享。（每个人，至少在梦里，都曾经在色情想象的世界中栖息几个小时，几天，甚或更长的时间；但只有一直生活在那里的人才能创造出偶像、奖品和艺术。）被称为越界之诗的话语也是知

---

[1] 萨德（Donatien A F, Marquis de Sade, 1740—1814），法国贵族，写有大量的色情及哲学著作。其色情作品手法细腻，极富幻想力，超出常人能力，尤喜追求极致快感、描写性虐体验，形成专有名词 Sadism（"萨德主义""性虐狂"），代表作有《美德的不幸》(Les Malheurs de la Vertu)、《闺房哲学》(La Philosophie dans le Boudoir) 及自传小说《香阁侯爵》(La Marquise de Gange) 等。

[2] 塞缪尔·理查森（Samuel Richardson, 1689—1761）是 18 世纪中叶英国著名的小说家，他的作品主要歌颂诚实、忠贞、勤俭等美德，对英国文学和欧洲文学都产生过重要影响。代表作品有书信体小说《帕梅拉，又名贞洁得报》(Pamela: or Virtue Rewarded)，说的是一位坚贞的女仆不屈不挠拒绝了主人的非分要求，最后在主人改过自新之后嫁他为妻的故事。另一重要作品《克拉丽莎，又名一个少女的历史》(Clarissa: or the History of a Young Lady) 讲述的是一位纯真活泼的女子先是陷入无爱婚姻，后又遇人不淑，含恨而死的悲剧。

[3] 苏珊·桑塔格. 激进意志的样式[M]. 何宁，周丽华，王磊，等译. 上海：上海译文出版社，2007：62.

识。越界的人不仅打破了规则，他还去了别人没有去的地方，知道了别人所不知道的。❶

在桑塔格所讨论的这几部法国色情小说中，巴塔耶的两部小说《眼睛的故事》和《爱德华达夫人》尤为黑暗，因为他通过人物各种各样虐恋的经历，把色情作品中的性主题推到了体验痛苦、克服痛苦和面对死亡的高度。巴塔耶自身在童年时的恐怖经历（他的父亲双眼失明、精神失常、患有梅毒），使得他借助这些淫秽故事"既唤醒了他最痛苦的经验，同时又获得了战胜那痛苦的胜利"❷。这种致命的寻欢方式将人生体验发展到极致，直至抵达死亡的边际。这样的作品具有其深刻的生命哲理和艺术深度，而巴塔耶本人即为思想复杂的文艺评论家和思想家，"一个尼采式的哲学家"❸。桑塔格在他和萨德的色情作品中看到的不是挑起性欲的色情文字，而是埋藏在其间的智性探求，对快感追求的越界探索。不过巴塔耶所描绘的纵欲场景是以悲剧和死亡为底色，而萨德却在编造无伤害的性虐游戏，不愿面对这种以伤害为快感的最终结果即为死亡，以致他的色情想象力堕入沉闷和重复。相比而言，巴塔耶却以其简约深沉的叙述、结构严谨的组织、具有隐喻意味的结尾，反映出一种极端的世界观和人生观。

在解读了这几部色情文学中的精品之后，桑塔格总结出色情之想象所勾勒的完整世界：将所有的人际关系都降格为色情需要，各种性倾向和性禁忌都可以存在，"理想上，每个人都能够与所有其他人有性的联系"❹。这种世界观与现代符号逻辑学非常相似，把所有陈述分解消化，以符合制定好的逻辑。宗教想象就是这种逻辑之一，一切都以神圣与否的名义予以判定。《O的

---

❶ 苏珊·桑塔格. 激进意志的样式[M]. 何宁，周丽华，王磊，等译. 上海：上海译文出版社，2007：75.

❷ 苏珊·桑塔格. 激进意志的样式[M]. 何宁，周丽华，王磊，等译. 上海：上海译文出版社，2007：66.

❸ 汪民安. 巴塔耶的神圣世界[J]. 国外理论动态，2003（4）：41.

❹ 苏珊·桑塔格. 激进意志的样式[M]. 何宁，周丽华，王磊，等译. 上海：上海译文出版社，2007：71.

第二章　美学与道德的交织：桑塔格文艺批评纵论

故事》中也呈现出宗教隐喻的一面：O 放弃了个体的独立人格，完全屈服于他人的意志，"这与天主教耶稣会对新会士和禅宗对学生所明确要求的自我消除相仿"❶。但是，桑塔格并不认同评论者将之形容为"一部宗教神秘主义作品"❷，她坚持认为这从本质上说还是一部色情小说，宗教方面的阐释只是解读其"隐喻"意义。用宗教词汇和理念来解读这种作品，"所有的思考和感觉都被贬低了"❸。这种解读并不能排解人类对幻想的迷恋，不能抚平人类精神追求的感伤与创伤。

在对色情想象做出如许阐释之后，桑塔格再次高扬"反对阐释"的旗帜，主张直面人类心理中不可避免的色情想象力，不能以禁锢的方式予以回避，也不要用宗教隐喻的意义予以粉饰。她赞成保罗·古德曼的观点，即色情作品的关键不于在其意义解读，在于其艺术质量，正如关注意识和知识的质量。严肃对待色情之想象，是对人类主体质量和健康程度的考量之一。也是这种严肃性，使得桑塔格三十多年后对美国阿布格莱布等监狱发生的伊拉克战俘被性虐并被拍照的事件深恶痛疾，写下了《关于他人的酷刑》（"Regarding the Torture of Others", 2004）一文。在此文中她提出，当色情之想象被诉诸暴力幻想和暴力实践，成为消遣取乐的手段时，那么这种想象力只能是对人道主义的践踏，揭示的是美国社会日益流行的一种"无耻文化"❹。在这个案例中，桑塔格不再对色情之想象做任何感性体验的解说，完全转为伦理批判。从探讨唯美意识到追问道德标准，体现了桑塔格四十年间文艺观和道德观的重心转换。这一点在后文中还将有更多论述。

---

❶ 苏珊·桑塔格. 激进意志的样式[M]. 何宁，周丽华，王磊，等译. 上海：上海译文出版社，2007：72.

❷ 苏珊·桑塔格. 激进意志的样式[M]. 何宁，周丽华，王磊，等译. 上海：上海译文出版社，2007：72.

❸ 苏珊·桑塔格. 激进意志的样式[M]. 何宁，周丽华，王磊，等译. 上海：上海译文出版社，2007：73.

❹ 苏珊·桑塔格. 同时：随笔和演说[M]. 黄灿然，译. 上海：上海译文出版社，2009：141.

四、审美感受力至上：为 20 世纪 60 年代作结

通读桑塔格 20 世纪 60 年代的文艺批评，贯穿其间的主线是她对审美感受力的推崇、对社会及文化解读的反拨。桑塔格所提出的"反对阐释"之所以能一鸣惊人，并不在于其立意之新。对形式美的重视早在 19 世纪中后期英国唯美主义、法国象征主义中都已有了明确的表达。1968 年，欧文·豪在纵览纽约文人圈从 20 世纪 30 年代到 60 年代的历史时，就把桑塔格视为 60 年代新兴知识分子群体中的先锋人物。这些新兴批评者们"雄心勃勃、自信满满、泰然享受繁华，却又号称与之保持距离，没有遭受极权时代的精神创伤，不愿回顾挫败的记忆，被权力的观念吸引"[1]，而桑塔格则是一个"能把老奶奶的补丁缝缀成华丽被面的鼓吹者"[2]。他对桑塔格所提出的观念并不以为然，他更多的是哀叹自己这一代批评家所代表的文化和政治的严肃性被"新感觉"所代替。[3] 这样的评论文章对桑塔格当时的文艺观不无洞见，因为桑塔格的确没有提出一套系统的、有创新意义的批评理论，她所弘扬的都是艺术批评史上古已有之的观点和理念。本书的文献综述部分已总结了数位研究者将桑塔格文艺批评思想分别与海德格尔的现象学对"体验"的重视、马尔库塞的艺术审美解放人性的救赎理念、俄国形式主义和英国形式论、罗伯—格里耶、鲍德里亚等文化批评家们建立了联系，考证细密，言之成理，在此笔者就不做溯源方面的赘述。

不过，桑塔格本人未必认可自己的思想脱胎于上述某一位哲学家或者文化论者的理念，她一直认为自己是博采众长之后"自我成就"（self–invented）。比如，很多研究者都把她 60 年代的美学思想归于"形式主义美学"名下，她本人却明确反对"形式主义"，说这个词"应该留给那些机械地死抱着

---

[1] Howe, Irving. Decline of the New [M]. New York: Harcourt, Brace & World, 1970: 248.

[2] Howe, Irving. Decline of the New [M]. New York: Harcourt, Brace & World, 1970: 258.

[3] Kennedy, Liam. Susan Sontag: Mind as Passion [M]. Manchester and New York: Manchester University Press, 1995: 16.

第二章 美学与道德的交织：桑塔格文艺批评纵论

过时的、业已枯竭的美学常规不放的艺术作品"❶。严格地说来，桑塔格的批评文章不是学术意义上的"论文"，而是文学意义上的"随笔"。这种文体无须精密索引，更能自由抒发作者的真实感受。她所倡导的是放弃形式与内容之间的浅薄区分，形式与内容都有其独立存在的正当理由，不应厚此薄彼。对艺术来说，形式重于内容，因为艺术所反映的世界"最终是一个审美现象"❷，批评家们应该关注艺术作品的艺术价值，而非道德价值。内容应该是形式的一部分，不能取代艺术形式成为评判一部艺术作品的主要因素。

这些观点虽然不算创新，但桑塔格擅长把这些已有的感性美学的哲学理念与当代大众文化中的新感受力相结合，以旧瓶装新酒，为她的文艺批评提供了切合时代潮流的观察视角。她的观点不新，但她所谈论的文艺现象，如坎普、新感受力，这些都是新潮的事物，尚无人对之做出严肃的评论。桑塔格占了评论界的先机，她对大众文化中新感受力的赞扬使得她与老牌评论家们如此不同，以致在短短几年时间里占据了评论界的显要位置，让欧文·豪悲叹新一代的崛起遮蔽了他们老一代的光芒。事实上，桑塔格并未抛弃欧文·豪他们这一代批评家所秉持的严肃性，她只是把目光转向了高级文化之外的一些文艺现象，同样以严肃的态度予以探讨。

桑塔格的美学批评思想渗透在她的其他文艺批评文章中，较为典型的是她所写的《乔治·卢卡奇的文学批评》一文，文中把卢卡奇后期作品的粗糙牵强归结为道德化和意识形态化倾向造成的审美感受力的倒退❸。她反对卢卡奇把尼采仅作为纳粹主义的先驱而不予考虑，也反对他把康拉德仅作为一个短篇故事作者，配不上长篇小说家的称号，原因是他认为康拉德不能描绘生活的整体。她更质疑卢卡奇把陀思妥耶夫斯基、普鲁斯特、卡夫卡、贝克特这些现代文学大家排斥在自己的批评范畴之外的偏颇。桑塔格本人对上述这些善于用"寓言"的方式书写人类精神史的现代主义作家们充满景仰，她对卢卡奇把文学当作道德论题的一个分支的批评方法大不以为然。她始终赞赏

---

❶ 苏珊·桑塔格. 反对阐释[M]. 程巍, 译. 上海：上海译文出版社, 2003: 32.
❷ 苏珊·桑塔格. 反对阐释[M]. 程巍, 译. 上海：上海译文出版社, 2003: 32.
❸ 苏珊·桑塔格. 反对阐释[M]. 程巍, 译. 上海：上海译文出版社, 2003: 102.

苏珊·桑塔格：徘徊在唯美与道德之间
Susan Sontag: Besotted Aesthete, Obsessed Moralist

的批评家是本雅明，虽然本雅明早期受到卢卡奇影响，也算是西方马克思主义文艺理论研究者之一，但他关注的是其文化和艺术的层面，而不是像后期卢卡奇那样，拿意识形态和历史意义来衡量一部作品的优劣高下。

《反对阐释》和《激进意志的样式》两部论文集为桑塔格在20世纪60年代赢得了文艺批评家的盛名，但桑塔格本人并不认可"批评家"的称谓。她在《反对阐释》的导论部分声明自己不愿做一个批评者（critic），宁愿做一个"热衷者"（enthusiast）。她写这些论作是热衷于验证一些萦绕在她心中的理念，她用写作的方式来表达自我、释放智性思索，不乏布道的狂热。那个时期的桑塔格，在当时激进的社会氛围下，不仅在文艺批评上采取激进立场，特立独行，还积极参与政治活动，批评美国政府乃至美国文明，反对越战，出访北越，为此写下了《美国现状》《越南之行》，抨击美国的霸权制度、同情饱受战争摧残的北越人民。她在文艺批评领域的"唯美"情趣与她在社会批评上的"道德"立场互相辉映，体现了她的求真务实的人文精神和思辨质疑的审美情怀。人文精神与审美情怀贯穿了她整个的文字生涯。桑塔格在就读哈佛和牛津时受过专业的哲学训练，她的论证具有明显的辩证力度，善于从正反两面论证自己的观点，其中不乏自我质疑和各有侧重。她博览群书，惯于援引经典名家名作，这形成了桑塔格独特的文艺批评风格：论述辩证委婉，行文旁征博引，立言热忱锐利，反响毁誉参半。也正是这些特点促使她从70年代开始，随着年龄和阅历的增长，加上文化氛围的变化，桑塔格的批评论调逐渐从激进走向了保守，她更多的是去思考内容，而不是形式。三十年后，桑塔格在访谈中回顾自己60年代的作品时反思：

> 很显然，我如今对自己早期的那些文章并不能完全认同。我已经变了，我比那时知道得更多。当初激发我写那些东西的文化氛围都已面目全非。不过现在也不用去修改了，没有意义。❶

---

❶ Hirsch, Edward. The Art of Fiction: Susan Sontag [J]. Paris Review, 1995 (Winter): 179.

第二节 美学表象与道德隐喻的互文：
20世纪70年代的文艺批评

《激进意志的样式》出版之后，1969年至1972年，桑塔格长时间离开美国，寄居欧洲。这个时期，她在瑞典执导了两部影片，获波伏瓦授权将其小说《女宾》改编为电影，发表了数篇关于女性解放的文章和访谈（将在第三章中详细论述）。1973年，她开始撰写有关摄影的一系列文章，1977年结集出版为《论摄影》文集；1975年，她在体检中查出罹患乳腺癌，坚持手术和化疗，终于得以康复，也因此形成了她写作《疾病的隐喻》一文的灵感。70年代她发表的其他文艺批评的文章，多是缅怀她所仰慕的现代主义文艺大师，其中七篇文章最终于1980年结集出版，命名为《在土星的标志下》。这两部文集及一篇长文，是桑塔格70年代文艺批评思想的集中体现，其中凸显的精神脉络，有对她在60年代时所弘扬的感性体验的呼应，也有对当初"唯美是从"的激进观念的纠偏。这个时期的桑塔格，更多地去阐明形式覆盖下的内容、表象基础上的隐喻。在文艺批评上，她依然重视艺术形式，反对道德隐喻，但她把阐释的重点放在了内容和隐喻上。

1975年桑塔格接受德国《萨尔蒙冈迪》（*Salmagundi*）杂志采访，被问及她在20世纪60年代激进的文艺观时，重新定位了形式与内容、唯美与道德之间的关系。她依然反对过度的道德主义对艺术的干预，强调艺术的"自主性"（autonomy）。她认为，审美的自主性作为智性不可分离的滋养成分，必须得到保护和珍惜。而她在60年代那个激进的时代生活了十年，那个年代把政治、道德、激进主义向"风格"转变，使得她意识到"以偏概全"（overgeneralization）对世界的审美观所造成的危险。她认为艺术品不能作为推行某种行为的工具，但没有一件艺术品仅仅是艺术品，艺术与现实之间有着复杂的关系。她依然坚持艺术的非人格化，但如今她自称有了更多的历史感，虽然她还是痴迷于美学与道德之间的区分，她现在更能理解事物的局限性，以及

"不可区分性"（indiscretion）。做美学或道德的评判必须在历史背景下进行。❶

正是这种历史感的增加，使得桑塔格在70年代所做的文艺批评不再那么锋芒毕露，她开始更多地探索形式下的内容、美学中的道德所隐含的悖论和复杂性；对于她60年代的"过度总结"，她在这一时期的文章有所修订。她依然关注现实，并且善于从常见的文化现象中揭示出隐喻含义。

一、《论摄影》：影像中的美学与道德之辩

《论摄影》中的六篇文章从1973年起陆续发表在《纽约书评》上。待到1977年结集出版成书后，其内容已经远远超出摄影这一主题。桑塔格在序言中说道："这一切开始于一篇文章——讨论摄影影像之无所不在引起的一些美学问题和道德问题；但我愈是思考照片到底是些什么，它们就变得愈复杂和愈引起联想。"❷ 在"摄影"这一文化载体下，桑塔格探讨的是摄影的泛滥所代表的现代文化感受力在美学和道德上的含义，其中提及的有关文学、历史、政治的知识要多于专业的摄影词汇。她是以一个文艺批评家的眼光来看待摄影这一现代事物。人类进入到影像时代，图片和影像是当代文化生活中最受瞩目的传媒。摄影作品乍看是客观事实最直观、真实的再现，然而细究起来，任何影像都包含着摄制者的观看方式和观看者的解读方式，隐含着美学与道德的种种隐喻。桑塔格在此文集中对她60年代的美学观、新感受力和色情观进行了反思和调整。最为明显的变化是，60年代蓬勃的"文化革命"气息，到了70年代已湮没在甚嚣尘上的消费经济中。虽然桑塔格对摄影所表现出的"真"与"假"、"美"与"善"采取的是一分为二、辩证统一的观点，但萦绕在思辨之中的是她对图像时代把现实和艺术碎片化、大众化的不以为然，以及对现代主义时期审美品位的崩溃表现出难掩的哀悼之情。

如桑塔格在序言中所说，这部文集的第一篇《在柏拉图的洞穴里》即是全书重点之所在。在柏拉图的《理想国》中，苏格拉底向柏拉图的堂弟、一

---

❶ Bernstein, Maxine & Boyers, Robert. Women the Arts, & the Politics of Culture: An Interview with Susan Sontag [C]// Poague, Leland. Conversations with Susan Sontag. Jackson: University Press of Mississippi, 1995: 57 – 78.

❷ 苏珊·桑塔格. 论摄影[M]. 黄灿然, 译. 上海: 上海译文出版社, 2008: ii.

第二章　美学与道德的交织：桑塔格文艺批评纵论

心想做城邦领袖的年轻人格劳孔（Glaukon）描述了这样一幅场景：

> 让我们想象一个洞穴式的地下室，它有一长长通道通向外面，可让和洞穴一样宽的一路亮光照进来。有一些人从小就住在这洞穴里，头颈和腿脚都绑着，不能走动也不能转头，只能向前看着洞穴后壁。让我们再想象在他们背后远处高些的地方有东西燃烧着发出火光。在火光和这些被囚禁者之间，在洞外上面有一条路。沿着路边已筑有一带矮墙。矮墙的作用象傀儡戏演员在自己和观众之间设的一道屏障，他们把木偶举到屏障上头去表演。❶

于是禁锢在这个洞穴里的人只能看见火光投射到他们对面洞壁上的阴影，把这些阴影当成了真实的事物来看待。在这样的境地中，一个人只有被解除禁锢，走出洞穴，仰望天空和太阳，认识光明和理性，才能矫正迷误，不再坐井观天。苏格拉底是劝诫格劳孔不要想着做这么一群不见天日的囚徒们的领袖，而是要追求光明、理性和真理。桑塔格借用这种"洞穴人"状态，来描绘现代人堕入了同样的囚笼：把影像当作现实来看待，从相片中观看世界，收集世界，也篡改世界和自身的真实。相片已经发展为一种"观看的伦理学"❷。

在这种伦理学中看到的世界，充满了似是而非的悖论。摄影曾经是一种艺术，如今已经大众化为一种娱乐方式、一种社会仪式。相片是旁观的证据，人们通过摄影来核实经验，也拒绝经验，把经验转化为一种影像证明，证明自己在场，也证明了自己的假在场和不在场。摄影可以煽动欲望，也可唤醒良知，视其所处的历史环境而定。一张没有文字的照片并不会制造道德立场，但可以通过焦点所在强化人的道德立场。人们会为相片的新奇场景而震撼，也会因其内容的陈腐而麻木，因此摄影可以唤起义愤，也可以窒息良知，对镜头中的痛苦和苦难熟视无睹。相片是怀旧的产品，同时又带来一种终结感。

---

❶ 柏拉图. 理想国[M]. 张子菁，译. 北京：光明日报出版社，2006：123.
❷ 苏珊·桑塔格. 论摄影[M]. 黄灿然，译. 上海：上海译文出版社，2008：1.

苏珊·桑塔格：徘徊在唯美与道德之间
Susan Sontag: Besotted Aesthete, Obsessed Moralist

照片已经取代书本，成为一切事物的存在之所。现代人患有摄影强迫症，"强烈渴求美，强烈渴求终止对表面以下的探索，强烈渴求救赎和赞美世界的肉身——所有这些情欲感觉都在我们从照片获得的快感中得到确认。"❶ 摄影实现了追求形式、"反对阐释"的理念，但这时的桑塔格已从唯美向道德靠拢，摄影行为所表现的不干预、纯旁观的漠然态度、消除所有事件的意义差别、只以"有趣"为取舍标准的伦理取向都让桑塔格对摄影感到忧虑和无奈。

《论摄影》中的第二篇文章《透过照片看美国，昏暗地》把摄影的负面效应投射到美国这个西方文明的代表身上。从20世纪60年代开始，桑塔格对美国一直持批判态度，《反对阐释》中收有她的《美国现状（1966）》一文，对美国推行的放纵的物质主义、嚣张的霸权主义大加鞭挞。在这篇摄影文章中，桑塔格首先回顾了19世纪惠特曼对美国文化前景的乐观设想，展望美国可以用它的包容力和生命力进行一场绝对民主、不对美丑价值做出任何区分的"文化革命"，把美普及到任何事物中去，使得整个国家成为一首最伟大的诗篇❷。然而这个设想并没有实现，美国艺术走向了现实，这种现实性正在威胁其艺术性的存在，这一点在摄影中最为明显。摄影削平了美与丑、重要与琐碎的差别，这样的镜头下美国不是诗篇，只有昏暗；人道主义逐渐被反人道主义所代替；"审美"没有被普及，"审丑"倒成为大众关注的对象。

"反人道主义摄影"的典型代表是美国摄影家迪安娜·阿布斯❸。她的摄影作品"聚焦于受害者、聚焦于不幸者——却没有一般预期服务于这类计划的同情心。"❹她镜头下的人都怪异、丑陋、处在社会边缘。她冷静的镜头使得被拍摄者成为拍摄者和观看者眼中的"他者"，让人们可以饶有兴趣地"审丑"。由于阿布斯拍摄这些作品的时候正是流行"感性"的20世纪60年代，桑塔格由此反思那个反叛的年代，像阿布斯这样出身于有着浓厚道德教化意识的犹太人家庭的艺术家，她的反叛是双重性的：

---

❶ 苏珊·桑塔格. 论摄影[M]. 黄灿然, 译. 上海：上海译文出版社, 2008：23.
❷ 苏珊·桑塔格. 论摄影[M]. 黄灿然, 译. 上海：上海译文出版社, 2008：27.
❸ 迪安娜·阿布斯（Diane Arbus, 1923—1971），美国摄影师、作家，出身于富裕犹太人家庭，以拍摄畸形、怪异的人物闻名，1971年自杀。
❹ 苏珊·桑塔格. 论摄影[M]. 黄灿然, 译. 上海：上海译文出版社, 2008：33.

第二章 美学与道德的交织：桑塔格文艺批评纵论

一种是反叛犹太人过度发展的道德感性。另一种是反叛成功人士的世界，尽管这种反叛本身也是高度道德主义的。道德主义者颠覆的是把生命视为失败，以此作为把生命视为成功的解毒剂。审美家的颠覆是把生命视为恐怖表演，以此作为把生命视为沉闷的解毒剂，而六十年代是特别把这种审美家的颠覆用为己有的年代。❶

由此可以回顾桑塔格在 20 世纪 60 年代对"坎普"感受力的迷恋，也含有反叛道德主义、为沉闷解毒的意图。只是那时的桑塔格赞赏坎普风格，而到了 70 年代，桑塔格对于阿布斯的这些超越审美与道德的"猎奇"作品，更多的是持批判态度。这些照片中所隐含的超现实主义意味，使得美国日益丧失了精神力量，成为一个只由消费主义主导的"西方的坟墓"❷。对 70 年代之后与癌症搏斗的桑塔格来说，没什么比活着更重要的事情，忠于现实才是生命意义之所在。

在后面的四篇文章中，桑塔格对摄影的辩证思考愈发明显。在第三篇文章《忧伤的物件》中，她把摄影这一通常被认为是现实主义的艺术形式归入到超现实主义领域，她归纳其特征为："抹掉艺术与所谓生活之间、对象与活动之间、意图与不经意之间、专业与业余之间、高贵与俗艳之间、精湛技巧与误打误撞之间的界限"❸，摄影实现了这些特征，不是通过可以实现超现实主义这一艺术理念，而是通过摄影的"傻瓜化"得以实现。这里桑塔格大量采用了本雅明的摄影批判，本雅明说波德莱尔在巴黎的"观看之道"，就是游荡在现代主义的废墟中。每样进出视野或者镜头的事物都在变成遗物，现在变成过去。本雅明用他的笔收集着现代主义的碎片，让自己的思绪徘徊在这片文化废墟中，捡取这些"忧伤的物件"，使之在照片中保存。

而在第四篇《视域的英雄主义》中，桑塔格又把摄影归到写实主义名下，

---

❶ 苏珊·桑塔格. 论摄影[M]. 黄灿然, 译. 上海：上海译文出版社, 2008：44.
❷ 苏珊·桑塔格. 论摄影[M]. 黄灿然, 译. 上海：上海译文出版社, 2008：48.
❸ 苏珊·桑塔格. 论摄影[M]. 黄灿然, 译. 上海：上海译文出版社, 2008：51.

苏珊·桑塔格：徘徊在唯美与道德之间
Susan Sontag: Besotted Aesthete, Obsessed Moralist

认为摄影比绘画更能反映真实，须接受不含价值判断的真理和要求讲真话的道德化标准的双重检验❶。相机以如何呈现事物的准则，改变了现实主义这一概念。相机的普及"允许每个人展示某种独特、热忱的感受力"❷，摄影师成为英雄般的人物，用他们的镜头带领大众指点江山、发现世界、神化生活。摄影作品的内容要重于形式，因为照片反映的现实世界的一部分。摄影是艺术还是现实？桑塔格在第五篇《摄影信条》里探讨了摄影能否算是一门可以与美术平起平坐的艺术；艺术家们反对摄影，大众却乐于接受这种新的艺术形式。她抨击了摄影所体现的大众化庸俗品位：

> 摄影是现代主义品位的波普版的最成功载体，尤其是摄影热衷于批驳过去的高级文化（聚焦于碎屑、垃圾、奇形怪状的东西；不排除任何事物）；煞费苦心讨好粗鄙；对庸俗情有独钟；善于把前卫抱负与商业主义的奖赏调和起来；以伪激进的优越屈尊的派头，把艺术看作是反动的、精英的、势利的、不真诚的、人工的、脱离日常生活之广大真理的；把艺术变成文化记录。❸

此文集的最后一篇文章《影像世界》是桑塔格对这一议题的收笔之作，她援引费尔巴哈的话来印证摄影所代表的现代征象："重影像而轻实在，重副本而轻原件，重表现而轻现实，重外表而轻本质"❹ 现代人以摄影作为获取现实的手段，以拍摄的方式来摄取和控制事物。影像对人的影响甚至超过了事物本身。本文中桑塔格援引的大都是文学家和文学作品中的例子来证明摄影的威力：巴尔扎克对摄影的恐惧、哈代的小说《无名的裘德》中裘德因妻子卖掉他照片的相框而彻底断绝了夫妻之情、科克托❺的小说《顽皮的孩子们》

---

❶ 苏珊·桑塔格. 论摄影[M]. 黄灿然, 译. 上海：上海译文出版社, 2008：88.
❷ 苏珊·桑塔格. 论摄影[M]. 黄灿然, 译. 上海：上海译文出版社, 2008：91.
❸ 苏珊·桑塔格. 论摄影[M]. 黄灿然, 译. 上海：上海译文出版社, 2008：132.
❹ 苏珊·桑塔格. 论摄影[M]. 黄灿然, 译. 上海：上海译文出版社, 2008：153.
❺ 科克托（Jean Cocteau, 1889—1963），法国先锋派作家、诗人、艺术家。《顽皮的孩子们》（Les Enfants Terribles）（1929 年）是他的一部小说。

第二章 美学与道德的交织：桑塔格文艺批评纵论

中幽居的姐弟俩收集名人影像来感知外面的世界、让·热内在狱中与二十名罪犯的剪报照片朝夕相对、巴拉德❶的小说《撞车》中主人公为撞车中的性幻想而痴迷，因此收藏类似照片、托马斯·曼的《魔山》中男主人公对他爱慕的女子的 X 光照片的迷恋、普鲁斯特对照片的轻蔑（因为照片作为回忆的证据"缺乏事物的肌理和实质"❷），麦尔维尔对肖像摄影的反感（那是"异化了的感受力的典型"）、纳博科夫在《杀人祸端》里对时间的作品或者说对摄影作品的戏仿。在影像世界里，虚构与真实、影像与事物、复制品与原件之间的差别难以辨别，人们也越来越难通过影像来反省经验。影像本身是一种物质存在、是对现实的摄取，把现实变成影子。虽然桑塔格在这部论集里把摄影作为后工业时代文化大众化的一个代表多有抨击，但她还是认为摄影是一种不可能被消费主义耗尽的无限资源，既然影像世界已成为现实世界的一部分，应该对其采取资源保护措施，因此桑塔格希望在真实事物的生态学之外，还能有一种"影像的生态学"❸，以保证影像资源的健康发展。

桑塔格写完这六篇论摄影的文章之后，意犹未尽，又摘录了数十条有关摄影的引语，出自哲学家、批评家、文学家、科学家、诗人、媒体人和广告语言。这个视角多样、观点各异的引语选粹是桑塔格对摄影所表现的复杂思考的又一体现。诚如该书的译者黄灿然在"译后记"所说："这本书的丰富性和深刻性不在于桑塔格得出什么结论，而在于她的论述过程和解剖方法。这是一种抽丝剥茧的论述，一种冷静而锋利的解剖。"❹桑塔格对摄影的解剖是从美学与道德两方面对照剖析，把摄影放在文化日益大众化的消费社会进行论述。桑塔格把这本书献给本雅明，而本雅明在《机械复制时代的艺术作品》中从摄影出发对现代技术进行评价，既有批判也有认同，但更多的是表现出了技术进步的乐观主义。他写道："大众是一个发源地。所有指向当今以新形式出现的艺术作品的传统行为莫不由此孕育而来。量变成了质。大众参与的

---

❶ 巴拉德（James Graham Ballard，1930—2009），英国小说家。他的小说《撞车》（*Crash*，1973）是一部关于车祸与性爱的作品，曾引起巨大争议。
❷ 苏珊·桑塔格. 论摄影[M]. 黄灿然，译. 上海：上海译文出版社，2008：164.
❸ 苏珊·桑塔格. 论摄影[M]. 黄灿然，译. 上海：上海译文出版社，2008：178.
❹ 苏珊·桑塔格. 论摄影[M]. 黄灿然，译. 上海：上海译文出版社，2008：210.

巨大增长导致了参与方式的变化。"❶ 桑塔格对摄影和对文化民主化没有本雅明那么乐观。如果桑塔格在《论摄影》中对摄影的文化影响还是毁誉参半，随着她后期越来越具有精英意识，她逐渐倾向于认为摄影品位的民主性和均等性泯灭了好品位与坏品位之间的差别。摄影把世界碎片化、把现实幻影化，"是现代主义的终点但亦导致其崩溃"❷。当桑塔格把摄影作为一种现代文化现象做出影像批评的时候，她实际上又一次较为典型地触及了有关后现代的理念。摄影的大众化使得艺术品位败坏、真实世界破碎，"后现代实际上已经在内部以其对立面的形式而萌生了"❸。只是桑塔格对这一现代现象相当悲观，她的精英意识和经典依恋使她不愿认同"量变成了质"的后现代事实。

二、《疾病的隐喻》：身体疾患与道德阐释

1978年，桑塔格在《纽约书评》上发表连载长文《疾病的隐喻》，同年以单行本出版。1989年桑塔格又出版了另一部小书《艾滋病及其隐喻》，两书于1990年合并出版。如果《论摄影》是桑塔格以摄影为主题探讨现代主义在当代文化批评中的变异和崩溃，那么这两本关于疾病的书则是桑塔格以疾病为主题，来探究阐释和隐喻所带来的身体病痛之外的精神痛苦。她要表明的观点是："疾病并非隐喻，而看待疾病的最真诚的方式——同时也是患者对待疾病的最健康的方式——是尽可能消除或抵制隐喻性思考。"❹ 这个观点与她在20世纪60年代的"反对阐释"有渊源关系，都是拒绝给事物强加另外的意义，对事物本身和本质造成曲解和损伤。艺术作品会因过度阐释而面目全非，疾病会被当作修辞手法或隐喻给患者带来精神上的折磨和道德上的愧疚感。不同的是，桑塔格在文艺批评上反对阐释，着重弘扬的是艺术作品本

---

❶ 瓦尔特·本雅明. 机械复制时代的艺术作品[C]//汉娜·阿伦特. 启迪：本雅明文选. 张旭东，王斑译. 北京：三联书店，2008：260.

❷ 苏珊·桑塔格，陈耀成. 反对后现代主义及其他——苏珊·桑塔格访谈录[A]. 黄灿然，译. 南方周末，2005-1-6.

❸ 王宁. "后理论时代"的文学与文化批评[M]. 北京：北京大学出版社，2009：149.

❹ 苏珊·桑塔格. 疾病的隐喻[M]. 程巍，译. 上海：上海译文出版社，2003：5.

第二章 美学与道德的交织：桑塔格文艺批评纵论

身的形式和风格，而对于疾病，她却将重点放在了回顾和总结加在疾病之上的隐喻含义，目的是剥离这些外加的隐喻，还原疾病的本貌。

桑塔格把肺结核和癌症作为受"隐喻"之害最深的两种疾病。肺结核在19世纪被认为是一种神秘的不治之症，就如癌症在20世纪所造成的恐惧一样。围绕这两种疾病的症状，产生了超越在疾病本身之外的种种想象和迷信。患者身上似乎被钉上耻辱的标签，让健康人躲之不及。于是包括医生在内可能对病人撒谎，隐瞒病情，以免患者接受不了这个残酷的病名。而另一方面，这两种疾病又被赋予精神内涵，认为染病跟患者的情绪有关。癌症则是被解释为情感上的压抑造成的后果，而肺结核在19世纪被认为是一种浪漫的病，与热烈的情感、超常的智慧以及忧郁的诗意相联系，例如英国浪漫派诗人雪莱、济慈都患有肺结核。这种意象美化了疾病，使之萦绕着动人的诗意，成为一种"有趣"的表现❶。浪漫主义对肺结核的"浪漫化"和"文学化"，使这种疾病具备了某种虚无而伤感的趣味性。除了结核病，精神错乱也被浪漫化，桑塔格认为这是"以最激烈的方式反映出当代对非理性或粗野的（所谓率性而为的）行为（发泄）的膜拜，对激情的膜拜"❷。诸如此类的隐喻还施加在梅毒、瘟疫等疾病上，罹患此类病症被认为是患者因人格上或道德上的缺陷而遭到报应或者天谴。于是这些疾病的产生都是患者自身造成的，浪漫的结核病是患者激情过剩的征象，而罪恶的癌症则是患者激情压抑的病征。这些疾病脱离了生理基础，成为一种心理病，被认为是由患者的情绪或者行为造成的后果。这种对疾病的心理学阐释，使得患者要对自己得某种病而心怀愧疚并承担责任。

在列举了一系列文学史上疾病被赋予的种种隐喻之后，桑塔格转而探讨疾病本身作为一种隐喻而被施加在其他事物上，尤其是政治和社会意象上的借用。最常见的隐喻是把国家秩序的紊乱比作身体结构的病变，比如说，马基雅弗利援引结核病作为社会危机的样本，霍布斯把共同体内部的混乱比作身体内部的疾病，统治者有责任予以治理；约翰·亚当斯把本国的政治乱局

---

❶ 苏珊·桑塔格. 疾病的隐喻[M]. 程巍，译. 上海：上海译文出版社，2003：30.
❷ 苏珊·桑塔格. 疾病的隐喻[M]. 程巍，译. 上海：上海译文出版社，2003：35.

比作像癌症一样侵蚀和扩散。桑塔格发现，现代极权主义尤其热衷于使用疾病意象。纳粹把犹太人比喻成梅毒，是"种族性的结核病"，托洛茨基把斯大林主义比作霍乱、梅毒和癌症。❶ 即使是桑塔格自己，在20世纪60年代"对美国发动的越南战争最感绝望的时刻"，也曾写下这样极端的句子："白种人是人类历史的癌瘤"❷。桑塔格反思这种极端隐喻用法，认为这是怂恿人们把复杂的事情简单化的做法，是对疾病和患者的不尊重。她希望随着医疗技术的提高，癌症逐渐能祛除自身的隐喻性，不再像当前那样产生无根据的恐慌和误导。在该文结尾处，桑塔格总结道：

> 我们关于癌症的看法，以及我们加诸癌症之上的那些隐喻，不过反映了我们有关情感的焦虑，反映了我们对真正的"增长问题"的鲁莽的、草率的反应，反映了我们在构造一个适当节制消费的发达工业社会时的无力，也反映了我们对历史进程与日俱增的暴力倾向的并非无根无据的恐惧。❸

十二年后，桑塔格又写下了《艾滋病及其隐喻》，是她对《疾病的隐喻》的再思考。她自身患癌症和治疗的经历、病友们因患癌症而感到耻辱和自卑的心理，促使她对疾病的隐喻含义做了更深的思索，将之上升到当代消费社会中对"增长问题"的解剖：欲望无节制的滋生蔓延使得人感觉失控而无能为力。她写作这本书，是为了平息对疾病的想象，而不是激发想象——虽然她的文章里充满了各种疾病的隐喻想象，就像她的《反对阐释》里充满了对各种阐释状况的分析一样，而她的结论则是否定掉这些阐释和隐喻，还原事

---

❶ 苏珊·桑塔格. 疾病的隐喻[M]. 程巍，译. 上海：上海译文出版社，2003：72 - 73.

❷ 苏珊·桑塔格. 疾病的隐喻[M]. 程巍，译. 上海：上海译文出版社，2003：75. 本句源自桑塔格《美国现状（1966）》一文（收入文集《激进意志的样式》）。作者因反对美国政府发动越战，猛烈抨击了美国政府的霸权行为，并将之扩展到对整个白人族群好斗性的批判中。

❸ 苏珊·桑塔格. 论摄影[M]. 黄灿然，译. 上海：上海译文出版社，2008：77.

第二章　美学与道德的交织：桑塔格文艺批评纵论

物的原型和本质。艾滋病的出现使得"疾病的隐喻"又一次得到证明，这种迄今尚未找到有效疗法的恶疾有着双重隐喻：像癌症一样侵蚀肌体，还能像梅毒一样无限传染。患上艾滋病的人必然会令人联想到此人行为不检点、自作自受，被人避如蛇蝎，会死的难堪。种族主义者们把艾滋病作为来自非洲的瘟疫，欧美政治精英们将之称之为来自第三世界的威胁，保守主义者将之归罪为混乱的性关系（同性恋、滥交）。在重视消费和放纵欲望的当代社会，艾滋病为人们敲响了警钟，让人们对灾难和末日论忧心忡忡。

在《艾滋病及其隐喻》中，桑塔格尤其强调了她在《疾病的隐喻》中所提及的有关疾病的"军事隐喻"。桑塔格谈论癌症的时候认为，由于癌症具有霸道的入侵性，其治疗方法就是"以暴制暴"，具备军事风格，充满了军事隐喻。无论是放疗还是化疗，都是以危害性射线杀死癌细胞，为此不惜损伤人体的其他功能。当艾滋病取代癌症成为人类健康的最大隐患时，这种"军事隐喻"更是得到加强。出于对艾滋病的恐惧，人们在生活上倡导保守、克己，抨击对放纵行为的"宽免""容忍"。政府为了防范此类疾病的蔓延，会动用国家权力限制某些人群的自由、干预个人隐私，甚至将其威胁性不断夸大，借此采取政治的、经济的、文化的强制措施来保证所谓"大众安全"。作为癌症患者和自由知识分子，桑塔格坚持捍卫作为病人和自由公民的权利，拒绝以健康安全之名施加在个人身上的"军事措施"，这是她反对疾病之隐喻最重要的原因：

> 并非所有用之于疾病及其治疗的隐喻都同等的可憎、同等的扭曲。我最希望看到其销声匿迹的那个隐喻——自艾滋病出现后，这种愿望更为强烈——是军事隐喻。它的反面，即公共福利的医疗模式，就其影响而言或许更危险，也更为深远，因为它不仅为权威制度提供了有说服力的正当性，而且暗示国家采取压制和暴力（相当于对政体的危害部分或"不健康"部分施行外科切除或药物控制）的必要性。然而，军事意象对有关疾病和健康的思考方式的影响仍不可小觑。它进行过度的动员，它进行过度的描绘，它在将患者逐

出集体，使其蒙受污名方面出力甚巨。[1]

从《疾病的隐喻》到《艾滋病及其隐喻》，桑塔格在解说了疾病的隐喻状况之后，主要观点是"反对隐喻"，与她20世纪60年代"反对阐释"的态度一脉相承。对桑塔格来说，对疾病的隐喻性想象，相当于对文艺作品的过度阐释，都会模糊事物的本来面目，遮盖其本质。与《反对阐释》不同的是，《疾病的隐喻》所涉及的话题具有更为广阔的社会和政治背景，作者在70年代更为关注现实生活，其公共知识分子的情怀渗透在文字之中。当然，无论是在《论摄影》还是《疾病的隐喻》中，桑塔格论证所举的例子大多来自文学作品，其数量远多于生活中存在的实例。即使是真实的病例，患者也多是文艺圈的人。所以这两部题名与文艺不相干的文集，其本质还是文艺批评。无论谈论摄影还是疾病，桑塔格都没有在技术层面上深入探讨，她关注的是这些现象所隐藏的文化内涵。桑塔格惯于用批判的眼光打量现代文化现象，在摄影中，她发现了影像中美学与道德的虚幻与碎片化；在疾病的隐喻中，她挖掘出覆盖在疾病这一生理病痛之上的精神幻象。揭开覆盖在事物表面的重重假面——不管以阐释还是隐喻为名的伪装，袒露事物的本来面目，是桑塔格最常使用的批评手段，这一手段在《论摄影》和《疾病的隐喻》中表现得淋漓尽致。在本书的第三章对桑塔格小说的探讨中，还将以她的隐喻理论来分析她有关艾滋恐惧的短篇小说《我们现在的生活方式》。

三、《在土星的标志下》：在怀旧中重审美学与道德之关系

1980年，桑塔格第三部批评论集《在土星的标志下》出版。该文集收录了桑塔格1972年至1980年间发表的七篇重要的批评文章。与她之前发表的随笔一样，这七篇论文曾先后在《纽约书评》或《纽约客》上刊发；与她之前的文艺批评不同的是，这些文章带有更为明显的个人色彩，感性多于思辨。这里收藏的是桑塔格对她所仰慕的几位欧美思想家和艺术家的膜拜之作：悼

---

[1] 苏珊·桑塔格. 疾病的隐喻[M]. 程巍，译. 上海：上海译文出版社，2003：161.

第二章 美学与道德的交织：桑塔格文艺批评纵论

念她最赞赏的美国作家保罗·古德曼❶、谈论阿尔托❷的"残酷戏剧"、品味本雅明的惆怅诗意，再谈里芬斯塔尔的"法西斯美学"、评述西贝尔贝格❸的希特勒电影、论述罗兰·巴特的审美意识、分析卡内蒂❹的宗教性，等等。从中可以溯源出桑塔格自己的文艺观点，这些观点将在本书第五章中详细论述。

在这部论集中，最引人注目的是发表于1975年的文章《迷人的法西斯主义》，是对德国法西斯电影制片人莱尼·里芬斯塔尔的重新定位。10年前，桑塔格曾在《反对阐释》中表达了对里芬斯塔尔的艺术形式的欣赏，将之作为形式美胜过道德评判的典型作品；而在10年后，桑塔格转变视角，把论述重点放在了对这位纳粹女导演的作品内容上，指斥她的法西斯主义美学已经不是纯粹的艺术美，其为纳粹宣传的宗旨使得电影艺术蒙上了耻辱的阴影。在桑塔格看来，里芬斯塔尔本人曾试图撇清自己与纳粹的关系，声称自己关注的是形式与美，并不是为记录现实而拍摄电影。这位女导演在接受德国记者采访时谈及自己对形式的重视时说：

> 我只能说一切美的东西对我都有一种自发的吸引力。是的：美、和谐。也许，对结构的关注，对形式的向往实质上就是非常德国的东西。但是，对这些东西我本人没有确切的了解。它来自无意识，

---

❶ 保罗·古德曼（Paul Goodman，1911—1972），美国当代社会批评家、教育批评家、文学家、无政府主义者、公共知识分子，以反对精英教育闻名，代表作有《荒唐的成长》（*Growing up Absurd*）等。

❷ 安托南·阿尔托（Antonin Artaud，1896—1948），法国戏剧理论家、翻译家、演员、诗人，法国反戏剧理论的创始人。1932年发表"残酷戏剧"宣言，提出借助戏剧粉碎所有现存舞台形式的主张。主要作品有戏剧论文集《戏剧及其两重性》等。1937年以后，他患精神分裂症直至病故。

❸ 西贝尔贝格（Hans-Jürgen Syberberg，1935— ），德国电影导演，本文是桑塔格对他指导的电影《希特勒：一部德国电影》（*Hitler, a Film from Germany*）的评述。

❹ 艾利亚斯·卡内蒂（Elias Canetti，1905—1994），欧洲小说家和剧作家，曾旅居多个国家，国籍不定，用德语创作，1981年获诺贝尔文学奖。代表作品有《虚荣的喜剧》（*Komödie der Eitelkeit*，1934）、《群众与权力》（*Masse und Macht*，1960）等。

而非来自我的知识……❶

她的唯美观点与 10 年前桑塔格所追求的"反对阐释"的感性美如出一辙（除了把对结构和形式的关注定义为"非常德国的东西"）。事实上，20 世纪 60 年代桑塔格就因其对唯美主义的激进赞赏而被批为具有法西斯审美倾向的"坎普小姐"❷。而到了 70 年代，桑塔格对真正的法西斯美学家里芬斯塔尔不再视为知音，而是抨击其形式美遮蔽下的纳粹精神内核。里芬斯塔尔所谓"非常德国的""对形式的向往"体现在她镜头中生活在苏丹荒山中的努巴人（the Nuba）身上。桑塔格认为里芬斯塔尔把这些原始人描绘为"一个高贵的民族""一个美的民族""一个生活在没有受到'文明'的侵蚀的生活环境里并与之完全保持和谐的民族"❸，是对愚昧的歌颂，是纳粹精神中反智元素的体现。这些观念也体现在里芬斯塔尔制作的纳粹电影中，纳粹迫害犹太人，认为犹太人"把头脑凌驾于心灵之上、将个人凌驾于集体之上、将理智凌驾于情感之上"❹，据此将犹太人视为劣等民族而予以灭绝。桑塔格对里芬斯塔尔那些看上去很美的纳粹价值观提出了质疑，揭露法西斯美学"歌颂服从，赞扬盲目，美化死亡"❺，使得个体失去个性，同化为"群众"，充当无脑的装饰品，以衬托和彰显领袖的魅力。

此外，桑塔格还就色情主题批判里芬斯塔尔的电影，她认为在法西斯美学中包含着理想化的色情成分："性的内容被转变为领袖的个人魅力以及追随者的欢愉"❻。桑塔格在《色情想象力》中把色情的一个功能归为对宗教禁欲

---

❶ 苏珊·桑塔格. 在土星的标志下[M]. 姚君伟, 译. 上海：上海译文出版社，2006：84.

❷ Stevens, Elisabeth. Miss Camp Herself [A]. New Republic, 1966, 2 (19)：24 - 26.

❸ 苏珊·桑塔格. 在土星的标志下[M]. 姚君伟, 译. 上海：上海译文出版社，2006：85.

❹ 苏珊·桑塔格. 在土星的标志下[M]. 姚君伟, 译. 上海：上海译文出版社，2006：87.

❺ 苏珊·桑塔格. 在土星的标志下[M]. 姚君伟, 译. 上海：上海译文出版社，2006：90.

❻ 苏珊·桑塔格. 在土星的标志下[M]. 姚君伟, 译. 上海：上海译文出版社，2006：92.

第二章 美学与道德的交织：桑塔格文艺批评纵论

主义的叛逆，把信仰转为非理性的身体的快感。法西斯美学则反其道而行之，把性欲转化为对仪式、群体的热爱上。桑塔格在后文中还指出在《党卫军制服》中宣扬的纳粹式性隐喻，以严酷森严的纳粹军服为代表，暗藏着施虐受虐般的性征服。法西斯美学所倡导的，就是要引导大众对仪式、制服、口令这些绝对权威进行崇拜，甘愿做一个被征服者、并为此而狂欢。因此，桑塔格断言："法西斯美学是建立在抑制生命力的基础之上；行动受到限制、控制、克制。"❶

因此，桑塔格不再像十年前在《反对阐释》中那样，把里芬斯塔尔的纳粹特征和美学特征分开对待，如今她认定的是"她的作品力量就在于其政治观和美学观的连续性"❷。里芬斯塔尔作品的迷人之处不在于其形式美，而在于用艺术的方式反映了法西斯意识形态。桑塔格不再唯美地分析她的作品，而是以一种历史视角来透视这位纳粹时代女导演的审美情趣。之所以如此，是因为桑塔格发现里芬斯塔尔的作品在20世纪70年代得到了越来越多的认可，她作品中的迷人魅力形成了形式主义美学和坎普趣味之间的一种张力。70年代的桑塔格不再是60年代那个倡导坎普趣味的激进分子，她反对把坎普趣味大众化，在《反对阐释》论集中所颂扬的第三种感受力也被她限定在有着特定道德和文化背景的少数人的范畴：

> 激发起法西斯主义美学主题的艺术现在受到青睐，对大多数人来说，它可能只是坎普的一种变体。法西斯主义可能仅仅是时髦的，也许，伴带着趣味，那不可抑制的杂乱的时尚将会拯救我们。但是，对趣味所作的判断本身似乎不是那么单纯。十年前，作为少数人的趣味或敌对趣味似乎非常值得为之辩护的艺术，今天看起来，似乎再也不值得了，因为它提出的道德问题和文化问题已经变得严肃，甚至危险起来，当时还不是这样。真实情况是，在高雅文化中可以

---

❶ 苏珊·桑塔格. 在土星的标志下[M]. 姚君伟, 译. 上海：上海译文出版社, 2006：93.

❷ 苏珊·桑塔格. 在土星的标志下[M]. 姚君伟, 译. 上海：上海译文出版社, 2006：97.

被接受的,到了大众文化里就不能被接受,只提出无关紧要的道德问题作为少数人的一种特质的那种趣味,一旦为更多的人所接受,便蜕变为一个让人腐败的因素。趣味是语境,而语境已经发生了变化。❶

桑塔格对法西斯美学的重新审视几乎推翻了她20世纪60年代的所有重要论断,其中包括美学与道德之关系、坎普趣味与新感受力、大众文化与高级文化的关系。10年前桑塔格都是站在唯美、坎普趣味和大众文化的立场弘扬新感受力,而如今桑塔格明确提出坎普趣味只应局限在少数人范围内,一旦大众化就会让人腐败。桑塔格本人却不承认自己否定了自己。在1975年的一次采访中,桑塔格被问及《迷人的法西斯主义》与她60年代文艺观的冲突问题,她争辩说这两篇文章依然有着延续性,都表明了形式—内容分野的丰富性,而这种丰富性认真起来说难免会自相抵触。她声称自己在1965年的观点是关于内容在形式上的表现,而《迷人的法西斯主义》则是探讨形式上某些理念在内容上的体现。她在《论风格》中的一个主要观点是形式主义的方法与历史主义的方法彼此并不矛盾,而是相辅相成——并且不可分离。这正能够验证里芬斯塔尔的法西斯美学。桑塔格并没有放弃对美学的追求,她一如既往地探索美学与道德之间的关系,但不像60年代那样抽象,而是更为具体、更有历史感。❷事实上,桑塔格始终在摆脱伦理批评的美学和历史语境下的美学批判之间徘徊不定,法西斯美学是她批判的典型样例之一。之所以她改变了60年代对里芬斯塔尔的赞许,是因为70年代法西斯美学得到了越来越多的追捧,这违背了桑塔格对专制、独裁的坚决反对,于是将美学置于法西斯历史背景下进行考察,挖掘出其蕴藏的意识形态阴影,并对之进行坚决

---

❶ 苏珊·桑塔格. 在土星的标志下[M]. 姚君伟,译. 上海:上海译文出版社,2006:97-98.

❷ Bernstein, Maxine & Boyers, Robert. Women, the Arts, and the Politics of Culture: An Interview with Susan Sontag[A]. Salmagundi 31-32, 1975(fall)/1976(winter):29-48. //Poague, Leland. Conversations with Susan Sontag[M]. Jackson: University Press of Mississippi, 1995:59.

第二章 美学与道德的交织：桑塔格文艺批评纵论

批驳。

紧随《迷人的法西斯主义》之后的是《在土星的标志下》中另一篇关于法西斯电影的文章《西贝尔贝格的希特勒》，桑塔格把西贝尔贝格的电影《希特勒：一部德国电影》视为是一位"坚定的反现实主义美学家"❶ 制作的一部现代主义杰作，以反讽和戏仿的手法，融合了神话、童话、科幻、政治寓言、道德剧，如此混杂的题材以近似荒诞的形式表现了一个地狱般的图景，由希特勒制作和主演的一部电影——纳粹德国。西贝尔贝格把里芬斯塔尔视为自己的"反偶像"❷，他把她神圣化的法西斯精神换一种视角和表现手法，反其道而行之，从美学和道德上都得到了桑塔格的赞许。

《在土星的标志下》中其他赞许性的文章都或多或少地揭示了桑塔格自己的文艺观，尤其是她本人对以超现实主义为代表的现代主义感受力的推崇。对于她所热爱的美国作家保罗·古德曼，桑塔格把他与超现实主义奠基人安德烈·布勒东相提并论，称他们都是"自由、快乐和享乐的鉴赏家"❸。对于她最仰慕的德国批评家本雅明，桑塔格视之为"最后的知识分子"❹，捍卫多种精神生活"立场"，不管是神学的、美学的、共产主义的，还是超现实主义的。这位"最后的知识分子"把超现实主义作为欧洲知识界最后一个智性阶段，在这场"合理破坏的、虚无主义的知识运动"❺ 中，本雅明是个忧郁的记录者、收藏者和缅怀者。对于她的朋友、法国批评家罗兰·巴特，她视之为拒斥道德主义的美学家。她把巴特的作品跟王尔德和瓦莱里的作品归入一类，他们使得"唯美主义者"这个称谓获得了美誉。巴特在文本中寻找快乐，

---

❶ 苏珊·桑塔格. 在土星的标志下[M]. 姚君伟, 译. 上海：上海译文出版社, 2006：137.

❷ 苏珊·桑塔格. 在土星的标志下[M]. 姚君伟, 译. 上海：上海译文出版社, 2006：138.

❸ 苏珊·桑塔格. 在土星的标志下[M]. 姚君伟, 译. 上海：上海译文出版社, 2006：10.

❹ 苏珊·桑塔格. 在土星的标志下[M]. 姚君伟, 译. 上海：上海译文出版社, 2006：132.

❺ 苏珊·桑塔格. 在土星的标志下[M]. 姚君伟, 译. 上海：上海译文出版社, 2006：132.

苏珊·桑塔格：徘徊在唯美与道德之间
Susan Sontag: Besotted Aesthete, Obsessed Moralist

这种快乐因其具有的严肃性而难掩悲伤；他"捍卫感觉，却从未出卖精神"❶。他反映的是桑塔格在 20 世纪 60 年代的风格：对感官和感觉的赞美，严肃地对待快感的美学。而与上述几位美学家相对的，是桑塔格在本论集的最后一篇文章《作为激情的思想》中对德语作家卡内蒂的品评。她把卡内蒂定义为一个投入的启蒙者，其斗争的对象是"权力宗教这个最为荒唐的信念"❷。他执着地追求道德感和纯洁性，其感受力与美学无关，无法回应当时"仅就美学家眼中最有说服力的现代选择——超现实主义"❸。桑塔格在他身上看到的是堂吉诃德式的激情和作为一个唯物主义者对死亡的拒斥，这正是桑塔格作为美学家之外的另一个自我。

然而桑塔格是在法国戏剧家安托南·阿尔托身上最充分地寄托了自己在美学与道德之间的徘徊。因为阿尔托把现代主义的使命设定为："全面取消价值的价值"❹，桑塔格把阿尔托视为"文学现代主义英雄阶段最后的伟大楷模之一"❺。阿尔托也曾被布勒东领导的超现实主义运动的反叛意识所吸引，但在政治上因为超现实主义的向左转而分道扬镳。桑塔格认为阿尔托在文学趣味上与超现实主义者如出一辙：看不起作为资产阶级平庸的集合体的"现实主义"、热情讴歌疯狂的、业余的艺术、推崇东方艺术、推崇极端的、不可思议的、哥特式的东西❻。桑塔格比较了布勒东所代表的超现实主义与阿尔托的不同：

---

❶ 苏珊·桑塔格. 在土星的标志下[M]. 姚君伟，译. 上海：上海译文出版社，2006：171.
❷ 苏珊·桑塔格. 在土星的标志下[M]. 姚君伟，译. 上海：上海译文出版社，2006：187.
❸ 苏珊·桑塔格. 在土星的标志下[M]. 姚君伟，译. 上海：上海译文出版社，2006：187.
❹ 苏珊·桑塔格. 在土星的标志下[M]. 姚君伟，译. 上海：上海译文出版社，2006：16.
❺ 苏珊·桑塔格. 在土星的标志下[M]. 姚君伟，译. 上海：上海译文出版社，2006：19.
❻ 苏珊·桑塔格. 在土星的标志下[M]. 姚君伟，译. 上海：上海译文出版社，2006：29.

第二章　美学与道德的交织：桑塔格文艺批评纵论

虽然阿尔托与布勒东抱有相同的热情和美学偏见，他们使用的方式却完全不同。超现实主义者是欢乐、自由、享乐的鉴赏家，阿尔托则是在绝望和道德方面苦苦挣扎的鉴赏家。超现实主义者断然拒绝赋予艺术以独立的价值，他们看不出道德诉求与美学诉求之间究竟有什么冲突。从这个意义上讲，阿尔托说他们的项目是"美学的"——他是指仅仅是美学的——时候，他说对了。阿尔托确实看到了这一冲突，并要求艺术应当根据道德严肃性的标准来证明自己的正当性。❶

桑塔格对阿尔托的解读，可视为她自己的艺术宣言。阿尔托对美学、道德和严肃性的要求，正是桑塔格文艺评论中最关注的三个焦点。如果说20世纪60年代桑塔格的文艺观更接近布勒东的超现实主义——"左倾"、激进、唯美、故意降低道德诉求以凸显美学诉求，那么到了70年代，桑塔格则是更倾向阿尔托的文艺创作方式：正视道德诉求与美学诉求之间的冲突，道德严肃性是判断艺术正当性的标准。与阿尔托一样，桑塔格也难以归类，不承认自己属于任何思想派别或"主义"。他们都曾被超现实主义的形式与思想所吸引，但都游离在那个圈子之外，因而保持了自身的独特性。

70年代是桑塔格思想转型的十年，随着60年代激进的文化氛围的消解和桑塔格本人的经历和成长，她的视野逐渐从形式美学转向了社会现实，她的批评也因历史感的加深而告别极端化，对里芬斯塔尔电影的反思就是基于这一变化。作为博览群书的才女型作家，桑塔格擅长把她的阅读跟现实联系起来，以旁征博引的方式来论证当代社会现实的寓意和属性。在《论摄影》和《疾病的隐喻》中都可以看到她的写作特点。而《在土星的标志下》则是桑塔格撰写的读书札记样式的感念文章，她在那几位欧美作家的文字精神中映射自我，较为直白地反映了她对美学和道德在艺术中的体现所持的观点。桑塔格孜孜以求的，是完全独立自由的艺术形式和不受隐喻侵扰的现实分析：

---

❶ 苏珊·桑塔格.在土星的标志下[M].姚君伟,译.上海：上海译文出版社,2006:29.

里芬斯塔尔的电影有其美感，但由于其核心内容在于反映法西斯美学，其价值就不值得广为传播；疾病是一种生理病患，施加在其上的社会隐喻却会给患者增添更多的痛苦，而摄影这一现代科技的产物，已从文化上改变了现代人看待现实的眼光，让人在真假虚实之间失去了准绳，成为现代性的一部分。

第三节 反思与重估：20世纪80年代之后的文艺批评

自1980年《在土星的标志下》出版至2004年桑塔格去世，这期间桑塔格只出版了一部论文集《重点所在》❶，该书于2001年出版，收集了桑塔格在20世纪80、90年代发表的41篇论文，按类别分为三部分：有关文学作品评论的"阅读篇"12篇，有关摄影和舞蹈评论的"视觉篇"17篇，以及散论12篇收在"彼处与此处"部分。在这个论集里很难找到作者在60、70年代那样锋芒毕露的文艺专论，更多的是《在土星的标志下》那种散文式随笔的感悟与沉思；她所议论的话题也更为"怀旧"，更多地谈论19、20世纪现实主义作家、作品，而不是之前她所注重的现代主义感受力。

2004年，桑塔格出版了她生前的最后一本论著《关于他人的痛苦》（Regarding the Pain of Others），是从摄影的角度谈论战争暴力。这部书的大部分内容最早形成于2001年，曾出现在她牛津大学所做的讲座和为一部摄影作品汇编所写的序言中。桑塔格以摄影为阵地抨击了美国的好战政策和战争的残酷性。此书还附有她的一篇短文《关于对他人的酷刑》（"Regarding the Torture of Others"），是对布什政府在伊拉克阿布格莱布监狱虐囚照片的反思，怒斥了这些照片所表现出的残酷与无耻。与她20世纪70年代的《论摄影》相比，这本书里的摄影体现的不再是审美与道德的交缠，而是揭示赤裸裸的审丑和罪恶，批判观看者麻木的判断力。

---

❶ 苏珊·桑塔格. 重点所在[M]. 陶洁, 黄灿然, 等译. 上海：上海译文出版社, 2004.

第二章　美学与道德的交织：桑塔格文艺批评纵论

桑塔格去世之后，她的儿子和编辑收集了她在生命的最后几年所写的导言、时评和演讲词等，合成了一部文集《同时：随笔与演说》，于2007年出版。这是桑塔格留在这个世界上的最后的文字与话语，从第一篇《关于美的辩论》，到最后一篇《同时：小说家与道德考量》，正好总结了桑塔格一生所追求的文字生涯的三大要旨：美学、写作、道德考量。在四十年的文字跋涉中，桑塔格对艺术美的追求、对道德伦理的思索、对自由作家身份的坚守和对知识分子责任的捍卫，在这部论集中得到了最后的证明。这部论集中收录的五篇文艺评论，是她为四部小说和一部通信集所写的导言，也是桑塔格在生命的最后几年里留下的批评文字。这五篇中有三篇涉及苏联斯大林肃反时期的严酷现实（《一九二六年……帕斯捷尔纳克、茨维塔耶娃、里尔克》《爱陀思妥耶夫斯基》《不灭：为维克托·塞尔日辩护》），一篇关于女性主义传记文学创作（《双重命运：论安娜·班蒂的〈阿尔泰米西娅〉》），还有一篇是对一部具有多种文体特征的长篇小说的评析（《稀奇古怪：论哈尔多尔·拉克斯内斯的〈在冰川下〉》）。在这些文章中，桑塔格把她对政治、历史和形式的关注融汇起来，这种融汇使得她在文艺批评上不再拘于对以超现实主义为代表的现代主义文学的揣摩。回归历史与现实，是桑塔格中后期文艺批评与文学创作的重要特点。

一、三十年之后：重估《反对阐释》

收在《重点所在》文集中的一篇文章《三十年之后……》，是1995年桑塔格为次年将在马德里出版的《反对阐释》论集西班牙语译本所写的序言，距离《反对阐释》出版正好三十年。桑塔格回顾了当初促使她写下那些激进文字的社会氛围：乌托邦理想的体现，毫不怀旧，勇往直前，对现实和未来既批判也乐观。她并不承认自己在那个时代写下的有关坎普感受力和新感受力之类的文章算是前卫，因为这些东西都是她在阅读奥登、王尔德、尼采、乔伊斯等人的作品中获取的心得，她只是从这些使她赞叹的作家作品中获得了有关感受力的感悟。她把自己定义为"好斗的唯美主义者和几乎从不避世

苏珊·桑塔格：徘徊在唯美与道德之间
Susan Sontag: Besotted Aesthete, Obsessed Moralist

的道德主义者"❶，作为一个保守的文艺批评者，"反对市侩思想，反对道德上以及美学上的浅薄和冷漠。"❷在这些观念上，桑塔格并不认为自己是先锋派的代表，她维护的只是她在经典阅读中领悟到的对欧洲文化的热爱和对文学艺术纯粹性的执着。

30年之后，桑塔格还反思了自己早期对高级文化与低级文化、形式/内容二元性的定论。她不赞成读者用两极分化的态度看待她的作品。30年前她曾极力赞美过当代艺术中新感受力的魅力，而如今她致力于推崇旧时经典的至高地位。她并不认为自己背叛了30年前的文艺品位，而是坚持自己"拥护多元的、形态多样的文化"❸。对她来说，在当代与古典、通俗与经典之间，没有必然的取舍。她热爱文学，也热爱电影。在20世纪60年代，她所欣赏的这两种艺术形式中都包含着有关"现代"这个概念的两个极端："怀旧情绪和乌托邦情结"❹。这两种情绪在60年代的革命氛围中得到发酵，酝酿出桑塔格在《反对阐释》和《激进意志的样式》中用精英眼光看待当代艺术的思想。

然而，桑塔格对于30年后的当代文化却充满了悲观失望。在她看来，20世纪90年代的文化趋向是一个走向终结的时代：一切理想的终结，一切文化的终结。"60年代"的文化精神不仅没落，而且遭到抨击和颠覆。消费主义价值观甚嚣尘上，鼓吹甚至强制推行"文化的混杂和倨傲的态度以及对享乐的拥护"❺。桑塔格30年前对文化多元性和寻求愉悦感的推崇，到了当代恶化成信仰缺失、严肃感消失的"虚无主义"时代寻欢作乐的反面版本，她所呼吁的"坎普感受力"泛滥成轻浮浅薄的纯粹消费主义娱乐产业。当年她为

---

❶ 苏珊·桑塔格. 重点所在[M]. 陶洁，黄灿然，等译. 上海：上海译文出版社，2004：320页. 原译"好争斗的审美者和几乎从不避世的有道德的人"（a pugnacious aesthete and a barely closeted moralist）（译文略加修改）.

❷ 苏珊·桑塔格. 重点所在[M]. 陶洁，黄灿然，等译. 上海：上海译文出版社，2004：319.

❸ 苏珊·桑塔格. 重点所在[M]. 陶洁，黄灿然，等译. 上海：上海译文出版社，2004：321.

❹ 苏珊·桑塔格. 重点所在[M]. 陶洁，黄灿然，等译. 上海：上海译文出版社，2004：323.

❺ 苏珊·桑塔格. 重点所在[M]. 陶洁，黄灿然，等译. 上海：上海译文出版社，2004：323.

"艺术色情学"呼吁的严肃认真的标准已经流失殆尽,价值观念的改变让桑塔格深感失落:《反对阐释》中曾经被视为小众的情趣判断如今已成主流,而"支持这些判断的价值观却仍然没有得到光大"❶。这也可以用来解释她到了后期对历史的回归和精英意识的日益浓重:对当代文化现实的失望使得她更为怀旧,她宁愿回归到一个逝者的世界,谈论半个世纪前的欧洲,而不是对当下的文化艺术,尤其是美国的文学艺术,做出更多的评点——迎合大众品位的消费文化已不值得她去谈论。

二、旁观他人之痛:关于摄影与美学的道德印证

桑塔格生前最后出版的著作《关于他人的痛苦》是继她的《论摄影》之后又一部谈论照片的书。与《论摄影》不同,这本书集中表现摄影镜头中战争暴力的体现。如果《论摄影》是桑塔格作为一名文艺批评家对摄影这一现代现象所做的文艺和社会思考,那么《关于他人的痛苦》则更像是桑塔格作为一名人道主义者对战争暴力的控诉、作为一名持不同政见者对美国在当代发动的几次战争所做的严厉批评,以及作为一名自由知识分子对消费主义盛行中摄影对人感官的麻痹所做的揭示。

桑塔格一如既往地从文学作品中提取素材,开篇即引弗吉尼亚·伍尔夫在 1938 年出版的《三畿尼》,这是伍尔夫为了回答"如何防止战争"所做的评论。伍尔夫以男女两性的不同视角来看待战争问题,以西班牙内战的一些照片为引导来展示战争的惨无人道。桑塔格并不完全认同这种观看方式,她认为有些表现战争残酷的照片在解说者的诱导下,会激起观看者更强烈的暴力心态,从而以暴易暴。她把以观看影像的方式旁观发生在别人身上的灾难的经验称之为"一种典型的现代经验"❷,经媒体的制作和传播,成为大众了解世界的主要源头,把现实变成"超现实"体验。摄影师拍摄照片,而照片的"现实意义"则由各种有着不同利益和观念的观看者来解读和利用:技术

---

❶ 苏珊·桑塔格. 重点所在[M]. 陶洁,黄灿然,等译. 上海:上海译文出版社,2004:325.

❷ 苏珊·桑塔格. 关于他人的痛苦[M]. 黄灿然,译. 上海:上海译文出版社,2006:15.

人员可以"修改"照片，政府可以凭借国家强权推行或禁止某些照片的流传，利益集团可以用某些画面来鼓动或者反对战争。作为观看者的个体，往往在这些引导下丧失了对正义、真理、和平的判断能力。

　　在这本书的附录文章《关于他人的酷刑》中，桑塔格不仅揭示了那些虐囚照片所表现的战争给个人所造成的身心摧残，更抨击了虐囚的美国士兵"不以为耻、反以为荣"的寻欢"品位"，她为此感到痛苦和愤怒。由于这些照片中很多画面涉及性虐待，不由令人想起桑塔格在20世纪60年代所写的《色情想象力》。那时，她对性虐小说人物所表现出的性快感不无赞同，认为色情文学可以作为一种文学体裁来满足人们的性幻想，而虐囚照中付诸实施的性侵略行为只让她感到震惊和恶心——这是完全没有美感可言的肉体暴力和性羞辱。更令她痛心的是，这种行为对某些人（那些支持伊拉克战争的人）并无不妥，因为这是对"敌人"的羞辱；犯下这些罪行的人乐于拍下这些照片，作为一种有趣的纪念。桑塔格所不能容忍的，就是这种丝毫没有道德严肃性的所谓摄影化审美，这与她二十六年前所写的《论摄影》有着巨大的不同，她比较了这两本书在关注点上的差异：

　　　　《论摄影》提出的观点——也即我们以感受的新鲜性和道德的关切性来对我们的经验做出反应的能力，正被粗俗和惊骇的影像的无情扩散所销蚀——也许可称之为对这类影像的扩散做出的保守批评。我把这论点称为保守，因为那腐烂了的东西不是别的，而是对现实的感知。但仍有一种现实独立存在着，不受旨在削弱其权威的企图所左右。这论点实际上是在捍卫现实和捍卫要求对现实做出更充分反应的摇摇欲坠的标准。[1]

　　如果说《论摄影》中桑塔格已经意识到摄影对人的感知能力和道德关切性的腐蚀，那么《关于他人的痛苦》已充分体现了腐蚀摄影这种具有现代性

---

[1] 苏珊·桑塔格. 关于他人的痛苦[M]. 黄灿然, 译. 上海: 上海译文出版社, 2006: 99.

第二章 美学与道德的交织：桑塔格文艺批评纵论

的观看方式，已经吞噬了现实，抹杀了所有传统的判断标准，只以新鲜有趣的"奇观"来刺激观看者业已麻木的感官。在《论摄影》中桑塔格已提倡要有一种"影像生态学"，以保证摄影在现实中的健康发展。而《关于他人的痛苦》中有关摄影的批评，证明了影像生态在当代消费社会已经日益恶化，在影像中看到的世界里，人们已逐渐失去了判断真假、善恶、美丑的标准。桑塔格写作此文，一方面是在影像世界中抨击战争——尤其是美国当局发动的几次局部战争，另一方面她还抨击了现代性中对现实感的漠视。桑塔格并不反对摄影，她反对的是摄影趣味的泛滥所引起的现实感受力的逐渐削弱和最终消亡。

在低俗趣味成为审美主流的时代，什么才是真正的美？《同时：随笔与演讲》中收录的桑塔格发表于2002年的《关于美的辩论》，是她留下的专论美学的最后文字。与她以前谈论艺术美的文章不同，这篇论文开篇就抨击了罗马教皇在同年对一系列美国天主教神父性丑闻所做的解释："一件伟大的艺术作品也许会有瑕疵，但它的美依然保存着；这是任何理智上诚实的批评家都能分辨的真理。"❶ 桑塔格对这种论调极为反感，抨击教皇以"美"这个神圣庄严的理念为蒙垢的天主教会遮羞，由此反思美的本质是什么。她考察了美的历史，这个理念有时成为道德褒奖的表述，有时成为艺术创新的牺牲品。而不管是被利用还是抨击，美在某些领域"依然是主宰，不可抑制"❷。当美作为艺术标准的权威遭到削弱，这并非表明美被削弱，而是艺术信仰的衰落。正因为美这一理念的抽象性，判断美的能力和标准也是个人化的、不确定的，是为"品味"。品味的私人性、即时性和可撤回性，使其对美的判断具备了最含糊、最不稳定的因素，以致品味也有好坏之分，对美的判定也随着时代的不同而标准各异。

尽管桑塔格没有对美做出明确的界定，但她却反对当代审美中把"有趣"当作"美"来膜拜。虽然现代主义文学艺术所代表的那种严肃的、常人难以

---

❶ 苏珊·桑塔格. 同时：随笔与演说[M]. 黄灿然, 译. 上海：上海译文出版社, 2009：1.
❷ 苏珊·桑塔格. 同时：随笔与演说[M]. 黄灿然, 译. 上海：上海译文出版社, 2009：3.

苏珊·桑塔格：徘徊在唯美与道德之间
Susan Sontag: Besotted Aesthete, Obsessed Moralist

领会的美已经不合时宜，但她更反对把"有趣"作为价值标准来评判事物。她把有趣作为一个"消费主义概念"❶，被当代人用来包容地体验现实、为沉闷生活解毒。这是当代人生活贫乏的表现，热爱"有趣"的人不能体验以"抑郁""狂怒"为特征的所谓沉闷经验的丰富性和深度。一个人一旦了解了这种丰富性和深度，就不会用"有趣"这样浅薄的体会来描述生活感受了。桑塔格要捍卫的还是"美"这一概念的严肃性和深刻性，她又一次谈及了纠缠她几十年的美学与道德之争：

> 人们通常假设美是——几乎是同义反复地——一个"美学"范畴，而依很多人的看法，这使得它被推上与伦理发生冲突的轨道。但美，即使是处于不道德状态的美，也从来不是赤裸裸的。而美的属性从来不是没有掺杂道德价值的。美学与伦理远非像克尔恺郭尔和托尔斯泰所坚称的那样是两根彼此远离的杆，美学本身是一个准道德方案。自柏拉图以来，关于美的辩论都充满了有关与美的事物——被认为是从美自身的本质中流露出来的美的事物，那不可抗拒、迷人的美的事物——的适当关系的问题。
>
> 那种把美本身理解为一个二元概念，把美分为"内在"美与"外在"美、"高级"美与"低级"美的长期倾向，是美的判断被道德判断殖民化的惯常方式。从尼采式（或王尔德式）的观点看，这也许是不恰当的，但在我看来这似乎是不可避免的。并且我要冒昧地说，从一生深刻而漫长地接触美学所获得的智慧，是不能被任何其他种类的严肃性所复制的。实际上，关于美的各式各样的定义，其接近貌似美德的特征和貌似更充分的人性的特征的程度，至少不亚于试图把善定义为这类特征。❷

---

❶ 苏珊·桑塔格. 同时：随笔与演说[M]. 黄灿然, 译. 上海：上海译文出版社, 2009：6.

❷ 苏珊·桑塔格. 同时：随笔与演说[M]. 黄灿然, 译. 上海：上海译文出版社, 2009：9-10.

第二章　美学与道德的交织：桑塔格文艺批评纵论

这是桑塔格对其一生从事美学思考的总结，她否定了不带任何道德评判的"唯美"，但肯定了美的判断中存在着"内在"与"外在""高级"与"低级"的二元对立。这是美与道德、美自身所包含的种种关系的复杂性，使得整个话题永不枯竭、永远给人启迪与智慧。最终，在一篇以格言警句方式写就的短文里，桑塔格唯一确定的不可辩驳之美，不是艺术之美，而是自然之美：曾被否定过的落日之美、"二战"期间一名德国士兵在俄罗斯的圣诞夜独自站岗时所看到的辽阔星空。这些不涉及利益、剔除一切俗艳的美，才能震撼起最强烈最纯粹的审美体验。这种体验才是纯粹的审美，是机械复制时代艺术作品所不能取代的。

三、译者的伦理：论文学翻译与被翻译

20世纪80年代之后桑塔格的作品中除了有关文艺批评的文字外，还有关于文学与被翻译的论述。一篇收在《重点所在》文集中，是她于1995年11月在哥伦比亚大学的一次会议上发表演讲《论被翻译》（"On Being Translated"），另一篇收在《同时：随笔与演讲》中，是她在2002年"圣哲罗姆文学翻译讲座"（The St. Jerome Lecture on Literary Translation）中所发表的演说，题为《作为印度的世界》（"The World as India"）。桑塔格自身的知识源泉来自于大量阅读世界文学，而她成名后自己的作品也被广泛传译，她根据自己的阅读经验和被翻译经验，翔实阐述了自己对世界范围内文学翻译的理解和体会。一如她谈论其他文艺作品离不开形式和内容、美学和道德一样，她谈论文学翻译也是从翻译的形式和伦理两方面表明自己的观点。

在《论被翻译》中，她先说了自己1993年在北约战火中的萨拉热窝执导《等待戈多》的经历，波斯尼亚族的演员们最终选择用带塞尔维亚味而非波斯尼亚味的译本来排演，取得了成功。桑塔格感慨道："这个发生在前南斯拉夫领土上的例子的可悲之处在于，它牵涉一些危险的重新拿自我定义的民族，这些民族碰巧共享用同一种口语，并因此被剥夺了——恕我这样称呼——

'翻译的权利'❶。桑塔格把翻译和政治联系在一起，用实例来说明翻译的"重点所在"：不在语言，而在语境。

桑塔格接着从词源上探讨了"翻译"这个词的本质："翻译是转换、消除、移位。为了什么？为了被拯救，免于死亡或灭绝。"❷ 她总结了现代翻译概念的三种变体：一、翻译作为解释，译者的任务是澄清和启发；二、翻译作为改编，译者不愿受制于精确的翻译标准，宁愿采取"改编"或"改写"；三、翻译作为改进，是翻译作为改编的傲慢的扩张，比如波德莱尔翻译爱伦坡的诗作。但也有另类的"改进"，即翻译作为"迷惑"而非还原，即对原文进行装饰或删节，使其与原文相去甚远❸。

桑塔格讨论了翻译的准确性，将之置于伦理学的范畴，指出翻译中的忠实概念相对于准确概念之外，还有一个道德参考。为了实现"完美的译本"，有两种相反的翻译标准，一为最低限度的改编，如纳博科夫所拥护的"直译"，尽量保留原文的语言特点，不做丝毫加工地进行语言转换。另一种是完全移植，译者把原文完整地化入新语言，使得读者仿佛不是在读译本，而是原创。大多数认真的译者都在这两种极端的翻译方法之间用功，本着对原文负责的态度慎重选择翻译方法。

然而有一个巨大的分歧：译者应对"原文"负怎样的责任。她援引拉丁文版《圣经》译者圣哲罗姆（Saint Jerome，347—419）的例子进行分析。这位被认为是译者守护神的译界先贤，一方面坚决维护翻译的忠实性，另一方面，却在一封名为《优秀翻译的原则》的信中说："除《圣经》外，翻译者不应感到非要生产逐字直译的译文；认为译出那感觉就够了。"❹ 就此桑塔格提出：译文应该合理的忠实，而翻译忠诚的标准也因为时代的发展而不断提高。桑塔格认

---

❶ 苏珊·桑塔格. 重点所在[M]. 黄梅，黄灿然，等译. 上海：上海译文出版社，2004：399.

❷ 苏珊·桑塔格. 重点所在[M]. 黄梅，黄灿然，等译. 上海：上海译文出版社，2004：400.

❸ 苏珊·桑塔格. 重点所在[M]. 黄梅，黄灿然，等译. 上海：上海译文出版社，2004：400-401.

❹ 苏珊·桑塔格. 重点所在[M]. 黄梅，黄灿然，等译. 上海：上海译文出版社，2004：404.

第二章 美学与道德的交织：桑塔格文艺批评纵论

为如今大多数译本实际上并不如人意，她将部分原因归于翻译变成学术思考的对象，译者的任务被学术标准同化。译者会在译作中加上"注解"，阐释原文中被假设为晦涩的地方。桑塔格不满于当前译本对于读者知识储备的低估，颇有精英意识。她在此回归到20世纪60年代"反对阐释"的观点，认为这种译者附加的阐释破坏了原作的感觉。在这里她举的例子是《魔山》的英译本，把原文（德语）中一段重要的、用法语进行的对话在译文中改成斜体字的英文，让英美读者"感到"这是一段用外语进行的谈话。显然桑塔格作为原作者并不喜欢这种改编原文语言风格的译法，她认为自己的声音被扭曲了。

桑塔格把翻译比作建筑物，经典的译作会随着时间的流逝而更为出色。她作为一个世界文学的阅读者，仰慕的是弗洛里奥翻译的蒙田、诺思翻译的普卢塔克、莫托翻译的拉伯雷、康斯坦斯·加勒特翻译的陀思妥耶夫斯基等俄罗斯文学典籍。不过，虽然她更倾向于忠实于原作的直译，也不得不承认："最受赞赏和最持久的，并不是最准确的。"[1] 最好的译文是"真"与"美"的结合，但由于语言、文化的差异，受欢迎的译文中信与美有时并不能兼而有之，也要视语境选择译法。

桑塔格批评了当代翻译界"求新"的时尚，翻译受到工业社会规律的制约，译本很快就会变坏和过时。像《道林·格雷的画像》和《包法利夫人》这样的名著都有诸多译本，最新的就是最好的，这是进步理念对文化实践的例子之一。由此桑塔格不无批判意味地评述新的文化平民主义在翻译领域的体现：文化的大众化、直白化使得一切都被认为可翻译。翻译要打破语言障碍，打破不同群体之间的障碍。然而，这样的尝试会摧毁对特定、当地的过去的忠诚和认识，发明新传统，"把一切重新混合、重新制造——最好是以最便于、可轻易传播的形式。"[2]

桑塔格把翻译的无国界扩展到资本主义世界文化的无限推衍，为商品经济的自由流通扫清障碍，桑塔格把这种普世主义意识形态的基础归结为"无

---

[1] 苏珊·桑塔格. 重点所在[M]. 黄梅，黄灿然，等译. 上海：上海译文出版社，2004：405.

[2] 苏珊·桑塔格. 重点所在[M]. 黄梅，黄灿然，等译. 上海：上海译文出版社，2004：406.

限制的商业的意识形态"❶。翻译的无所不至、无所不译是这种普世主义的体现，也使得翻译实践工具化，现代技术——电脑和机器翻译——正在试图把所有的语言变成同一种语言，把语言等同于资讯交流，成为一种说明。而文学作品，尤其是诗歌，是无法用这种方式翻译成功的，因为诗人们"用文字制作的手工艺品是不能用一部机器处理的"❷。在当代社会，翻译的普世主义模式与顽固的语言分隔主义并存，都对世界文学的传播起到了一定的负面作用。而对桑塔格本人来说，去读自己作品的译本是一件"既忧伤又迷人的工作"❸，因为这意味着原文的死亡和重生，重生的难免会失去原来的模样。

对文学翻译的这种既依恋又挑剔的态度也表现在《作为印度的世界》这篇讲演中。桑塔格认为，文学翻译是文学的一个分支，绝不是一项机械复制的任务。文学作为一种沟通形式，其本质会提出各种要求，某些文本更是要求坚决拒绝屈服，不容忍任何改造；作品中的某些固有的东西，超越了作者本人的意图和意识，成为文本的特质，成为该文本是否有其独特价值、是否可译的关键。因此，"适当地考虑文学翻译的艺术，本质上就是维护文学本身的价值。……翻译的目的是扩大一本被认为是重要的著作的读者群。……翻译是一种有价值的认知训练——以及道德训练"❹。

正因为文学翻译的艺术独特性，翻译机器不能代替文学翻译。翻译不是纯科学性的行为，文字对译不是找对等，不是"分析问题、解决问题"的科技逻辑就可以完成的。翻译是做出选择，在复杂的不同差异之间的选择。桑塔格对译者的要求是："译者要有广博和精深的知识，是某种精神文化的传递者。深思地、谨慎地、灵巧地、虔诚地翻译，是衡量翻译家对文学事业本身

---

❶ 苏珊·桑塔格. 重点所在[M]. 黄梅，黄灿然，等译. 上海：上海译文出版社，2004：406.

❷ 苏珊·桑塔格. 重点所在[M]. 黄梅，黄灿然，等译. 上海：上海译文出版社，2004：407.

❸ 苏珊·桑塔格. 重点所在[M]. 黄梅，黄灿然，等译. 上海：上海译文出版社，2004：408.

❹ 苏珊·桑塔格. 同时：随笔与演说[M]. 黄灿然，译. 上海：上海译文出版社，2009：161-162.

第二章 美学与道德的交织：桑塔格文艺批评纵论

的忠诚的一个精确尺度。"[1]从道德角度理解翻译家的任务，翻译基本上是一种不可能达到完美的任务。从翻译策略上，桑塔格本人更认同直译而非意译。她把纳博科夫译《叶普盖尼·奥涅金》作为极端直译的例子，连反对逐字直译的《圣经》译者圣哲罗姆都说："若要忠实地再现作者的文字和意象，将不可避免地牺牲意义和典雅。"对桑塔格来说，为了最大程度保持原文的"信"，牺牲文字的"达"和"雅"是值得的。她更赞成德国新教神学家弗里德希·施莱尔马赫（Friedrich Schleiermacher，1768—1834）对译本的"异质性"选择："译者的首要职责是尽可能贴近原文，并知道译文恰恰是要作为译本来读。把一本外国书本土化，等于是使外国书最有价值的东西丧失殆尽：该语言的精髓，造就该文本的神韵。"[2]桑塔格也希望她作品的译本可以保留她的语言风格，那是她思想的精髓、文本的神韵。她本人正是通过对世界翻译文学的阅读建立艺术标准，再通过这些标准来衡量她自己的作品，最终成为世界文学作家群体中的一员。

桑塔格在20世纪80年代之后的文艺批评没有了60年代的激进和70年代的犀利，大都篇幅较短，在文体上以书评、演讲和随笔为主，内容涉及文艺和社会现实两类，很多是对她60、70年代批评观点的补充、重审与反思。一个显著的特点是：她失去了60年代批判的热情和对新生文艺现象的乐观精神，对现代性悲观失望，对社会和文艺现状不乏失望和焦虑。距《反对阐释》发表30年后，她对当初那种激进的文化氛围的消散感到失落，对唯美主义的热衷也转变为对道德因素不可或缺的思虑，而摄影正以她最厌恶的大众化发展腐蚀着人们的感受力和道德感。她最终还在考虑：什么是美？或许除了自然之美，根本不存在任何不含任何道德附加的美，现代消费主义所推行的趣味性并不能取代美；相反，有些"有趣"的审美走向了美的反面，这是她在60年代倡导"感性美"时始料未及的。于是在她最后几年所写的随笔和演讲词中，她重新回到内容和

---

[1] 苏珊·桑塔格. 同时：随笔与演说[M]. 黄灿然，译. 上海：上海译文出版社，2009：163.

[2] 苏珊·桑塔格. 重点所在[M]. 黄梅，黄灿然，等译. 上海：上海译文出版社，2004：173.

道德这两个主题，更多地谈论小说的内容而不是形式，叩问的是作家的良知、文学的自由而不是创作形式的前卫或者叙事手法的极端。她这个时期的作品也反映了她对自己文学生涯的回顾、对世界文学的感恩，她作为一个被译者而非译者对翻译标准的衡量；对于译文，她求的是忠实于原作神韵的"真"，而不是依顺于目的语标准的"美"。她反对译者对她原作的"阐释"，更倾向于"宁信而不顺"，目的是最大限度地保持原作者的原形原貌。对桑塔格来说，无论是文艺批评还是翻译批评，服从真理、反映真相，都比追求形式上的美和伦理上的善更为重要。

本章小结：后期现代主义抑或现代主义之后

本章以时间为序，逐一解读了桑塔格40年间出版的主要文艺评论，贯串其间的线索是她对美学和道德、形式与内容之关系的辨别和探讨。以往研究中有很多只抓住桑塔格文艺批评中的一个要点来展开，如"反对阐释"或"静默之美学"，而笔者认为桑塔格一生的文艺批评之道并非始终如一，而是有其时代特征和发展过程。任何单一的总结，如形式主义、唯美主义、反主流文化等，都不能真实地反映桑塔格毕生的文艺批评事业。总体来说，桑塔格的文字生涯是发展变化的。她跟同时代纽约文人圈的很多知识分子一样，经历了思想上从激进到保守、政治上从左往右转的过程，而她还有着从"前卫"到"怀旧"的特点。这一变化主要体现在政治社会批评上，出于大环境的变化，也有着知识分子自身成长历程的个体差异。桑塔格是深受欧洲文化熏陶的美国批评家，始终对欧洲现代主义经典作家念念不忘，且始终对当代社会文化表示关切。现代与当代的交织，美学与道德的互辩，是桑塔格数十年文艺批评的经纬之线。

桑塔格最受瞩目的文艺批评是发表于20世纪60年代的论集：《反对阐释》和《激进意志的样式》。这两部论集的题名恰好反映出作者在那个时代的主要观点，不可避免地与当代最重要的文论后现代主义出现了某些相似和重合之处，

第二章 美学与道德的交织：桑塔格文艺批评纵论

乃至她至今还被当作早期后现代主义运动的代表人物之一。在本书以往研究中提到的《走向后现代主义》论文集中，欧洲学者汉斯·伯顿斯就把桑塔格归入到后现代主义运动的先行者的行列中，他着重援引桑塔格在《反对阐释》《关于坎普的札记》和《一种文化和新感受力》等文章中的言论来证明桑塔格的"后现代性"：桑塔格提出的"新感受力"是一种与60年代的美国反文化相一致的新的自发性，反对寻求意义，寻求感官祈求，突破了现代主义智性阐释的范畴：

> 在桑塔格看来，后现代主义特征是"逃避解释"，同时，对解释的厌恶也导致了某些拙劣模仿的、抽象的或刻意装饰的形式的产生。为了抵制解释，后现代主义艺术甚至成了"非艺术"（non-art），正是这种公然的厌恶才造成了与吁请（如果算不上祈求的话）解释的现代主义艺术的断然决裂。后现代艺术只有被而且必须被体验，而现代艺术则指涉一种隐喻表面以下的意义，因而也必须得到理解。后现代艺术展现自己的外观，而现代艺术则要把握出于那外观之下的深层含义。❶

伯顿斯认为桑塔格的"反对阐释"是后现代特征，而桑塔格本人却未必这么认为。事实上，桑塔格一生从未承认过所谓"后现代主义"这一文艺概念的成立❷，她认为自己始终围绕的是现代主义先锋派的风格和感受力，不是某些后现代主义理论所提出的"消解一切差异"的消费文化特征。2000年，她在接受采访时旗帜鲜明地"反后现代主义"："在我看来，所谓的后现代主义——即是说，把一切等同起来——是消费时代的资本主义最完美的意识形态。它是一个便于令人囤积、便于人们上街消费的理念。这些，并不是批判性的理念。"❸ 由

---

❶ 汉斯·伯顿斯. 后现代世界观及其与现代主义的关系[C]//佛克马，伯顿斯. 走向后现代主义. 王宁，等译. 北京：北京大学出版社，1991：19.

❷ 苏珊·桑塔格、陈耀成. 反对后现代主义及其他——苏珊·桑塔格访谈录[A]. 黄灿然，译. 南方周末，2005-1-6.

❸ 苏珊·桑塔格、陈耀成. 反对后现代主义及其他——苏珊·桑塔格访谈录[A]. 黄灿然，译. 南方周末，2005-1-6.

此可见，桑塔格并没有主动投身到后现代主义争论中去，她对这个概念的理解仅为"把一切等同起来"的消费文化观，在她的文艺批评中也几乎没有出现过哈桑、利奥塔、德里达这些后现代主义的理论家们。她将笔墨都倾注在现代主义上，也不愿费工夫去分辨后现代主义与后期现代主义的关系。事实上，桑塔格反对知识分子以套用理论、玩弄术语的方式来谈论文学和现实的做法：

> 世间有各种各样的知识分子。他们大多数同流合污。但有些很勇敢，非常勇敢。知识分子谈什么后现代主义呢？他们玩弄这些术语，而不去正视具体的现实！我尊重现实及其复杂性。在那层次上我不想乱套理论。我的兴趣是理解意念演进的系谱。如果我反对释义，我也不是这样反对释义本身，因为所有的思考都是某种释义。我实际上是反对简化的释义，我也反对花巧地把意念及名词调换和作粗浅的对等。❶

上述这段话很好地解释了桑塔格为什么一直拒绝加入学院派，只写文艺随笔而非学术论文。跟"反现代主义"一样，她反对把现实及其复杂性用"主义"来简化概括。但她认同"现代"这个概念，并在文艺领域来证明、塑造"现代"的理念。在她最后的演讲《同时：小说家与道德考量》中，她认为"现代"是个非常激进并且不断演进的理念，而"我们正处在现代意识形态的第二阶段（有一个自以为是的名称，叫作'后现代'）"❷。她是把理论家们称作"后现代主义"的性质归入到现代的第二阶段，即后期现代主义中去。她对现代主义的认识就如乔治·斯坦纳所言，"统治了20世纪前半叶的美术、音乐和文学的现代主义运动在关键部位就是一种保存的策略、一种

---

❶ 苏珊·桑塔格，陈耀成. 反对后现代主义及其他——苏珊·桑塔格访谈录[A]. 黄灿然，译. 南方周末，2005－1－6.
❷ 苏珊·桑塔格. 同时：随笔与演说[M]. 黄灿然，译. 上海：上海译文出版社，2009：223.

第二章 美学与道德的交织:桑塔格文艺批评纵论

(对过去传统的)保留策略。"❶ 对于桑塔格来说,"现代"的任务尚未完成,还需在继承和批判中继续进行下去。

然而,桑塔格自己对"后现代主义"这一名词的拒斥并不能决定她在20世纪60年代的言论是否具有"后现代性",这要取决于在后现代这个名词下不同的理论家与批评家对后现代文艺观的见解和定义。如果后现代主义在文化和艺术上的反映所表现的两个极致特征是:"先锋派的智力反叛(对经典现代主义的延续和超越)和导向通俗(对现代主义的反动和对精英意识的批判)"❷,那么无疑桑塔格在《反对阐释》《关于坎普的札记》和《一种文化与新感受力》中的观点极具后现代特点,既有先锋派的智力反叛:认为艺术作品中形式和审美比内容和阐释更为重要;又有对科学技术和大众文化的认同:乐观地对待机器复制时代科技对文化的影响,称其摆脱了艺术的宗教性,利用社会和科技发展的新模式,挑战传统的文化分界,打破形式与内容之间、浅薄与严肃之间、高级文化与低级文化之间的区分,并将小说之外的多种文艺形式,如音乐、舞蹈、电影、雕塑、美术等,带到文艺研究的视野中。从这两点看,桑塔格在《反对阐释》具有一定的后现代性特点。

桑塔格本人并不承认自己的坎普感受力是引导大众文化抢占高级文化的阵地。针对她因为20世纪60年代发表的《关于坎普的札记》等文章中对大众文化的热衷而被视为抹平文化艺术差别的看法,桑塔格说:

> 我从来不觉得我是在消除"高级文化"与"低级文化"之间的距离。我毫无疑问地、一点也不含糊、一点也没有讽刺意味地忠于文学、音乐、视觉与表演艺术中的高雅文化的经典。但我也欣赏很多别的东西,例如流行音乐。我们似乎是在试图理解为什么这完全是有可能的,以及为什么这可以并行不悖……以及多样或多元的标准是什么。然而,这并不意味着废除等级制,并不意味着把一切等

---

❶ Steiner, George. After Babel: Aspects of Language and Translation [M]. Shanghai: Shanghai Foreign Language Education Press, 2001: 489.

❷ 王宁. "后现代理论时代"的文学与文化研究[M]. 北京: 北京大学出版社, 2009: 168.

苏珊·桑塔格：徘徊在唯美与道德之间
Susan Sontag: Besotted Aesthete, Obsessed Moralist

同起来。在某种程度上，我对传统文化等级的偏袒和支持，并不亚于任何文化保守主义者，但我不以同样的方式划分等级……❶

的确，如果细究桑塔格《反对阐释》中所列举的具有"新感受力"的文艺作品，不难发现她所认同的有价值的作品与大众文化还有相当大的距离，"坎普"感受力与其说是大众的，不如说是现代主义的一种极端表现形式。她所重视的唯美品位，不是为了打破精英文化与大众文化之间的分界，恰恰相反，正是宣告某些特殊艺术情趣的特立独行，即使矫揉造作也有其令人印象深刻之处。桑塔格从未放弃她自小就开始景仰的"高级文化"和"精英品位"，诚如麦克罗比所言："要赋予大众文化以价值、从高级艺术或现代主义经典作品的角度分析大众文化形式，这样的欲望使得桑塔格很难在她的后期作品里发展对大众文化的兴趣。"❷ 她对大众文化的热情只是在《反对阐释》中昙花一现，在以后的岁月里她对好莱坞和电视所代表的消费文化只有蔑视，连批判的兴趣都没有。

这就可以解释为什么桑塔格从 20 世纪 70 年代开始，与大众文化的距离越来越远。《论摄影》本来是探讨摄影这一很具"后现代性"文化特征的科技产物，桑塔格却不像 60 年代那样以乐观的眼光看待。对于机器复制时代的文化，桑塔格越来越感到失望乃至厌恶；对消费主义和消费文化，她始终持否定和抨击的态度：作为新感受力的趣味只应属于少数人，随着文化语境和道德情势的变化，一旦大众化，就会成为腐败的因素。桑塔格意识到消费文化迅猛发展的必然性，她没有像很多其他文化研究者那样视之为新的研究契机，而是拒绝前瞻，执意回顾。从《在土星的标志下》开始，她的怀旧情绪日益沉重。在文学上，她的笔下写的几乎都是那些逝去的作家作品；她所景仰的文化英雄，如本雅明、罗兰·巴特，他们的文字在后现代主义理论家那里具有后现代的典型特征，在她眼里却都是现代主义的经典代表——而且不

---

❶ 苏珊·桑塔格，陈耀成. 反对后现代主义及其他——苏珊·桑塔格访谈录[A]. 黄灿然，译. 南方周末，2005 – 1 – 6.

❷ 安吉拉·麦克罗比. 后现代主义与大众文化[M]. 田晓菲，译. 北京：中央编译出版社，2006：119.

第二章　美学与道德的交织：桑塔格文艺批评纵论

可替代地消逝了。现代主义在桑塔格所处的时代已成为明日黄花，而她却不愿承认现代主义之后有"后现代主义"这一文化运动，她成为现代主义的追忆者和哀悼者，如研究者拉尔姆·肯尼迪所言：

> 《在土星的标志下》中所显现的自恋与怀旧情绪与桑塔格对于现代主义抱负的感伤怀想密切相连。她极力对她所仰慕的人与思想做出公正评价，使得她自己成为这些抱负的哀悼者和守望者。在她（二十世纪）六十年代的一些创作中，她曾接近被称为后现代的思考范畴，哀悼"一直笼罩着西方想象力的那个已经（总是已经）失落的有机社会的破碎幻想"。有关死亡、失落和狂喜的隐喻围绕着她无时或忘的感伤，描画出怀旧和告别，告别那些关于充实、彻底、均质和掌控的幻想——她所仰慕的那些人都是"对于普遍人性的那些慰藉性概念的摧毁者"。取代慰藉的一种方式已经找到了：就是她在这些孤独的个体（他们都是意志的英雄）身上所赞赏的那种智性的充沛，他们总是在现代性的废墟中寻寻觅觅。[1]

桑塔格自己也是现代性废墟中的寻觅者，在她40年文艺批评生涯中，探讨最多的是现代主义。在她看来，现代主义把文艺审美和技巧发展到了极致，以致自己终结了自己，变得无路可走。这种终结感始终围绕着桑塔格所描述的那些现代主义英雄们，时常是些不合时宜的悲剧性的文化英雄，比如她最仰慕的那位留下大量残章断篇自杀而死的本雅明。随着这些文化偶像的逝去，现代主义也只剩下了一片文化废墟，该如何建构现代主义之后的文艺批评理念？桑塔格并没有提出建设性的方案。她能做的是进行文学创作和文艺怀旧。现代主义之后是什么？众多理论家已从多种角度进行了描述和辩论，但尚未形成统一认识。除了哈桑、利奥塔、哈贝马斯、詹姆逊这些西方学者就后现代主义是后期现代主义还是现代主义之后的新文化模式发表论述外，我国学

---

[1] Kennedy, Liam. Susan Sontag: Mind as Passion [M]. Manchester and New York: Manchester University Press, 1995: 87.

苏珊·桑塔格：徘徊在唯美与道德之间
Susan Sontag: Besotted Aesthete, Obsessed Moralist

者河清在他的专著《现代与后现代》中重拾了英国建筑评论家查尔斯·詹克斯（Charles Jencks, 1939— ）对后现代发展趋势的预言：重拾主流价值、回归历史传统。❶ 桑塔格后期所做的许多文艺批评，在唯美与道德之间逐渐偏重道德伦理，她在文艺批评和文学创作上的怀旧与回归历史感，部分体现了这样一种"后现代"发展趋势。这些年有关传统价值观的重提、生态批评的兴起，也许可以为现代主义之后人类文明发展标明新的方向。

然而桑塔格并没有对这个走向做出明晰的解答，她无意于纠缠在抽象的"主义"之争的理论泥沼中。她归根结底是把自己当作一个作家和艺术鉴赏者，不是理论家；她对文学理论有相当的抵触。在谈到詹姆逊的后现代理论时，她评论说："他（詹姆逊）对这个术语（后现代主义）的使用，仍无法使我信服，其中一个理由是，我不觉得他对艺术感兴趣，他甚至对文学也不感兴趣。他感兴趣的是理念。"❷ 桑塔格对文学艺术的热爱和海量阅读，使得她自觉远离抽象的文艺理论，更愿意靠近文学艺术文本以及和她一样真正热爱文艺的批评家们的感性文字，实实在在地用文学来表现生活和想象力。这是她在现实中反对阐释、重视文艺本身的感性体验的立场所在。她对后现代理念的拒斥，是她向来与学院派文艺理论保持距离的一种表现。这种态度在她的文学创作中，有着鲜明的体现，是对她文艺批评理念的印证和超越。

---

❶ 河清. 现代与后现代[M]. 北京：中国美术学院出版社，2004：332.
❷ 苏珊·桑塔格，陈耀成. 反对后现代主义及其他——苏珊·桑塔格访谈录[A]. 黄灿然，译. 南方周末，2005–1–6.

第三章 从先锋派回归历史感：桑塔格的小说创作

桑塔格的文学创作肇始于她的文艺批评起航之前。她的第一部长篇小说《恩主》发表于1963年，比她的第一部论集《反对阐释》还早一年出版。1967年，她的第二部长篇小说《死亡之匣》出版。不过，这两部小说反响平平，远远不如她的文艺批评给她带来的名声显赫。即使桑塔格本人一再声称自己最关注、最渴望做的不是文艺批评，而是文学创作，但在《死亡之匣》出版25年之后，她的第三部长篇《火山恋人》才问世，加上2000年出版的第四部长篇《在美国》，桑塔格一生也只创作了四部长篇小说。她还撰写了两部电影剧本和九篇短篇小说，除了《我们现在的生活方式》之外，其他八篇收在了《我，及其他》的集子中。与她的八部论文集比，这些文学创作的数量相对较少。她原本还想创作一部以在法国的日本人为题材的长篇小说，可惜未及动笔就已病逝。

很多研究者都发现桑塔格的文学创作与文艺批评有着相辅相成的印证关系，尤其是她20世纪60年代的文学创作，与那个时代的文艺潮流非常贴近。桑塔格的文学创作有她的随笔风格，倾向于使用简练的格言式语言来表达寓言般的现实与超现实。不仅如此，她的随笔与文学创作在主题与思想上也有很多共同的地方。在1978年的一次访谈中，桑塔格说："我一直认为我的那些随笔和小说各自所针对的主题是迥异的，……然而最近，我忽然意外地发现那些随笔和小说竟然在很大程度上涉及同样的主题。……这两者的用意如此统一，这个发现简直令人害怕。"[1] 截止到1978年，桑塔格已经发表了两部

---

[1] Cott, Jonathan. Susan Sontag: The Rolling Stone Interview [J]. *Rolling Stone*, 1979, 10 (4). // Poague, Leland. Conversations with Susan Sontag [M]. Jackson: University Press of Mississippi, 1995: 108.

长篇小说和一部短篇小说集,这些文学作品与她六七十年代的文艺批评在主题上非常贴近。而她发表于 1986 年、讲述艾滋病恐惧的短篇小说《我们现在的生活方式》,与她的随笔《艾滋病及其隐喻》也可比照阅读。倒是到了 90 年代,随着桑塔格在文艺评论上的锋芒收敛及其怀旧情结的日益明显,她的最后两部长篇小说《火山恋人》和《在美国》无论在形式上还是内容上都向现实主义回归,从历史资料中寻找创作素材。即便如此,从这两部小说中依然可以窥探桑塔格对美学、道德、现代性、艺术、政治、革命等主题所持的观点和态度。因此,从整体上梳理桑塔格的文学创作,可以系统地把握她的创作特点及其变迁,可以更为真实地反映桑塔格在文学创作上所体现的文艺精神和对文学观念的把握。

  本章分为三节,分别是 60 年代的《恩主》和《死亡之匣》、从 60 年代到 80 年代的短篇小说创作、90 年代的两部长篇《火山恋人》和《在美国》,并结合前一章中桑塔格的文艺批评进行比照研究。她的文学创作中涉及女性形象的部分将与她的女权言论相结合,放在下一章中进行集中叙述,本章不会详细论及。

第一节 存在与虚无:20 世纪 60 年代的小说创作

  20 世纪 60 年代是桑塔格的创作发轫期,文学创作与文艺批评一样多产而且个性鲜明。她曾说,《反对阐释》中的 26 篇文章大部分是她在 1962—1965 年间写就。1962 年初她完成了第一部长篇小说《恩主》,1965 年末她开始第二部长篇《死亡之匣》的创作。这期间"从小说创作中满溢出来而进入批评的那种能量,那种焦虑"[1]形成了这些批评文字。对桑塔格来说,《反对阐释》中的批评文字是她文学创作思绪的延伸,这期间她的小说创作与她的文艺思想紧密相连。如果文艺批评是借助别人的创作来抒发自己的文艺感想,

---

[1] 苏珊·桑塔格. 恩主[M]. 姚君伟,译. 上海:上海译文出版社,2007:1.

第三章 从先锋派回归历史感：桑塔格的小说创作

那么文学创作则是借助想象、虚构人物和故事来实践作者的思想。桑塔格在《反对阐释》和《激进意志的样式》中所表现的重形式、轻内容及重沉默、轻言语的思想，在《恩主》和《死亡之匣》这两部小说中都有深刻的体现。

这两部小说在创作手法上都带有明显的先锋实验派风格，与当时法国流行的新小说相仿佛，一反现实主义文学创作传统，无意于塑造典型人物、典型背景和核心情节，故事发生的时间、地点都没有明示，故事的发展充满了不确定性，分不清是真是幻、是梦是实。在内容上，这两部小说与桑塔格在那个时期"反对阐释""静默之美学"的文艺思想一致，所反映的价值观带有明显的虚无主义倾向，拒绝道德评判，只为反映人的思维模式，与现实关联不大。

一、《恩主》：温柔的虚无主义

《恩主》出版于1963年，创作这个长篇时桑塔格还不到30岁。小说的第一章曾以《希波莱特的梦》（"Dreams of Hippolyte"）为题发表在《党派评论》上。在这部小说中，一切社会背景材料都交代模糊，地点大约是在"二战"之前的巴黎，主人公是一个名叫希波莱特的男子，情节主线是他在安然地回顾自己的一生。他的一生，可用第一章的总标题来概括，就是"我梦故我在"。他通过实践自己夜晚所做的各种梦来感受生活，把梦幻植入现实，不受任何社会规约的干涉。桑塔格评价该书说："《恩主》探讨某种遁世的天性，事实上是非常虚无主义的——一种温柔的虚无主义。"[1] 主人公的遁世就是在现实中演绎自己的梦，不管那些梦是多么荒诞离奇、杂乱无章。

《恩主》并非没有故事情节，主人公希波莱特的生活与普通人不同：因为家境好，他不必为生计奔波；他的母亲早逝、父兄只为他提供充足的生活费用，却很少与之来往，他自由自在，无牵无挂；他爱读书，但主动从大学退学，不受正规教育的束缚；他写过一篇引起关注的哲学论文，却从那之后不再正经写作；他年纪轻轻，却不参加当时热烈的思想运动，只热衷于自己的

---

[1] 苏珊·桑塔格，陈耀成. 反对后现代主义及其他——苏珊·桑塔格访谈录[A]. 黄灿然，译. 南方周末，2005-1-6。

苏珊·桑塔格：徘徊在唯美与道德之间
Susan Sontag: Besotted Aesthete, Obsessed Moralist

"精神探索"。于是他整日无所事事，在沙龙里听人聊天，跟沙龙女主人安德斯太太偷情，后来与她一起私奔出国，把她转卖给一个阿拉伯商人后自己回国。两年后安德斯太太伤痕累累地回来，希波莱特先是想谋杀她，但没有成功，于是就把自己的房子让给她住。为了躲避安德斯太太的纠缠，他从老家找了个温顺纯洁的姑娘结婚了。妻子病逝后，他和安德斯太太同居，又被她赶出了家门，住在另一处普通住宅一直到老。

书中另一个重要人物是希波莱特的朋友让·雅克，此人白天是作家，晚上是男妓、小偷，参与政治，在"二战"时期参与黑市投机，与党卫军上校有瓜葛。而作为一个作家，他写的小说曾获年度文学奖。希波莱特在与他的交往中彼此辩驳，相互印证。希波莱特给他提供生活费，是他的"恩主"。他俩的关系时而亲密，时而狂暴，暧昧不清。让·雅克在这部小说中是作为希波莱特的另一个自我存在的，希波莱特在梦中寻找生活的意义，让·雅克是在现实中尝试不同的角色。

然而这些情节线索并不那么确定，尤其是希波莱特后期的生活，作者借口61岁的主人公"又傻又老，记忆力也衰退了"，使得他"其他的一些记忆与叙述的过去情况不符"❶。这给小说增加了很多可能，主人公的叙事似真似假，难以定论。读者不知道自己看到的文字是不是叙述者真实的经历和感受，因为小说是用"第一人称"来叙事，没有第三者的话语予以辅助和澄清，读者只能通过叙事者的眼睛去看外在的事物，进入一个虚幻的世界。这正是新小说所具有的特点之一。

但《恩主》注重的不是故事情节是否属实，而是主人公游戏人生的生存状态：他的真实生活被一连串的梦境所左右，他沉浸在对梦境的实践中，生活的一切意义都被梦境所代替。如果按照传统方式解读这部小说，可以按弗洛伊德精神分析的理论去解释这些梦的缘由和含义，以政治社会批评来评价主人公和他的朋友在"二战"时期的生活和心理状态，把他们归入"现代主义颓废派"。或者从女性主义的角度解读文中的两位女性：主人公的情妇安德斯太太和他贤妻良母型的妻子。但这不是作者想表达的写作意图，恰恰相反，

---

❶ 苏珊·桑塔格. 恩主[M]. 姚君伟, 译. 上海：上海译文出版社, 2007：266.

第三章 从先锋派回归历史感：桑塔格的小说创作

她通过这个温柔的虚无主义故事反映的是有关主体自由的问题。2003年，桑塔格在为《恩主》的中译本所撰序言中如下写道：

> 写《恩主》的时候，我在思考些什么呢？我思考的是，做一个踏上精神之旅的人并去追求真正的自由——摆脱了陈词滥调之后的自由，会是怎样的情形；我思考的是对许许多多的真理，尤其是对一个现代的、所谓民主的社会里多数人以为不言而喻的真理提出质疑意味着什么。当时，对宗教观念，以及更概括地讲，对认真对待一个个观念意味着什么，我有过很多思考。我当时想，一个人把自己交给自己的幻想，或者梦想，结果会怎样呢？我也在想，选择作家的生活意味着什么。❶

因此她写了一个完全脱离现实的小说，主人公没有切实的经济压力和奋斗目标，没有宗教信仰，没有政治追求，没有文化兴趣，没有道德思考，甚至连性取向都模棱两可。于是他把自己交给了"梦想"——白天去实现晚上所做的梦，选择了这种古怪的生活方式、一种遁世的人生取向。希波莱特所追求的"古怪"，是一种他意欲脱离社会中心、拒绝被社会这个温暖中心同化的努力。从某种程度来说，作者欲借主人公之口表明自己对自由的追求：

> 我对我的梦感兴趣，因为我视之为行动，视之为行动的样板、行动的缘由。我是从自由的角度对它们感兴趣。这个节骨眼上，在讨论一个显然向我呈现出一幅自己被监禁的景象的梦时，我还在奢谈自由，似乎是咄咄怪事。我当然明白还有其他角度可以谈。假使我是出于"理解自我"的目的来考察这些梦，我就会从束缚的角度来考虑了。那样，我便会看到我的梦是怎样反映出我束缚于自己的性格、其有限的主题，及其习见的种种忧虑了。
> 但是人为了真正的自由，只要宣布自己是自由的就行了。要摆

---

❶ 苏珊·桑塔格. 恩主[M]. 姚君伟, 译. 上海：上海译文出版社, 2007：2.

脱掉这些梦而获得自由——至少达到所有人类成员有权享受的自由程度，那么，我只要认为我的梦是自由的和自治的就成了。❶

写作《恩主》的时候，桑塔格还是个30岁不到、籍籍无名的单身母亲。她已经立志做一名作家，这是她自小就有的梦想。而选择作为作家生存，就如同把自己交付给幻想。这个故事也是一次精神之旅，主人公游荡在做梦、演梦和现实之间，一路走来，最后变成一个60多岁的老人安详地回忆这段人生之旅。桑塔格说："我在自己的生命之旅中，远远超越了《恩主》里的幻想的技巧和包裹着反讽的反刍。我最近的几部长篇小说均有别于《恩主》，然而，在我早年创作的第一部小说中，我依然能认出自己来。……我的风格当时就确定了，旅行也就此开始。"❷ 桑塔格对她的第一部小说并无多少留恋，但她的风格——以自省、旅行为主题的创作风格——在《恩主》中已确定下来。在文学史上，《恩主》可以因其虚无主义的内容和不确定叙事作为一部具有"后现代"特征的小说留存——虽然这不是作者写作它的本意。

二、《死亡之匣》：不确定的存在方式

60年代桑塔格出版的第二部小说《死亡之匣》与《恩主》一样具有先锋派的特点：脱离现实，叙事恍惚。《恩主》是以演绎梦境来逃避现实，《死亡之匣》是以自杀为主题。在桑塔格同期的文论《静默之美学》中，自杀也是"沉默"的艺术家寻求艺术极致的一种方式，但《死亡之匣》不是关于艺术家的故事，而是关于存在之荒诞的寓言小说。与《恩主》第一人称叙事不同，《死亡之匣》运用第三人称，但这两部小说都不是作者的声音。《恩主》是主人公希波莱特对自己梦里人生的回忆，充斥着哲人式的自语与反省。《死亡之匣》主人公迪迪（Diddy）既不是艺术家也不是哲人，他只是现代都市中千千万万为生计奔波的普通人之一，只不过他的特殊之处在于：他是个被自杀欲念困扰的人；他对现实与想象中发生事件的追述，则以多种版本进行叙事，

---

❶ 苏珊·桑塔格. 恩主[M]. 姚君伟, 译. 上海：上海译文出版社, 2007：261.
❷ 苏珊·桑塔格. 恩主[M]. 姚君伟, 译. 上海：上海译文出版社, 2007：3.

第三章 从先锋派回归历史感：桑塔格的小说创作

充满了不确定性。如果说《恩主》反映的是一种温柔的虚无主义生活态度，那么《死亡之匣》则笼罩着惊悚、荒诞的死亡阴影。他也生活在梦境中，被死亡阴影笼罩的噩梦之中。

故事的开篇就说明迪迪是个没有生趣的人。表面上看他是美国中产阶级白领的理想代表：三十三岁，家境小康，受过良好的教育，如今是一家大公司的广告部副主任，一表人才，对人礼貌周到，工作尽心尽力。而在内心里，他却只是"寄居在自己的生命里"❶的行尸走肉：工作毫无意义，人人奇形怪状，自己所到之处险象环生。这样的厌世心理使死亡对他充满了诱惑力，终于有一天他吞下一瓶安眠药，却被邻居发现，送到医院救活。他决定苟且偷生，履行自己活着的义务。

真正的故事开始于迪迪的一次旅行，他坐火车从曼哈顿到阿尔巴尼出差。在火车包厢里有一位名叫赫斯特的美丽盲女，由她姨妈陪着去医院治眼睛。火车在一个隧道里因故停车，迪迪等得不耐烦下车闲走，遇见一个出言不逊的铁道工，迪迪一怒之下用扳手打死了他。迪迪回到车上，告诉赫斯特他下车杀了人。可是赫斯特却说火车从来没有停下过，他也没离开过车厢。他俩在车上的洗手间做爱。迪迪不知道自己到底真的杀了人还是只是自己的幻想。火车到站后，迪迪决定陪赫斯特一起去医院治疗眼睛。后来他回到旅店，在电视和报纸上寻找有关那个铁道工被杀的新闻，但一无所获。只看到一个工人在隧道里被火车撞死的报道。迪迪冒充保险公司的职员去慰问死者家属，却因赔偿问题不欢而散。赫斯特的手术失败，不能复明，迪迪带她回到纽约，装病休假，两人同居。迪迪准备续写他年轻时没写完的一部小说《狼孩的故事》，这部小说总像噩梦似的缠着迪迪不放。这些都不能驱散他曾杀过人的阴影，还有他厌世的心态。于是他和赫斯特一起重返那条杀人的隧道，又遇见了那个工人，再起冲突，迪迪又一次打死了他。他从上次是否杀人的迷惑中解脱了，当场兴奋地与赫斯特做爱，然后独自一人裸身前行，看到了各种各样的墓穴、棺材、死尸，看到了"世人的归宿"❷。

---

❶ 苏珊·桑塔格. 死亡之匣[M]. 李建波,译. 南京：译林出版社，2005：2-3.
❷ 苏珊·桑塔格. 死亡之匣[M]. 李建波,译. 南京：译林出版社，2005：328.

苏珊·桑塔格：徘徊在唯美与道德之间
Susan Sontag: Besotted Aesthete, Obsessed Moralist

从传统意义上说，这部小说的情节涣散，主题含混，除了迪迪和赫斯特之外，其他人物都面目模糊，去向不明。即使主人公自己的经历都充满悬疑，莫衷一是。在故事的开头，迪迪吞安眠药自杀时，有一个年轻的穿白衣的黑人，"身上散发着呕吐物的气味"❶，给他按摩、洗胃。到了小说的结尾，迪迪在死尸群中走到最后，也有一个穿白衣的年轻黑人"推着一辆病床车来到他的床边。一股呕吐物味。"❷ 于是这之间发生的种种事件——火车旅行，杀死铁道工，与赫斯特的相识相恋——到底是真的发生过，还是迪迪吞服安眠药之后弥留之际产生的一系列幻觉？这个疑问到最后也没有得到解答，这正是作者希望制造的效果，如《恩主》中梦与现实难分难解一样，《死亡之匣》生与死相交织，同样充满了不确定的因素。其中反映的现代人的生存状态，如加缪所说："唯一确定的事实是：世界的这种密闭无隙和陌生，这就是荒谬。世人也分泌出非人的因素。在某些清醒的时刻，他们机械的动作，他们毫无意义的手势使得他们周围的一切变得荒谬起来。"❸ 迪迪寄居在躯壳里的生命，漫无目的，生活毫无意义，体现的正是这种荒谬感。

笔者认为，这部小说的特色不在于其飘忽不定的情节，而在于作者用细致入微的笔法描写的败落的精神与物质世界："一切都在溶解，一切都在坍塌。"❹ 在他这个厌世者眼中，一切事物都在衰朽溃烂，残缺不全，最后都衰败成残垣断壁和腐烂尸骸。这样的世界是迪迪收集的死亡材料，凑成了死亡之匣来承载他自己的弃世。对于小说中大段死亡和尸体的恐怖描写，桑塔格将之与她创作的背景相联系，因为那正是越战时期："我常常想，也许《死亡之匣》应该名叫《我们为什么在越南》？因为这部小说所描述的那种麻木不仁的残酷和自我摧毁正在毁灭美国。"❺ 桑塔格在写作《死亡之匣》时想的是越

---

❶ 苏珊·桑塔格. 死亡之匣[M]. 李建波，译. 南京：译林出版社，2005：6.

❷ 苏珊·桑塔格. 死亡之匣[M]. 李建波，译. 南京：译林出版社，2005：328.

❸ 加缪. 西西弗的神话：加缪荒谬与反抗论集[M]. 杜小真，译. 天津：天津人民出版社，2007：16-17.

❹ 苏珊·桑塔格. 死亡之匣[M]. 李建波，译. 南京：译林出版社，2005：3.

❺ Rollyson, Carl. Reading Susan Sontag: A Critical Introduction to Her Work [M]. Chicago: Ivan R. Dee, 2001：80.

第三章 从先锋派回归历史感：桑塔格的小说创作

南战争中美国在越南造成的巨大伤亡，这不仅给越南民众带来灾难，也使得美国本国遭受伤害，是人类的自相残杀、自我毁灭。

《死亡之匣》问世之后，反应平平，与她那些引起热烈反响的文艺评论形成强烈对比。这种反差打击了桑塔格在文学创作方面的信心，使她中断了长篇小说创作。桑塔格后期抛弃了先锋派的写作手法，对这部小说也很少提及，但《死亡之匣》独特的写作风格和描写策略成为桑塔格60年代文艺理念的一种标本。

20世纪60年代是桑塔格在文学创作上的起步阶段，不到五年时间她就出版了《恩主》和《死亡之匣》这两部长篇小说。桑塔格没有像大多数作家那样，把自己的经历作为自己处女作的主要线索，而是以哲学的思索和文学的想象两条线索制造故事。但从中也可以觉察到作者思绪的痕迹，这两部小说中都有"剧中剧"，无论是希波莱特还是迪迪，都想过当作家，并且写作书稿，这与桑塔格当时狂热地想当作家的心理相关。从艺术风格上看，与她同时期的"反对阐释"理念类似，这两部小说在形式上要比在内容上更为出奇，为桑塔格赢得了先锋实验派作家的名头。这两部小说都无法给出道德判断，无论是以生活来释梦的希波莱特，还是总想寻死的迪迪，读者们都无法用好坏善恶来评判他们。桑塔格注重的不是社会效应或者道德教益，她看重的是现代主义文学的反传统特征，与早期的古典主义、现实主义和浪漫主义都划开了界限。如她在文集《在土星的标志下》所言：

> 浪漫主义艺术家认为，伟大的艺术是一种英雄主义，一种突破，一种超越。在他们之后，现代主义杰出作家对杰作提出的要求是，每一部杰作都必须是一个极端的例子——极限的，预言式的，或两者兼而有之。瓦尔特·本雅明（论述普鲁斯特时）说："所有伟大的文学作品均确立一种文类，要不就是终止一种文类。"这是典型的现代主义判断。不管它们前面有多少好的先例，真正伟大的作品似乎均须与一种旧秩序决裂，它们都是真正意义上破坏性极大的（如果也是有益的）举动。这样的作品拓宽了艺术的疆界，但与此同时，

也以崭新的、自觉的标准使得艺术行为变得复杂化并加重了它的负担。它们既激发想象,又使想象陷于瘫痪。❶

《恩主》和《死亡匣子》验证了这一"极限的,预言式的"现代主义创作形式。从内容上这两部小说都无甚可观,前者堕入虚无主义,后者则是厌世情结。但在结构上,这两部小说无疑具有极大的破坏性,破坏了现实主义小说典型人物、典型情节的设置,整个叙事复杂含混,"既激发想象,又使想象陷于瘫痪"。对于这样无法予以道德评判的小说,纳博科夫在其对《洛丽塔》的道德辩护中就已阐明其观点,即小说叙事是个人的,是"非道德的"❷。可惜桑塔格不是纳博科夫那样天才的叙事者,以致她的小说缺乏动人心魄的艺术魅力。但是,从形式意义上说,这两部小说可以与《反对阐释》以及《激进意志的样式》一起,成为60年代桑塔格文艺观的典型著作。

第二节 融入多种形式的社会议题:桑塔格短篇小说研究

1967年《死亡之匣》出版之后,在长达25年的时间里,桑塔格没有新的长篇小说问世。在这期间她并没有放弃小说创作,1978年她出版了第一部也是唯一一部短篇小说集《我,即其他》,里面收有8篇故事。1986年,她又写成了另一个短篇《我们现在的生活方式》。在这些短篇中,有两篇创作于60年代,具有跟《恩主》和《死亡之匣》相似的写作手法,其余创作于70、80年代的短篇更具有入世性,更贴近社会现实,可作为一篇篇社会寓言引人深思。桑塔格创作的短篇小说在数量上并不算多,但是质量上乘,其中《我

---

❶ 苏珊·桑塔格. 在土星的标志下[M]. 姚君伟, 译. 上海:上海译文出版社, 2006:135.

❷ 李小均. 自由与反讽——纳博科夫的思想与创作[M]. 南昌:百花洲文艺出版社, 2007:220.

们现在的生活方式》入选1987年度美国最佳短篇小说。笔者认为桑塔格的短篇小说可读性比起其长篇小说犹有过之。

一、形式试验：变化多姿的叙事风格

桑塔格对艺术形式的重视在她的短篇小说创作中得到了淋漓尽致的发挥。如《洛杉矶时报》上的书评所言："这些短篇小说……见证了桑塔格在创作中的创新性、她独特的视野、她在文学形式实验中的成功。"❶ 一如她在文艺批评中倾向于格言式的简短表达，她的短篇小说尽情采用了简洁精练的语言形式，所表达的内涵却意味深长。这一点在《中国旅行计划》中表现得尤为显著，全文从形式上看极像一份旅行计划书，列举了种种跟这次旅行有关的名词：要经过的地点，去中国的目的，中国文化的象征，她的家人跟中国相关的因素，她本人对中国的遐想和向往，如此等等。例如她写去中国之前的种种念头：

八种变数：

黄包车

我儿子

我父亲

我父亲的戒指

死亡

中国

乐观主义

蓝布制服❷

这些看似互不相关的事物构成了桑塔格自己对中国的主要印象：她的父亲死在20世纪30年代的中国，留下的戒指传给她，她又传给自己的儿子戴

---

❶ Sontag, Susan. I, etcetera [M]. New York: Anchor Books, 1991: back cover.
❷ Sontag, Susan. I, etcetera [M]. New York: Anchor Books, 1991: 17.

维;中国的黄包车;当时中国的革命乐观主义(1973年);中国人(主要是国家干部)都穿着蓝布制服(有上下四个口袋的那种)。这篇小说中充满了这些名词或者引言的累积,几乎不像是一篇小说,因为这里没有虚构人物和虚构情节,写的都是桑塔格本人及其家人跟中国的关联。这份奇特的"旅行计划"构成了这篇奇特的故事,毕竟,这是桑塔格踏上中国国土之前所写下的"计划",里面包含了她有生之年对中国的大体了解和想象。

除了简短的语言形式,这些短篇小说在形式上的魅力还在于叙事角度的多变。《中国旅行计划》主要以第一人称陈述,但有的句子根本没有主语,或者只是个名词或者动词短语,省略了主体叙述者,使叙事更为飘忽。而在另一篇同样涉及作者个人生活的故事《心问》("Debriefing")中,第一人称叙事常常混合着第三人称,这个人称就是"我"的好友茱莉亚,她的自杀令"我"陷入了悲痛和对人生的反思之中,"我"看到的、听到的、想到的茱莉亚和真正的茱莉亚在故事中此起彼伏,折射出生活的荒诞。在《没有向导的旅行》中,第一人称"我",第二人称"你",还有第三人称"他们"交替出现,使得这次精神之旅不停地改变视角,有对过去的缅怀,在现时的思考,对未来的迷茫,都在这人称的变换中融合在一起,使得整个故事更像是诗歌体,而不是小说体裁。

谈话式叙事是桑塔格擅长运用的又一种创作形式。最典型的是《我们现在的生活方式》,一个人得了艾滋病,他的一些朋友都在谈论这个问题,有的直接,有的间接,有的忧虑,有的恐惧,在一个个的间接引语中体现的是人们对艾滋病及其隐喻的重重担心。在这个当代绝症的影响下,病人的情况和心理都成了次要,主要表现的是病人周边的人对这一病症以及患病的友人忧心忡忡的想法,生动地反映了当代人对艾滋病的复杂心态。在《旧怨重提》("Old Complaints Revisited")中,一个身份、年龄、性别都不明朗的声音在剖白自己对所在"组织"的怨言:"我想离开,但我做不到。"❶ 这是个什么样的组织?是暗指当时的美国左派知识分子团体,还是先锋派文艺群体?文

---

❶ 苏珊·桑塔格. 我,及其他[M]. 徐天池,申慧辉,王予霞,等译. 上海:上海译文出版社,2009:107.

第三章 从先锋派回归历史感：桑塔格的小说创作

中的"我"是作者的代言人，还是她想象的一个困在"集体意识"中的个体？这些问题都不能得到明确的回答，也给故事拓宽了想象的空间。在《宝贝》（"Baby"）中，整个行文是一对夫妇咨询心理问题专家所做的应答，咨询的是他们的孩子出现的种种问题。"宝贝"是他们对孩子的唯一称呼。整个故事中并没有出现专家和宝贝的话语，但这夫妇俩的自白已经揭示了他们所在的家庭乃至社会的矛盾、弊病和伤痛。桑塔格采用直接记录话语的方式来陈述，就像录音一样，不掺杂来自第三方的阐释，一切由读者去感受领略，诱使读者去揣摩话语之外的含义，使得言语与现实之间呈现出阐释的张力，比起平铺直叙的故事来更有挑战性、更引人入胜。

桑塔格是擅长形式和风格的专家，她对文学创作的热爱胜过从事文艺批评，一个主要原因就是文学创作给了她表述形式的自由。非常规的表现形式注入深邃的思想内容，这使桑塔格的短篇小说比她早期的长篇小说赢得了更多的读者和好评。除了形式之外，桑塔格所关心的社会问题也体现在这些故事中，不再像她60年代那两部长篇小说那样耽于想象、脱离现实。

二、《我，及其他》：身份危机与自我超越

《我，及其他》中的大多数故事延续了桑塔格在《恩主》和《死亡之匣》中所反映的现代生存状态，主要表现为现代人对自我身份的不确定，以及如何超越危机、重新界定自我。但这种追求所通过的路径、所得到的结果却各不相同，有的人物的命运不乏辛辣的讽刺。桑塔格在1978年《滚石》杂志对她的访谈中说："当我给《我，及其他》中的故事校稿时，我发现我自己更像是个读者，而不是这些故事的作者，这些故事对我来说有一个主题——追求自我超越，努力去做一个不同的、更好、更高尚、更有道德的人。"[1]

自我超越的一个途径是旅行：离开旧地，去往他地，转换地点和身份，以实现自我的改变。这部故事集的八个故事以旅行始、以旅行终：开篇是《中国旅行计划》，是桑塔格出访中国之前写下的对中国的冥想，其中隐含的

---

[1] Poague, Leland. Conversations with Susan Sontag [M]. Jackson: University Press of Mississippi, 1995: 124.

是她对自己死在中国的父亲的哀思——她从来没有见过父亲，这个情感上的缺憾与中国概念联系在一起，让她既好奇又伤感。这也是桑塔格作品中唯一坦承自己与家人关系的一篇，虽然是以小说的形式呈现，却比她的随笔更有写实性。《我，及其他》是题献给她母亲的。尾篇故事《没有向导的旅行》写的是寓于地理之旅的精神之旅："为了目睹那些美的事物，我做了一次旅行。变化的景观。变动的心绪。你知道吗？"[1] 景物的变化、环境的变迁，激起"我"对过去那些美好事物的眷恋、质疑和遥想。桑塔格热爱旅行，在现实中她常年在美国与欧洲之间穿梭奔波，在思想上她总是"穿越"回现代主义盛行的年代，去写那些逝去的作家和思想家。透过《没有导游的旅行》表面扑朔迷离的文字，看到的是作者在时空流动中的意念和愿望："我没有到过所有的地方，但是它都在我的旅行计划之中。"[2]

除了旅行之外，转换身份是超越自我的另一种可能。创作于1963年的《假人》（"The Dummy"）在主题上可以视作《恩主》的一个简略版。这个故事的主人公"我"，一个美国中产阶级的中年男子，厌倦了现有的生活。于是按照自己的样子制造了一个智能型电子"假人"来代替他生活，替"我"承担工作和家庭责任："作为我的替身去上班，接受老板的称赞和斥责……充当娶了我老婆的那个男人，他要在星期二和星期六的晚上和她做爱，每天晚上陪她看电视，吃她做的有益健康的饭菜，在怎样抚育孩子的问题上与她吵架。"[3] 开始一切顺利，可没过几个月这个"假人"有了自己的感受力，爱上了新来的女秘书爱小姐（Miss Love），两人相约私奔。"我"也不愿重返现实生活，于是只好又制造了第二个假人来代替第一个假人。九年过去了，一切相安无事，第一个假人跟爱小姐一起生活，第二个假人顶替"我"跟"我"的家人一起生活，又添了孩子。而"我"则继续在人世游荡，有时去探望他

---

[1] 苏珊·桑塔格. 我，及其他[M]. 徐天池，申慧辉，王予霞，等译. 上海：上海译文出版社，2009：247.

[2] 苏珊·桑塔格. 我，及其他[M]. 徐天池，申慧辉，王予霞，等译. 上海：上海译文出版社，2009：263.

[3] 苏珊·桑塔格. 我，及其他[M]. 徐天池，申慧辉，王予霞，等译. 上海：上海译文出版社，2009：95-96.

第三章 从先锋派回归历史感：桑塔格的小说创作

们两家人，"祝贺自己，用这么公平合理而且负责任的办法解决了我在被赋予的短暂乏味的生命之中所遇到的种种问题"❶。

这个犹如玛丽·雪莱《弗兰肯斯坦》般的科幻故事，反映的却是一种温柔的遁世主义。《恩主》中的希波莱特借助实现梦境来逃避现实，《假人》中的"我"借助塑造另一个自我来履行俗世责任，换取自身的自由。这跟桑塔格自身对自由生活的向往密切相关，也体现了她对社会责任的严肃态度。她幻想有个替身来代自己"服刑"，而自己可以游离在俗世之外，不被人际关系羁绊。即使"我"用这种负责的态度摆脱了常规生活的负累，作者也没有让"我"过着逍遥自在的生活，"我"厌倦了做人，"我想做山，做树，做石头"❷。这种虚无的遁世并不是作者所认同的，但却可以作为现代人被日常生活消磨了热情之后的内心写照，跟现今流行的"丧"文化有着一脉相承的关联。

类似的自我分裂主题还出现在另一个短篇《杰基尔医生》（"Dr Jekyll"）中，作者改编了19世纪英国作家史蒂文森（Robert Louis Stevenson，1850—1894）的中篇小说《杰基尔医生与海德先生奇案》（通译《化身博士》）（*The Strange Case of Dr Jekyll and Mr. Hyde*）。在原作中，律师阿特森在审理一宗凶杀案时发现，享有文雅善良美誉的杰基尔医生，在喝下一种药水后会变身为粗鄙凶恶的"海德先生"，到处行凶作恶。这部小说是心理小说中表现善恶同体、人格分裂的经典著作。桑塔格对之进行大幅改造，阿特森成了一家人类潜能开发学院的院长，无所不能的阿特森博士，他能操控别人的思想和行为，杰基尔医生就是被他操控的人之一，两人的身体由一条看不见的绳索相连；海德曾是无恶不作的黑帮喽啰，被阿特森博士驯服。杰基尔医生厌倦了自己按部就班的中产阶级生活，想跟海德交换人生，让自己体内被压抑的暴力能够自由宣泄出来。海德不同意，建议他犯下一项罪行即可得到他想要的自由。于是杰基尔医生用一根自行车链条殴打海德，被判谋杀未遂罪而入狱，在狱中参与暴动，饱受折磨。不久海德在家中上吊自杀了。这一切都是阿特森操

---

❶ 苏珊·桑塔格. 我，及其他[M]. 徐天池，申慧辉，王予霞，等译. 上海：上海译文出版社，2009：106.

❷ 苏珊·桑塔格. 我，及其他[M]. 徐天池，申慧辉，王予霞，等译. 上海：上海译文出版社，2009：102.

纵的，他的名言是："每个人都有做自己想做的事情的自由。"❶ 这种自由对狱中的杰基尔来说，充满了讽刺意味。是杰基尔自身所隐含的罪恶使他沦落至此？还是他作为阿特森的实验品被安排到这样的命运？故事并没有明示，但这一幕超越自我的戏还是以悲剧收场了。也许从现代主义的观点看，社会就这么残酷：一个人想要摆脱自身的设定，去过另一种人生，往往会招致诸多麻烦，碰得头破血流，最终以失败告终。

在《美国魂》（"American Spirits"）中，一位美国妇女"扁脸小姐"（Miss Flatface）毅然放弃中规中矩的中产生活，不再做贤妻良母，离家出走，追随"淫秽先生"（Mr. Obscenity）去过性解放的纵欲生活。之后她又逃走，被"淫秽先生"和一个叫朱格的督察追踪。她在美国到处游荡，卖淫为生，后来嫁给了年轻水手亚瑟，但刚结婚没多久她就食物中毒而死，在遗嘱中她把一切都留给了前夫，并向被她抛弃的孩子们致歉。这个故事具备明显的象征寓意，从题目到内容都试图反映美国精神给人们的指向：美国是个自由的国度，每个人都可以做自己想做的事情。每当主人公思想斗争时，脑海里就会出现不同的美国名人所代表的不同的美国精神来指引她或阻止她：独立战争时期的哲学家和政治家本杰明·弗兰克林和托马斯·潘恩所代表的独立精神，早期拓荒时期詹姆斯·费尼莫尔·库柏和贝特西·罗斯所代表的民族精神，亨利·亚当斯和斯蒂芬·克莱恩所代表的探索精神，如此等等，这些都可视为美国精神的代表，而他们又各不相同，让主人公无所适从，不知道该遵循哪一种才能确定自我。因此她在遗嘱中写道：

> 美国——我向你致敬，特别是你那些不美的方面：你的新银行，你的糖果，你的停车场。我一直竭力想看到你和你的人民的最好的方面，这些人在外表上显得很友好并富有幽默感，然而他们内心里却常常很卑鄙。但这没有什么关系。我花了一生的时间来发现你，也就是说，来发现我自己。我之所以是我，是因为我是这个国家的

---

❶ 苏珊·桑塔格. 我，及其他[M]. 徐天池，申慧辉，王予霞，等译. 上海：上海译文出版社，2009：245.

第三章　从先锋派回归历史感：桑塔格的小说创作

公民，也是它的生活方式的支持者。❶

作者把主人公一生近乎荒诞的生活方式归结为美国精神的集中体现，其中不乏讽刺和批判。作为美国人，桑塔格终其一生对美国持批评态度。在《宝贝》中也有类似的揭露，一对父母对心理医生坦承自己教育孩子方面的困境，同时揭示的也是美国中产阶级的精神困境，在他们自以为得体正派的生活方式下，掩藏的是父母与孩子之间、丈夫与妻子之间、家庭与社会之间难以解决的矛盾冲突，还有在爱的表面下深埋的专制、憎恶和厌弃。在这种情境下想做到超越自我是多么艰难，因此除了科幻故事《假人》之外，其他有关身份认同和自我超越的困扰都未能找到有效的解决方法。

桑塔格本人的自我超越在她的短篇《心问》中有所反映。文中"我"的好友朱莉亚离异、自闭，最后投水自杀。朱莉亚的女佣多丽丝的两个孩子死于火灾，多丽丝变得神志恍惚，总是问自己一些奇怪的问题：为什么事情是这样的，而不是那样的？还有很多跟多丽丝一样的普通人，遭受着这样或那样的意外和打击。朱莉亚也追问世界的意义：事物之间有无必然关联？事情的发生是偶然的还是必然的？"我"试图用常识伦理把朱莉亚拉离精神崩溃的边缘，但是最终没能挽回友人的生命。作者在痛心和懊悔中，也堕入朱莉亚的迷茫状态。这其实是一个自传性的故事，小说中的女友朱莉亚的原型是桑塔格在哈佛求学时结识的女友苏珊·陶布斯（Susan Taubes, 1928—1969）、哈佛大学宗教社会学教授雅各布·陶布斯（Jacob Taubes, 1923—1987）之前妻。两人离异之后，1969年苏珊·陶布斯在哈德逊河跳水自尽。她的死对桑塔格造成了很大的心理冲击，让她备感生活的荒诞，而作者不能像友人那样放弃生命，她决定在荒诞中寻找生命的意义，就像加缪笔下的西西弗斯一样，一趟又一趟推一块巨石上山，又跟着这块巨石一次又一次滚下山去。作者在文中最后写道：

---

❶ 苏珊·桑塔格. 我，及其他[M]. 徐天池，申慧辉，王予霞，等译. 上海：上海译文出版社，2009：91.

苏珊·桑塔格：徘徊在唯美与道德之间
Susan Sontag: Besotted Aesthete, Obsessed Moralist

> 你已化作那流淌不息的泪，而我还没有。你在为我哭泣，我也将为你而哭。帮帮我吧，我不想为自己哭泣。我还没有彻底放弃。我是西西弗斯。我紧紧托住我的石头，你不必缠住我。闪开！我把石头推上去，上去……我们又跌了下来。我知道会这样。看，我又站起来了。看，我又开始往上推。不要劝阻我。没有什么能把我从这块石头上扯开。❶

笔者认为这是桑塔格对自己人生追求最直白的表达，在《我，及其他》中她描写的都是现代人如何找寻自我、追求生命意义的故事，这些故事中有的选择了死亡，有的选择放弃正常生活、只要自由和释放欲望，而她本人选择的是西西弗斯式的生活——明知生活的荒诞、终极的虚无，也要一次一次地坚持去推那块生活的石头，百折不挠，永不放弃。桑塔格把这部短篇小说集起名为《我，及其他》即是表明这里面的故事跟她本人有着千丝万缕的关系，这不仅是生活事实的关联，更是精神历程的再现。在《心问》中，她给出了自己对于生命意义的答案。这样旺盛的生命力在1977年她本人罹患绝症、被医生宣布只有几个月的寿命之后，支撑她顽强求生，几次死里逃生，乃至到了2004年她病逝前，依然孜孜以求，不愿向死神屈服。《我，及其他》比桑塔格的文艺批评更能体现她的自我意识和个人经历。如她自己所说："我的生活就是我的资本，我想象力的资本。我喜欢垦荒。"❷ 在写作技巧上，她的短篇小说创作融合了她在文艺批评上的犀利敏锐和她对现代主义文学形式的探索心得，令她的短篇小说别具一格，在内容和技巧上都堪称佳作。

桑塔格的短篇小说创作从数量和名气上都不能跟她的文艺批评相比，但这却是她自己更愿意从事的文艺活动，她更渴望做一个小说家而不是批评家。她的短篇小说形式多样，遣词造句简洁生动，想象力丰富，在创作手法上颇

---

❶ 苏珊·桑塔格. 我，及其他[M]. 徐天池，申慧辉，王予霞，等译. 上海：上海译文出版社，2009：58.

❷ Movius, Geoffrey. An Interview with Susan Sontag [J], New Boston Review I, 1975 (June). //Poague, Leland. Conversations with Susan Sontag [M]. Jackson：University Press of Mississippi, 1995：55.

具特色。在内容上，从60年代的《假人》到80年代的《我们现在的生活方式》，桑塔格逐渐脱离了早期的先锋派手法，在主题上越来越靠近社会现实，也为她在90年代出版的最后两部长篇小说提供了过渡，开始了对历史和现实主义的回归。

三、《我们现在的生活方式》：文学样式的"艾滋病及其隐喻"

1978年《我，即其他》出版后几年间，桑塔格没有重要文学作品出版，直至1986年短篇小说《我们现在的生活方式》（"The Way We Live Now"）发表。这篇以艾滋病人为话题的故事，连同1989年她写就的长篇文章《艾滋病及其隐喻》，成为当时最重要的谈论艾滋病及其社会影响的著作。《我们现在的生活方式》这个题目来自19世纪英国小说家安东尼·特洛罗普（Anthony Trollope，1815—1882）的同名长篇小说，描绘的是19世纪中后期伦敦的经济、社会、文学领域的生活全景，揭露了社会道德的堕落、金钱对人的腐蚀，以及英国文学圈的种种阴暗面。桑塔格借用了这部小说的题名，用短篇的方式来描述20世纪80年代一个艾滋病患者的朋友们对患者的病情所做出的反应，是当代社会对艾滋病的焦虑恐惧情绪以文学方式呈现的人生寓言。

这篇故事由26个朋友的间接谈话构成，26个朋友的名字首字母正好构成英语字母表的所有26个字母，象征着这种生活方式的无所不在。病人叫麦克斯，三十八岁的单身男性，双性恋者，朋友众多，而艾滋病这个名词从未在故事中出现过。故事开始，他的这些朋友在谈论的是麦克斯确诊前的症状：体重下降，戒了烟，迟迟不敢去体检。朋友们为麦克斯、为他们自己感到担心，为此分析情况，争辩该不该敦促他去看医生："凭什么你就以为是那种病呢？"[1] 一个朋友反问另一个朋友。大家都担心他得的是"那种病"，也生怕自己也跟他一样。人们对艾滋的恐惧到了不敢提这个病的名称，以为这其中包含了太多的死亡恐惧和道德隐喻，作为朋友的他们难以启齿。

---

[1] 苏珊·桑塔格. 我，及其他[M]. 徐天池，申慧辉，王予霞，等译. 上海：上海译文出版社，2009：266.

故事的第二阶段是麦克斯终于确诊、入院治疗了："那个坏消息几乎像是一个解脱。"[1] 他在医院也没有被隔离，只被当作普通病人对待。朋友们常去探望他，病房里堆满鲜花。暗恋他的女友不敢去看他，懂行的朋友从刊物上查找这种病的最新进展，跟医生讨论他的用药方案。一个朋友说："事实上，真正的事实是，他们那些个医生，根本就没抱希望。"[2] 朋友们讨论着其他朋友对此事的反应，怀疑、责难那些没有表态的人，尤其是麦克斯的男友刘易斯，他也陷入自危的境地。有朋友注意到，他们现在已经开始用回顾的方式来谈论麦克斯，仿佛他已经死了。艾滋病被当作绝症，所有人，不管是医生还是朋友，对病人都抱着无可奈何的等待心情——等待他死去。麦克斯自己开始记日记，记录自己"对事态的这一惊人变化的心理反应过程"[3]，记录自己的悔恨——悔恨自己之前没有珍惜生活——和他的生存意志——尽量活下去。朋友们讨论他治疗中的副作用，朋友的影响也成了某种副作用，他的病像胶水一样把他们都黏合在一起，因为他的情况可能会发生在他们每个人身上，谁也无法确保安全。

第三个阶段，麦克斯出院回家，有朋友搬过来照料他的生活，阻止他的母亲从外地飞来看他，以免她把她的痛苦发泄到儿子身上，用令人窒息的照顾方式扰乱他的正常生活。朋友们鼓励他乐观地与疾病做斗争，给他推荐治疗专家、健康饮食。他被纳入新药治疗方案中，开始能够跟人提起这个病的名称。有的朋友为自己还敢拥抱他、没有回避他而觉得自豪："你不觉得我们和他，和那种病在一起更自在了吗，因为想象中的疾病比现实中生病的他可怕得多……他的生病使这种病不再神秘，我也不像他生病以前时那么害怕，那么心惊胆战了。"[4] 对他们来说，现实平息了疾病的想象；而对另一些朋友

---

[1] 苏珊·桑塔格. 我, 及其他[M]. 徐天池, 申慧辉, 王予霞, 等译. 上海：上海译文出版社, 2009：267.

[2] 苏珊·桑塔格. 我, 及其他[M]. 徐天池, 申慧辉, 王予霞, 等译. 上海：上海译文出版社, 2009：269.

[3] 苏珊·桑塔格. 我, 及其他[M]. 徐天池, 申慧辉, 王予霞, 等译. 上海：上海译文出版社, 2009：271.

[4] 苏珊·桑塔格. 我, 及其他[M]. 徐天池, 申慧辉, 王予霞, 等译. 上海：上海译文出版社, 2009：277.

第三章 从先锋派回归历史感:桑塔格的小说创作

来说,他们依然人人都有患病的危险,有性生活的人都会有这种风险。他们讨论麦克斯对各位朋友的态度,希望爱他的人能够常陪身边。朋友们向他隐瞒其他艾滋病人死亡的消息,生怕他丧失斗志。他们说得了这种病,即使不死,也是病毒携带者,再也不能像以前那样放纵做爱。他们都知道麦克斯是个重视性生活的人。可是谁也不知道这种病是怎么得上的,不一定跟性有关。渐渐地朋友们也懈怠了对他的探访,这份责任让每个人都很疲惫。

最后一个阶段,麦克斯再次入院。死亡的恐惧让他在家里夜不能寐,医院给了他安全感。朋友们又开始按部就班地去医院探望,还有人建立了探访记录册,大家两两来访,尽力让病房的气氛轻松。他的情况时好时坏,有人说他脾气变好了,有人说他变冷漠了,有时他似乎很快就可以出院回家了。一个朋友偷看了一眼他的日记,发现他的笔迹逐渐变化,歪歪斜斜,甚至难以辨认了。这时故事到了结尾,"他仍然活着"❶。

桑塔格曾说,这是1986年她的一个朋友打电话告诉她他得了艾滋之后写成的,其中借用了她自己和另外一个朋友的患病经历,因为极端的经历都是相似的。❷ 也许正因为有切身体会,这篇故事才显得既真实,又深刻。当一种像艾滋病这样的绝症发生了,人们的反应会怎样?这个故事给了最细致的描绘。它考验一个人的承受能力,考验友情、爱情和亲情的坚韧程度,也在一定程度绑架人际关系,给亲友带来沉重的精神压力。正如文中患者的一个朋友所说的点题之言:"现如今人人都在为别人感到不安,这似乎成了我们的生活方式,我们现在的生活方式。"❸ 同时,这个故事也揭示了一种为疾病"祛魅"的途径——跟病人以及这种疾病亲密接触,比在无知的情况下被疾病所携带的隐喻吓倒要好,虽然不是所有的人都能有这点清醒的认识。

前一章曾分析过桑塔格的两篇关于疾病的长篇随笔《疾病的隐喻》和

---

❶ 苏珊·桑塔格. 我,及其他[M]. 徐天池,申慧辉,王予霞,等译. 上海:上海译文出版社,2009:288.

❷ Rollyson, Carl. Reading Susan Sontag: A Critical Introduction to Her Work [M]. Chicago: Ivan R. Dee, 2001:147.

❸ 苏珊·桑塔格. 我,及其他[M]. 徐天池,申慧辉,王予霞,等译. 上海:上海译文出版社,2009:270.

《艾滋病及其隐喻》，与这篇同样议题的故事相比较，两种文体各有特点。随笔的说理性强，作者不由自主地要清晰地表明赞成什么、反对什么，比如她反对癌症、艾滋病这些生理病痛之上的文化隐喻，希望能平息想象，让疾病还原成生理性而非心理性病症。而在《我们现在的生活方式》中，疾病的隐喻是不争的事实，各人对这些隐喻的回应也不相同，小说可以用更为直观、感性的方式反映艾滋病的问题，作者不用设定自己的态度和观点。文学的客观性和自由度正是随笔、论文类的问题所不能比拟的，因此桑塔格在访谈中对自己的这篇小说感到尤为自豪，称其为自己的一次文字"盛宴"❶，充分体现了她对疾病主题的严肃态度和对叙事形式实验的偏好。

第三节　现代对历史的穿越：《火山恋人》与《在美国》❷

1992年，距离桑塔格的第二部长篇小说《死亡之匣》出版25年之后，她的第三部长篇《火山恋人》出版了。这部小说一问世就成为畅销书，桑塔格称之为从事写作30年来"自己真正喜欢的作品"❸，它也得到了评论界的一致好评。2000年，她的最后一部长篇小说《在美国》出版，为她赢得了美国最高的文学奖"国家图书奖"。让评论者惊讶的是，这两部小说完全摈弃了作

---

❶　Span, Paula. Susan Sontag, Hot at Last [N]. Washington Post, 1992-9-17, C1-C2. //Poague, Leland. Conversations with Susan Sontag [M]. Jackson: University Press of Mississippi, 1995: 261-266.

❷　本节中部分内容已以论文形式发表，参见：朱红梅，卢晓敏，欧梅. 人与自然的互喻：《火山恋人》中的审美、激情与毁灭[J]. 时代文学, 2010, 8; 朱红梅. 适者如何生存：《在美国》中的女性奋斗之路[J]. 湖南科技学院学报, 2010年, 10; 并收入专著：南宫梅芳，朱红梅，武田田等. 生态女性主义：性别、文化与自然的文学解读 [M]. 社科文献出版社, 2011.

❸　苏珊·桑塔格. 重点所在[M]. 陶洁、黄灿然，等译. 上海：上海译文出版社，2004: 311.

第三章 从先锋派回归历史感：桑塔格的小说创作

者前两部小说中的实验派手法，小说人物和情节取自史实，时代背景、地理状况都有切实的描绘，再不是当年理念为主、故事为辅的梦幻写作模式。跟桑塔格文艺批评的发展轨迹相似，她的文学创作也经历了从先锋实验风格回归历史现实的过程。

对桑塔格来说，这种创作风格的转换并不是她晚年时突然发生的，据她自己所言，早在她写作《恩主》和《死亡之匣》的时候，她就开始把注意力从抽象的文艺理念转向具体的历史和社会现实：

> 在我写这两部小说期间，我开始对历史产生兴趣——不一定与时事或具体事件有关——而只是历史，以及用历史角度理解某些事物，也即任何东西在任何特定时刻发生时，背后隐藏的因素。我曾经以为自己对政治感兴趣，但是多读历史之后，我才开始觉得我对政治的看法是非常表面的。实际上，如果你关心历史，你就不会太关心政治。在写了最初两部小说之后，我旅行了更多地方。我曾踏足北美和西欧富裕国家以外的地区。例如，我已去过北非和墨西哥。但越南是第一个使我看到真正的苦难的国家。我不只是从美学角度看这类经验，更是从严肃的道德角度看。因此，我并非对现代主义幻灭。我是要让自己汲取更多的外在现实，但仍沿用现代主义的工具，以便面对真正的苦难，面对更广大的世界，突破自恋和自闭的唯我论。❶

对历史的重视、对现实的关注，使桑塔格从60年代以唯美主义为核心的现代感受力探索中走出来，拓宽了视野，在时隔25年之后，在历史中找到了小说创作的新源泉。然而，她并没有放弃自己当年对现代主义的推崇，将之作为创作工具，融入文学创作中，携带现代感重返历史事件，以现代眼光来看待过往的人事与情事，从而使她的历史小说充满了现代元素，依然可以窥

---

❶ 苏珊·桑塔格、陈耀成. 反对后现代主义及其他——苏珊·桑塔格访谈录[A]. 黄灿然, 译. 南方周末, 2005-1-6.

见她在文艺批评中有关审美、道德和感受力的主要观点。桑塔格对历史小说的思考反映在她所撰写的《双重命运》和《爱陀思妥耶夫斯基》这两篇书评里，她称赞安娜·班蒂的《阿尔泰米西娅》和茨普金的《巴登夏日》第一人称和第三人称叙述的自由混合，评论他们"把故事设置在过去是为了检视它与现在的关系"，断定这是"非常现代的写法"；称这两部以历史人物为主角的小说"都是以艰难的身体的旅行（同时也是一颗受伤的灵魂的旅行）为中心——若称为历史小说，会有被矮化之嫌。"❶ 她的《火山恋人》和《在美国》也是用这样的现代手法所刻画的灵魂之旅，以历史小说称之亦不能完全反映作者的创作手法和意图。

　　从内容上看，这两部被认为是历史小说的作品并非完全重述历史，如《火山恋人》的副标题所示，这是一部罗曼史（"A Romance"），并非正史，而是传奇。作者虽然借用了历史人物和事件，但主体描绘的依然是个人的经历和心理，这些细节在历史上都无迹可寻，依靠作者自己的想象力来描写完成，作者也借此书写自己作为现代人对历史事件的感受。桑塔格在这两部小说的开篇都用了"穿越法"——一个现代人，应该就是作者本人，在旁观故事的发生。在《火山恋人》的"序"里，"我"走进了一个18世纪的跳蚤市场，看见了男主人公和他的侄子正在出售他的维纳斯画像；《在美国》的开始，"我"闯入了19世纪波兰的一次私人聚会，见到了女主人公及其亲友们在讨论移民美国的事宜。作者安排了一个隐形的自己回到历史深处，去观察那些人物的言谈举止、所思所想，并时时在故事发展之外发表评论，把她的随笔风格与小说创作融为一体，为这两部历史小说添加了现代眼光。本节将分别就这两部小说中的"审美"和"旅行"主题进行解读，其中有关女性命运的内容将放在第四章与她的女权言论一起集中论述。

一、《火山恋人》：火山隐喻下审美者的激情与伦理

　　比较桑塔格90年代的两部历史小说，《火山恋人》虽然时代更为久远，

---

❶ 苏珊·桑塔格. 同时：随笔与演说[M]. 黄灿然，译. 上海：上海译文出版社，2009：55.

第三章 从先锋派回归历史感：桑塔格的小说创作

小说中的现代要素却比《在美国》更为显著。《火山恋人》的历史背景设在18世纪后期的那不勒斯王国和英国，主角是英国驻那不勒斯大使威廉·汉密尔顿爵士（在文中以"爵士"相称），其他主要人物包括他的第一任妻子凯瑟琳、第二任妻子艾玛（"爵士夫人"）、艾玛的情人、英国海军上将纳尔逊将军（"英雄"），主要历史事件是法国大革命背景下那不勒斯共和派革命和民众暴乱及其被镇压的血腥杀戮，主要线索是以上几个主要人物的生活轨迹和心路历程。这些人物在历史上实有其人，其中的三角恋关系也是18世纪英国著名的政坛绯闻，曾以艾玛和纳尔逊为主人公被拍摄成浪漫的英雄美人爱情电影《汉密尔顿夫人》（*That Hamilton Woman*，1941），由当红巨星费雯·丽和劳伦斯·奥利弗主演，轰动一时。而在桑塔格笔下，这段历史并不是缠绵悱恻的爱情悲剧，她的视野更为广阔，把主角定位为汉密尔顿爵士本人，对当时的历史背景做了细致的考察，并且运用自己所擅长的散文手法，在小说中夹叙夹议，赋予这个历史故事既热烈又感伤的现代情怀。

《火山恋人》从书名到内容都具有明显的象征意义。最重要的意象是主人公汉密尔顿爵士所热爱的维苏威火山，它象征着美、激情和毁灭性的力量。桑塔格在此书开端即引用莫扎特歌剧《女人皆如此》（*Cosi fan tutte*，1790）中的一句台词："我心中有座维苏威。"❶ 书中建立了多种有明有暗的隐喻关系——历史与想象，过去与眼前，自然与社会，个人与群体，激情与伦理。而"所有这一切中间矗立着那座火山，维苏威火山，这个先于一切的隐喻——'猛烈地震颤，从底端开始喷发，岩浆犁开了地面，永久改变了地貌'——这覆盖了书中各种各样激情的隐喻。"❷作者选取火山作为整部小说的核心意象，不仅是因为主人公汉密尔顿爵士是狂热的火山爱好者，可以冒着生命危险观看火山爆发，收集火山熔岩，更是因为火山所代表的自然威力：喷发时绚丽无比的光彩、摧枯拉朽的灼热岩浆、爆发之后冷却了的岩石标本，把自然所隐含的毁灭性力量展现的一览无余。与自然威力相对应的，是18世纪后期的

---

❶ Sontag, Susan. The Volcano Lover: A Romance [M]. New York: Anchor Books, 1992: cover 3.

❷ Kennedy, Liam. Susan Sontag: Mind as Passion [M]. Manchester and New York: Manchester University Press, 1995: 120.

苏珊·桑塔格：徘徊在唯美与道德之间
Susan Sontag: Besotted Aesthete, Obsessed Moralist

社会风云，法国大革命的狂飙席卷欧洲，世界进入了"一个所有的道德责任都第一次摆出来供人们审视的时代。这是一个被我们称之为现代的时代的开始。"❶桑塔格对于现代主义的矛盾思考，在这部小说的人物和事件中都有具体的体现。

在桑塔格看来，现代艺术感受力令人赞赏，而作为替代了古典时期的现代社会则具有极大的破坏性；那些不愿意与时俱进的人，在现代的开端，成了对过往的古典岁月与遗物的收藏者和哀悼者，典型的代表就是汉密尔顿爵士。《火山恋人》不是一部红颜传记，其主角不是曾经风华绝代、经历坎坷的"爵士夫人"埃玛；这也不是一部英雄史诗，主角不是战功赫赫、为国捐躯的"英雄"纳尔逊将军。这本书的代表人物是汉密尔顿爵士，他是"火山恋人"，一个热爱观看火山爆发并收藏火山岩的美学家和收藏家。他对科学、艺术、开明思想都有极高的鉴赏力，因此成为18世纪后期英国这个保守国家的较早的现代主义者之一。书中大量地描述他的品位、行为和想法——他对收藏的热爱，对火山的痴迷，对现实敬而远之的游离态度，对有激情而无权力所感到的无助、无奈和妥协，凸显了他感伤的现代主义者气质。他迷恋火山，爱怜女性，对激情和美满怀倾慕，对暴力和悲剧却无能为力。

这位爵士所热衷的收藏癖好，在桑塔格笔下有着伤感的文明隐喻。作者曾在她的《在土星的标志下》探讨"现代主义如何重新发扬了巴洛克式的对废墟的狂热；发现现代时期的虚无主义能量把一切都变成废墟或碎片——由此而变得具有收藏价值。"❷在爵士身上可以找到作者《在土星的标志下》中所描绘的有关本雅明、巴特、阿尔托、卡内蒂等现代主义作家的影子。他们收藏、评论、哀悼那些渐渐逝去的文化残骸。爵士收藏庞贝古城中的遗物、维苏威火山熔岩、文艺复兴时期残缺的雕塑、巴洛克时期损毁的名画。他能感受到这些物件的美，而这种美因其渐渐绝迹而更加可贵，更能唤起他的激情，以及激情中挥之不去的伤感。收藏者是矛盾的个体——既保存又毁灭，

---

❶ 苏珊·桑塔格. 火山恋人[M]. 李国林，伍一莎，译. 南京：译林出版社，2002：103.

❷ Kennedy, Liam. Susan Sontag: Mind as Passion [M]. Manchester and New York: Manchester University Press, 1995: 121.

第三章 从先锋派回归历史感：桑塔格的小说创作

既欣赏形而上的美，又计较收藏品的实用价值，爵士就深受收藏的双重性的折磨：

> 对于这位珍品大收藏家来说，有什么东西比收藏火山这一毁灭的原则更合适的呢？收藏家们的意识是割裂的。没有人会不与社会上从事保护和保存的力量为伍，这是最自然不过的事了。但是每一个收藏者也是搞破坏的理想的同谋。收藏的激情过分高涨使收藏者自己瞧不起自己。每一个收藏者的热情本身都包含废除自我的狂想。一方面收藏者需要理想化；另一方面收藏者在对美好东西和辉煌的过去的纪念物的热爱之中，又有着一切卑鄙和纯粹实利主义的成分。这两者之间的不协调，已使爵士感到疲惫不堪。因此他可能会希望自己在毁灭的火焰中得到净化。❶

桑塔格认同爵士作为美学家和收藏家的一面，但她却对现实中的爵士进行了无情的揭露和讽刺。他娶第一任妻子凯瑟琳，不是因为爱情，而是因为凯瑟琳有可观的嫁妆，可供他满足收藏的欲望。凯瑟琳病死后，他接受了侄子送来的姑娘埃玛，被她的美貌与表演才能所倾倒，不顾她的卑微出身、几经人手，坚持娶她为妻，把她当作一件历经磨难的艺术品来玩赏、收藏。对艾玛与将军的婚外情，他采取掩耳盗铃的态度，假装没有这回事，三个人结成"三人帮"同进同出，使他成为别人的笑柄。在私人事务上，这位美学家采取的是自欺欺人的策略，来保证他所在的那个由收藏品堆积起来的世界不至垮塌。

在政治上，爵士不仅与统治者同流合污，甚至助纣为虐。在他当大使的那不勒斯王国，统治者是粗俗荒淫的国王和残暴贪婪的王后，而有着高雅品位的爵士却与他们交往密切，他的妻子艾玛更是得到王后宠爱，自由出入王宫。当法国大革命的烈火烧到那不勒斯时，他带着妻子和王室成员们一起亡

---

❶ 苏珊·桑塔格. 火山恋人[M]. 李国林，伍一莎，译. 南京：译林出版社，2002：172.

苏珊·桑塔格：徘徊在唯美与道德之间
Susan Sontag: Besotted Aesthete, Obsessed Moralist

命海上，"英雄"纳尔逊带领英国军队会同保王党压灭了革命之火。作者花了大量篇幅详细描写那不勒斯动乱中暴民的烧杀抢掠，对有开明思想的贵族的虐杀，以及王朝复辟后对共和党人的残酷镇压。对于习惯于以悠远目光观赏维苏威火山爆发的爵士来说，这次他不情愿地被拽进了现实中残酷的人为灾难："毕竟，火山不是可以用雄伟、有趣和美丽一类陈词滥调加以描述的，这次是恐怖——漆黑的白昼和流血的夜晚。……但是动荡的海湾仍然是血红色。"❶他无力保护他的那些开明派的朋友——科学家、医生、艺术家、诗人，只能眼睁睁地看着他们被残暴的警察头子斯卡皮亚男爵镇压；艾玛甚至作为助手，协助纳尔逊拟定处决名单。在现实面前，爵士知道自己所沉醉的审美和激情毫无力量，他只会远距离鉴赏灾难（比如火山爆发），一旦灾难在现实中发生，他毫无作为，只能任由命运摆布。于是在动乱中，他只能"回书房读书，以避免去想周围正在发生的事情——这是书的主要用途之一。"❷

桑塔格在对待政治和暴力时所站的立场不是美学的，而是道德的。她既是作家，也是公共知识分子，不做空谈理论的书斋文人，也不做愤世嫉俗的犬儒。在《火山恋人》里，她明确表达了自己痛恨残酷、呼唤仁慈的人道主义情怀。她知道自然和人的天性里都有着残忍的一面，但即使人有权利从自身利益出发做残酷的事，比如镇压反对自己的人，但如果人能克服自己的残酷情感，以仁慈来对待他人，那将是多么崇高的精神。爵士本性并不残忍，他这样一个文明的英国绅士、文雅的美学家，被卷进暴乱中后只能随波逐流，没有办法挽救那些无辜者的性命。作者借女革命者方塞卡之口对爵士这类无用的审美者进行了无情地剖析和讽刺：

> 尊敬的威廉·汉密尔顿只不过是一个上层阶级的业余艺术爱好者，他利用身处一个贫穷、腐败和有趣的国家为他提供的很多机会去偷盗艺术品，并以此为生计，让自己成为知名的鉴赏家。他提出

---

❶ 苏珊·桑塔格. 火山恋人[M]. 李国林，伍一莎，译. 南京：译林出版社，2002：171.

❷ 苏珊·桑塔格. 火山恋人[M]. 李国林，伍一莎，译. 南京：译林出版社，2002：199.

第三章　从先锋派回归历史感：桑塔格的小说创作

过任何新颖的思想，接受过任何创作的训练吗？他发现或发明过任何对人类有用的东西吗？除了因自己的地位而得到的享受和特权，他还对任何其他东西产生过炽烈的热情吗？他完全知道怎样去欣赏这片风景如画的土地上的人们以艺术和废墟的方式留在地面上的那些遗产。他屈尊地赞赏我们的火山。他在国内的那些朋友一定为他的无畏精神所打动。[1]

对汉密尔顿爵士的批判是桑塔格对美学家存在价值的思考，她 70 年代在《土星的标志下》写到对"愉悦的鉴赏家"的赞美之后，90 年代她更看重的是一个人对社会现实的贡献，即前文所提到的、她所说的"面对真正的苦难，面对更广大的世界，突破自恋和自闭的唯我论。"威廉·汉密尔顿在历史上和电影里都被塑造成一个娶了少妻、被戴绿帽的昏聩老者，桑塔格却把他选作有激情、懂审美、却没有伦理底线的"火山恋人"形象，让他来代表一个早期现代主义者在时代剧变中的茫然感伤和随波逐流。因为这个形象，《火山恋人》没有沦落为一本平庸的历史言情小说，它的现代精神使之成为一部糅合了怀旧和感伤的现代传奇。

二、异乡人·《在美国》——"美国梦"的变迁

与《火山恋人》类似，桑塔格在去世前发表的最后一部长篇《在美国》（*In America*, 2000）是一部历史传记小说。故事取材于 19 世纪后期波兰著名演员海伦娜·莫德耶斯卡（Helena Modjeska, 1840—1909）的真实经历，讲述的是玛琳娜在波兰舞台上功成名就之后急流勇退，带领家人亲友远渡重洋，来到美国加州安纳海姆，试图建立乌托邦农业社区，却以失败告终。玛琳娜在美国重返舞台，刻苦训练，获得了美国观众和评论家的极大认可，再现辉煌。该书获得 2000 年美国国家图书奖"最佳小说奖"、2001 年以色列"耶路撒冷奖"，是桑塔格在文学创作领域取得最高荣誉的作品。

---

[1] 苏珊·桑塔格. 火山恋人[M]. 李国林，伍一莎，译. 南京：译林出版社，2002：394-395.

苏珊·桑塔格：徘徊在唯美与道德之间
Susan Sontag: Besotted Aesthete, Obsessed Moralist

从创作手法上看，《在美国》的开篇跟《火山恋人》一样注入了现代性元素。开篇从第"零"章开始，是"我"隐身旁观玛琳娜及其亲友的聚会、听他们商讨移民美国的事宜。"我"观察到了备受众人推崇的女主人公玛琳娜、她的贵族丈夫波格丹、她的追求者里夏德（即后来获得诺贝尔文学奖的波兰作家显克微支）、她的儿子、亲友、崇拜者，等等。这一章中桑塔格利用"我"的独白，让"我"边看边想，袒露了很多自己的经历：她童年时爱读的书籍、对居里夫人的崇拜、她仓促的婚姻。她设定了这部小说的撰写状态：不是重述历史，也非真实传记，而是作者根据原型人物想象出来的一个故事，"事情的可能性很多，很难说为什么会这样而不是那样，肯定是因为只有这样你才能解释许多其他的可能性，其中有其必然。我知道我没有解释清楚。我也没法解释清楚，就像恋爱一样。"❶ 于是这个故事的历史性被削弱，个人的观感被加强，主人公从第一章开始其漂泊之旅。

桑塔格的作品中有大量关于旅行的内容：《恩主》是在梦境中旅行；《死亡之匣》的关键情节都是发生在火车上、隧道里；短篇小说集《我，即其他》从旅行始（《中国旅行计划》）、至旅行终（《没有导游的旅行》）。《火山恋人》是关于英国人在那不勒斯的故事，而《在美国》则完全是一群外国人在美国的创业历程，如桑塔格所言，这是一本"有关人在异乡的书"❷。桑塔格借这些"他者"的眼光来感受美国、感受人在异乡——尤其是在美国这样一个充满了生机和欲望的异乡——所发生的故事和变化。除开作为序曲的那部分，从第一章开始，"我"退出了叙事，故事主要是由书中人物的眼睛和口吻来观察、描述他们的所见、所思、所感，不再像《火山恋人》那样注入大量的散文式评述和感想。不难发现，桑塔格的先锋派叙事特点依然有迹可循：混杂的文体，多样的人称，无定型的情节，开放式结局，使这部作品虽取材于史实，却并不等同于传统现实主义小说注重情节和人物性格刻画的典型手法，"现代"特征清晰可见。

---

❶ 苏珊·桑塔格. 在美国[M]. 廖七一，李小均，译. 南京：译林出版社，2008：22.
❷ 苏珊·桑塔格，陈耀成. 反对后现代主义及其他——苏珊·桑塔格访谈录[A]. 黄灿然，译. 南方周末，2005-1-6.

第三章 从先锋派回归历史感：桑塔格的小说创作

如果《火山恋人》所描绘的18世纪末期是现代的开始，那么《在美国》里19世纪中后期的美国则完全进入了现代社会，这一"现代性"最显著的标志就是消费文化的兴起。除了私人关系与感情之外，《火山恋人》着重描写的两大主题是收藏鉴赏和政治动乱，而《在美国》则是田园乌托邦的破灭和艺术与消费文化相结合才能成真的"美国梦"。虽然玛琳娜离开波兰有其深刻的政治原因（当时波兰被沙俄侵占，一战后才独立），桑塔格却没有详细描述这一背景，她把他们当成一群背井离乡、来美国寻找伊甸园的漂泊者。他们来到美国，本意是摒弃浮华生活，重归质朴与天然。19世纪后期的美国，有着大片生机勃勃、企待开发的土地，书中说道："对于这个国家，每个欧洲人都有自己的看法，都为美国而着迷；要么把美国想象成田园牧歌式的世外桃源，要么想象成蛮荒之地。但是，无论怎样想象，在美国始终能找到符合自己的某种答案。"❶ 所以他们没有停留在现代化大都市纽约，而是在太平洋沿岸的加利福尼亚租用土地，尝试着经营葡萄园。然而，这群欧洲人对农事的生疏、体力劳动的烦琐无味以及成员之间性格各异的矛盾，最终让他们的傅立叶式的乌托邦走向失败。玛琳娜的丈夫波格丹在日记中写道：

> 我们在这里定居则纯属偶然，而我们的生活比在波兰更差。如果最终失败了，原因不是乌托邦计划太不现实，而是我们抛弃了太多令人愉快的东西。我们要创造生活，而不是维持生计；挣钱不是，而且永远也不可能是我们的主要动机……我们无法专注于农事。我们缺少他们视其为当然的常识。❷

这群欧洲人带着对美国的误解来到了这里，他们本意是来寻找伊甸园，远离尘嚣，回归宁静，然而，这却不是现实中的"美国梦"。真正的美国精神是不断进取、发财致富的奋斗精神。所以波格丹说："在美国，很难想象失败

---

❶ 苏珊·桑塔格. 在美国[M]. 廖七一，李小均，译. 南京：译林出版社，2008：106.
❷ 苏珊·桑塔格. 在美国[M]. 廖七一，李小均，译. 南京：译林出版社，2008：203.

苏珊·桑塔格：徘徊在唯美与道德之间
Susan Sontag: Besotted Aesthete, Obsessed Moralist

了还有什么尊严可言。"[1] 这道破了"美国梦"的本质，那就是一定要"成功"，要获取权力和财富，得到社会认可。即使是做个农场主，也要辛苦耕耘，早日发财致富，而不是像波格丹他们当初所想的去创造挣钱之外的生活。处在开发鼎盛期的美国，并没有为遁世者提供必要的社会氛围和伦理支撑。于是玛琳娜他们的乌托邦化为乌有，波格丹分析说："在美国，什么都被人认为是有可能的。美国人有发明创造和亵渎神灵的才能，在这里没有不可能的事情。美国没错，错在我们自己，失败的原因在于我们自己。"[2] 他们所怀有的欧洲浪漫主义情怀在美国已经不复存在，他们误解了美国社会的本质，或者说，他们没有摆正自己的心理需求和追求社会价值之间的关系。到一个迅猛发展的消费社会来当农民，不是他们希冀的那种充实而又天然的田园牧歌式样的生存方式，他们要做的是如何在一个工业化国家里谋得生存空间，得到物质报偿。这种误解让他们负债累累，沮丧失落，也促成了玛琳娜重返舞台，在经济上、精神上重整旗鼓，再次寻找自我价值的实现路径。

农业乌托邦的失败，波格丹所欠债务的逼迫，促使玛琳娜来到旧金山重登舞台。除了这些外因，还有玛琳娜不甘服输、发誓征服美国观众的"雄心"。什么样的演员能在美国受欢迎？除了表演才能之外，还需要大量的包装，因为美国人"要求的就是乐趣"[3]。在这个新生的国家，一切都生机勃勃而又唯利是图，艺术追求也是如此，"在美国，人们期望你展示的是内心热望的混乱，表达谁也不会十分在乎的信念，凸现你的怪癖和奢侈。这些东西才能体现你的优秀品质：意志的力量、欲望和自尊的扩展。"[4] 为了得到认可，玛琳娜不由自主地进行了自我改造，把自己打造成适应美国现代社会消费需求的表演者。她的表演才能征服了美国剧院，而仅有才华是不够的，经纪人着手"造星"，试图把她包装成具有异国情调的美国新星。她为一些商品做广告，应酬名流。她主动断开自己与里夏德的婚外情，全身心投入表演事业。这些就是在美国这个消费主义盛行的国度里成名的代价，就像书中对纽约这

---

[1] 苏珊·桑塔格. 在美国[M]. 廖七一, 李小均, 译. 南京: 译林出版社, 2008: 206.
[2] 苏珊·桑塔格. 在美国[M]. 廖七一, 李小均, 译. 南京: 译林出版社, 2008: 205.
[3] 苏珊·桑塔格. 在美国[M]. 廖七一, 李小均, 译. 南京: 译林出版社, 2008: 311.
[4] 苏珊·桑塔格. 在美国[M]. 廖七一, 李小均, 译. 南京: 译林出版社, 2008: 322.

第三章　从先锋派回归历史感：桑塔格的小说创作

个城市的描述一样：

> （纽约是个）冷酷无情、违反自然的现代化城市；现代都市将人世间的一切关系都彻底改变，重新铸造成金钱买卖关系。这是一个成功的城市，一个人们盼望移居的城市。一个人们将不惜一切代价，哪怕是受尽种种屈辱都要移居的城市。❶

无疑玛琳娜作为一个成功者，顺利地适应了现代社会的消费要求，名利双收。比起她当初意图回归自然、享受田园牧歌生活的理想的失败，她转而投身现实，实现了"美国梦"，过上了"英雄般的生活"。这就是最终的成功吗？本书最后一章是玛琳娜舞台上的搭档、美国著名演员埃德温·布斯（Edwin Thomas Booth，1833—1893）的长篇独白，是他对玛琳娜述说他家族两代演员的遭遇。他的弟弟约翰·布斯（John Wilkes Booth，1838—1865）也是名演员，兄弟二人政见不同，美国内战期间埃德温拥护林肯领导的联邦政府，约翰则同情起兵闹独立的南部邦联。内战结束，南方失败，约翰·布斯于1865年在华盛顿的福特剧院开枪打死林肯总统，自己在逃亡过程中身亡。布斯家族的其他人因此受到牵连和憎恨。埃德温在一次演出时，有人在舞台下向他开枪，没有打中。他在现场表现得从容不迫，于是就有媒体称，这次枪击是他故意安排的"炒作行为"，为他的演出造势。就此他说："在一个什么都是商品，每个有价值的时刻都要宣传得耸人听闻的社会里，人们最终都会愤世嫉俗。"❷ 在这样的文化环境下，玛琳娜取得的成功也显得黯然失色。"我们的旅途还很漫长"❸，这是埃德温对玛琳娜说的最后一句话，也是本书的结束语，预示着玛琳娜人生中最具戏剧性的片段在这本书里虽然结束，她的"美国梦"和艺术之旅还有漫漫长路要走。

桑塔格晚年创作的这两部跟历史相关的小说，获得了比她早年的文学创

---

❶ 苏珊·桑塔格. 在美国[M]. 廖七一，李小均，译. 南京：译林出版社，2008：104.
❷ 苏珊·桑塔格. 在美国[M]. 廖七一，李小均，译. 南京：译林出版社，2008：354.
❸ 苏珊·桑塔格. 在美国[M]. 廖七一，李小均，译. 南京：译林出版社，2008：362.

苏珊·桑塔格：徘徊在唯美与道德之间
Susan Sontag: Besotted Aesthete, Obsessed Moralist

作高得多的赞誉，也被评论家视作她由先锋派向现实主义回归的象征。桑塔格并不否认自己对历史和现实的回归，但她也不同意把这两部小说称为"历史小说"。

> 虽然我写了两部以往昔为背景的长篇小说，但我并不把它们称为历史小说。即是说，我不认为自己是在某个特定的类型内写作，像犯罪小说、科幻小说或哥特式（恐怖）小说。我要扩大我作为一位叙事虚构作家的资源，而我发现把背景设置在过去，写起来无拘无束。这些小说只能写于二十世纪末，而不是其他时代。它们夹以第一人称和第三人称叙述，并混合其他的声音。我不觉得可以纳入任何重返常规或具象绘画的流派。❶

从中可以体会到桑塔格还是坚持她一贯的风格：热爱自由，反对归类。这两部小说虽取材于历史，但其中有大量的戏剧化成分，更加入了作者自己对艺术、审美、历史、政治等问题的思考。桑塔格甚至用一个剧本把这两部小说连接起来：《在美国》中一个编剧给玛琳娜写了一个波兰女英雄舍身报仇的悲剧故事，被另一个编剧窃取之后改编成那不勒斯革命中一位女演员为救自己的诗人恋人，同样与代表王权暴力的警察头子做斗争，同样以悲剧收场。这些剧中剧是否实有其事并不重要，桑塔格早就把《火山恋人》冠以"一部罗曼史"的副标题。《在美国》也不是按照主人公的自传写就的，桑塔格只是从这些历史中寻找虚构的资源，无意于写出真正的历史主义作品。与她60年代的作品相比，这两部小说的确给了她创作的自由度，使她不再陷溺在抽象的理念中进行文学创作，现实和历史给了她故事情节和感情，使她笔下的人物血肉丰满，实现了她多年未能实现的小说家的梦想。

---

❶ 苏珊·桑塔格，陈耀成. 反对后现代主义及其他——苏珊·桑塔格访谈录[N]. 黄灿然, 译. 南方周末, 2005-1-6.

第三章　从先锋派回归历史感：桑塔格的小说创作

本章小结：诉诸文学的"激情之思想"

　　对桑塔格文学创作的评论很难脱离她的文艺批评，不仅是因为她作为批评家的名气和成就都高于作为小说家的她，也因为她的文学创作与文艺批评的确有着不可否认的联系。如第一章所言，桑塔格最想做的是文学创作意义上的作家，而不是批评家。她从小获取知识的最重要来源是阅读世界文学作品，尤其是欧洲现代主义经典文学，所以她对文学的品位是建立在现代主义基础上的，在她的文艺批评上体现着她对现代感受力的推崇，在文学创作上则是把这种感受力以艺术的方式呈现出来。桑塔格始终关注形式与内容、美学与道德、表象与隐喻之间的关系；在她的文学作品里，这些错综复杂的关系得到了比文艺批评更为感性的体现。对桑塔格来说，文学创作比理论说教更能体现艺术精神。在文学作品中，她可以尝试以不同的叙事形式来体现有关人生和艺术的感觉，形式与内容合为一体，互相交融，给读者以统一的感受，这正是她所赞赏的新感受力的体现。
　　形式是桑塔格的小说创作首先考虑的部分，尤其是早期的两部先锋派小说。无论是《恩主》还是《死亡之匣》，其内容之空旷，只能借助实验派的表现形式来赋予其意义。《恩主》的梦幻之旅、《死亡之匣》的不确定叙事，使得这两部内容虚无荒诞的小说有了一定的文学意义，至少可以因为其特别的叙事方式被读者记住。桑塔格并不满意她早期的文学作品，她还是希望自己能讲好故事，这个愿望直到她完成《火山恋人》才实现。她终于在历史和现实中为自己激情的思想找到了切实的表达平台：史料为她的文学想象提供了素材，她可以在那些历史人物身上自由发挥，把自己对现代和历史的思考、对艺术、对美国、对消费文化的感想投诸小说，不必像60年代那样天马行空、缺乏现实的根基。从创作形式上来说，桑塔格并未抛弃现代主义的叙事手法，只是她60年代的极端实验形式到了中后期渐渐趋于缓和，可以用多种叙事方法来表现内容。这一点在短篇小说集《我，及其他》中表现得最为

苏珊·桑塔格：徘徊在唯美与道德之间
Susan Sontag: Besotted Aesthete, Obsessed Moralist

明显。

就内容而言，桑塔格早期的作品有着明显的哲学意味，《恩主》所遐想的遁世主义和《死亡之匣》对死亡的思考与尝试，涉及的是哲学问题。桑塔格曾作为哈佛大学哲学系博士生撰写论文《伦理的形而上学推测》，但最终没有完稿，因而放弃了博士学位。不管她因何种原因放弃哲学博士的资历，她因此远离了学院派和哲学领域，成为一个自由作家和文艺评论家。正如英国当代评论家詹姆斯·伍德（James Wood）所言："如果说哲学问题是我们如何认识自己，那么文学问题不只包括我们如何认识自己的哲学问题，还包括我们如何再现自知的文学—技术性问题。"[1] 也许是为了摆脱哲学上自我认知的局限，桑塔格的文学创作不断探索表现形式，20世纪60年代的新小说探索并未成功，于是70年代之后，她的文学作品越来越反映社会现实，把哲学思索与社会现实投著人物刻画和叙事，从虚无转向言之有物。

从短篇小说上看，创作于20世纪60年代的《假人》还是跟《恩主》一样的温柔遁世，而80年代的《我们现在的生活方式》则倾向于不加阐释地反映现代生活给人们带来的焦虑和困惑。从艺术效果上说，《疾病的隐喻》和《艾滋病及其隐喻》所表达的社会意义在《我们现在的生活方式》中都有了不言而喻的蕴含。对于赞赏感性、反对说教的桑塔格来说，小说是比随笔更好的艺术工具，故事传达给人的教益要远远大于阐释。

桑塔格文学创作与思想变迁的互文性还体现在《火山恋人》对酷刑和暴力的反思。发表于2004年5月的《关于对他人的酷刑》可与《火山恋人》中的暴民动乱相对照。在小说中，民众报复贵族和富人，不仅抢夺财物、杀死对方，还要对这些曾经的上层人物进行肉体折磨："真正的折磨别人的人在折磨人时有一个指导思想，那就是为了让人记住疼痛，知觉是必不可少的。而在群氓看来，即使被折磨的人已经失去了知觉，他们也同样感到满足。群氓所喜欢的是身体对身体的行动，而不是身体对灵魂的行动。"[2] 到了《关于对

---

[1] 詹姆斯·伍德. 不负责任的自我：论笑与小说[M]. 李小均, 译. 郑州：河南大学出版社, 2017：31.

[2] 苏珊·桑塔格. 火山恋人[M]. 李国林, 伍一莎, 译. 南京：译林出版社, 2002：266.

第三章 从先锋派回归历史感：桑塔格的小说创作

他人的酷刑》中，这种以折磨人为乐的劣习被摄影这种新式科学工具升级到新的高度——不仅对他人施以酷刑，还拍摄下来传播，以之为荣。发生在阿布格莱布监狱的虐囚事件让桑塔格满腔义愤地谴责布什政府、谴责这种极不人道的"无耻文化"："暴力幻想和暴力实践被视为良好的消遣——取乐。"❶不管是《火山恋人》中平民对贵族的肉体折磨，还是《关于他人的酷刑》中美国狱警对伊拉克战俘的酷刑，桑塔格都站在受害者一方，谴责那些认为这些人罪有应得的言论。因此桑塔格在《火山恋人》中呼唤"仁慈"来化解人性中的残忍本能，而在《关于对他人的酷刑》中对这种"无耻文化"根本没有指出救赎之路。

在研究方面，如她的文艺批评一样，很多评论家把桑塔格的小说创作也归入到"后现代"范畴内。尤其是《恩主》和《死亡之匣》中在内容上对"主体"的消解、"自我"的零散化，在形式上的开放式结局、不确定的叙事风格，都能跟后现代文学的典型特点发生联系。即使到了《火山恋人》和《在美国》中，依然可以从"元小说"叙事、对剧中剧的戏拟、话语的碎片化等特征证明其"后现代性"。这些特征的确存在，但桑塔格本人却不认可这是"后现代性"，而是现代感受力在文学中的体现。她在《在土星的标志下》点明本雅明归纳出的现代感受力的要素："对寓言、超现实主义震惊效应、不连贯的话语、对历史灾难感等的欣赏。"❷ 这些要素在桑塔格的小说创作中都有体现：《恩主》是遁世者的寓言，《死亡之匣》是死欲的寓言，《我，及其他》里的短篇，尤其是《宝贝》《旧怨重诉》这几篇晦涩难懂的故事，无不显示出寓言的含义。寓言是以此物言彼物、以表象证隐喻的经典表现形式，正是桑塔格擅长的写作手段。至于上面所说的那些具有后现代特征的叙事手法，她的不连贯话语（比如《在美国》最后一章埃德温·布斯的长篇独白），在桑塔格看来正是"超现实主义震惊效应"的体现，至于"历史灾难感"，再也没有比《火山恋人》中汉密尔顿爵士的感受更深的描写了。《在美国》

---

❶ 苏珊·桑塔格. 同时：随笔与演说[M]. 黄灿然, 译. 上海：上海译文出版社, 2009: 140.

❷ 苏珊·桑塔格. 在土星的标志下[M]. 姚君伟, 译. 上海：上海译文出版社, 2006: 121.

苏珊·桑塔格：徘徊在唯美与道德之间
Susan Sontag: Besotted Aesthete, Obsessed Moralist

强烈批判消费主义盛行的美国现代文化，与后现代对消费社会的认同毫无共识，完全是现代主义的而非后现代主义的情怀。她曾在《双重命运》和《爱陀思妥耶夫斯基》两篇书评里称赞安娜·班蒂的《阿尔泰米西娅》和茨普金的《巴登夏日》第一人称和第三人称叙述的自由混合，评论他们"把故事设置在过去是为了检视它与现在的关系"，断定这是"非常现代的写法"❶。

公正地说，桑塔格并非有意让自己的文学创作成为其文艺评论或者感受力的镜子。她对文学创作的热爱来源于对自由的热爱，在她看来，只有文学创作才能给予作者充分的自由——尝试多种文体、多种话题，让想象自由飞翔。但要做到这些却很困难，对于她这样一位博览群书、水准奇高的批评家来说，一旦自己执笔创作，就会有眼高手低的弊病。何况她的艺术品位偏向于孤僻的高级现代主义，她本人致力于形而上的艺术理念，不屑于写现实生活的林林总总，她的严肃性使得幽默感缺失，有大爱却无深情，使得她的小说作品从深刻性和趣味性上都难跻身经典文学行列——至少不如她的文艺批评那么令人印象深刻。她在《恩主》和《死亡之匣》中并没有摆脱自己《反对阐释》文集中的理念，但那显然不是她想做的文学创作，不是她理想中像托马斯·曼、保罗·古德曼笔下的那些故事，因此二十余年不能完成满意的长篇小说。即使是得了大奖的《在美国》，也被《纽约时报》的书评称为"陈腐乏味、跌入平脚式叙述。"❷ 在美国文坛，桑塔格留下的声誉首先是以"反对阐释"驰名的文艺批评家，其次才是文学作家，这与桑塔格对自己的期待并不吻合，但她的批评家之名促使她的文学创作也受到瞩目和研究。笔者认为，桑塔格在短篇小说创作方面更有天分，对于长篇创作的掌控则心有余而力不足，四部长篇都缺乏一流文学作品所必备的引人入胜的艺术魅力。尽管如此，她还是凭借其充溢着"现代主义感受力"的四部长篇小说、一部短篇小说集、数部剧本的创作，成为美国文学史上不能忽略的小说家之一。

---

❶ 苏珊·桑塔格. 同时：随笔与演说[M]. 黄灿然, 译. 上海：上海译文出版社, 2009：55.

❷ 黄灿然. 格拉斯的烟斗[M]. 上海：上海人民出版社：2009：152.

第四章　从双重标准到双重命运：桑塔格笔下女性众生相❶

在前两章对桑塔格文艺批评和小说创作的梳理中，她作为"女性作家"的身份和言论都没有被引入主题。作为"反对阐释"的代言人，桑塔格拒斥把思想和艺术"主义化"，反对理论阐释对艺术感受力的毁坏。除了代表现代感受力的现代主义文学流派，她对其他主义，不管是马克思主义、弗洛伊德主义、结构主义还是后现代主义，都持怀疑和批判态度。女性主义也不例外。1979年她在访谈中说："对我来说，女性主义是个愚蠢的名词，一个空洞的名词，像所有以'主义'结尾的大词一样。"❷

这就可以理解在女权主义盛行的60年代，桑塔格以激进的先锋派姿态在美国文艺批评舞台上崛起时，为何没有投身于女权主义运动。这期间她的批评文字沉浸在美学和感受力的言说中，出版的两部长篇小说《恩主》和《死亡匣子》也都刻意回避社会现实，两部作品中的主角都是男性，小说中的女性角色只是作为男主角精神世界的道具或陪衬出现。乃至到了70年代，她的名文《论摄影》《疾病的隐喻》《在土星的标志下》都没有多少性别的印记。像桑塔格这样具有很高社会声望的女性知识分子，在女性主义几经高潮、文化研究日渐盛行的形势下，其文化批评竟然没有关注女性身份的内容，这一点让很多人，尤其是女权主义者们感到不可思议和遗憾。

事实上，桑塔格从20世纪70年代起已逐渐将研究兴趣转向社会议题，

---

❶ 本章部分内容已收入专著：南宫梅芳，朱红梅，武田田等. 生态女性主义：性别、文化与自然的文学解读［M］. 北京：社科文献出版社，2011：第二章。

❷ Servan‐Schreiber, Jean Louis. An Emigrant of Thought［N］. Questionnaire, 1979‐12‐13.

苏珊·桑塔格：徘徊在唯美与道德之间
Susan Sontag: Besotted Aesthete, Obsessed Moralist

她向来秉持的公共知识分子的忧患意识，使得她后期的文学创作越来越关注女性在男权世界中的不平等地位，不再像她早期那样只注目于具有精英意识的艺术审美研究。不过，她没有把性别因素纳入自己的文艺批评范畴，而是从社会评论的角度出发，先后发表了数篇随笔与访谈来分析女性在社会上的从属地位和独立之道，批判男权社会为两性发展设立的"双重标准"，号召女性拒绝接受世俗对女性的审美取向，改变以外在美为衡量尺度的价值标准，追求智性发展，实现女性独立和男女平等。

  90年代之后，桑塔格对女性命运的思考在她的文学创作上全面体现出来。十年时间里，她创作了一部舞台剧《床上的爱丽斯》和两部长篇小说：《火山恋人》和《在美国》。这三部作品都是借历史的重述来展现女性，尤其是才华卓著的女性在男权社会中的艰难遭遇。2003年，桑塔格为安娜·班蒂（Anna Banti, 1895—1985）的传记小说《阿尔泰米西娅》（Artemisia, 2004）的英文版撰写了导言《双重命运：论安娜·班蒂的〈阿尔泰米西娅〉》。这是桑塔格仅有的一篇为女性作家的女性题材小说撰写的导言，她在其中探究了女性创作、女性作者和她们笔下的女性人物之间相互映射的关系，借题发挥，婉转道出了她自己从事文学创作的心曲，坦承了女性不能摆脱的双重命运——作为一个"人"的命运和作为一个"女人"的命运之间的碰撞与妥协、成功与失落。女人追求的所谓"女权"，在桑塔格看来，不过是追求尊重个体差异的"人权"而已，而女性在"女权主义"名目下遭到的误解、付出的代价，恰恰是性别不平等的社会痼疾所在。

  本章将分三节梳理桑塔格的女权言论与文学创作中的女性形象，把她的评议、创作和文艺批评结合起来，条分缕析桑塔格对女性身份和女性创作的思想观点，验证桑塔格这个自称是"天生的女权主义者"[1]在三十年间对女性地位的思考和女性命运的反思。

---

[1] Gordimer, Nadine. Nadine Gordimer and Susan Sontag, In Conversation [J]. The Listener, 1985-05-23.

第四章 从双重标准到双重命运：桑塔格笔下女性众生相

第一节 性别的"双重标准"：论女性主义及女性写作

一、质疑"女性特质"：智识无性征

关于桑塔格对女性主义文化运动的疏离，研究得比较深入的是英国学者安吉拉·麦克罗比。她在《后现代主义与大众文化》的第二章"文化理论领域里的关键人物"中把桑塔格作为第一个关键人物来分析。她给桑塔格的文化角色定位既非后现代主义，也非女性主义，而是强调她的"现代主义风格"。这种风格使得桑塔格不关注后现代文化下女性主义掀起的关注性别身份的文化风潮，她的批评没有性别意识：

> 苏珊·桑塔格很少写到女性艺术家或作家。在她为她自己划出的空间里，性别没有任何作用。桑塔格自己在很多采访里说过，她认为没有必要给女性一个特别的标准。……虽然她写了大量有关现代文学、戏剧、电影和艺术的批评文章，桑塔格一直置身于女性主义批评之外。……桑塔格的著作与女性问题之间的距离说明，在欧洲现代主义（桑塔格的理论背景）里，除非女性超越了性别，否则根本没有她们的位置，没有女人说话的余地。[1]

在此文中，麦克罗比依次分析了90年代之前桑塔格的几部主要著作：《反对阐释》《激进意志的样式》《在土星的标志下》《论摄影》《疾病的隐喻》和《艾滋病及其隐喻》。作者分析的是桑塔格对大众文化的看法，而由于

---

[1] 安吉拉·麦克罗比. 后现代主义与大众文化[M]. 田晓菲, 译. 北京：中央编译出版社, 2006: 107-108.

苏珊·桑塔格：徘徊在唯美与道德之间
Susan Sontag: Besotted Aesthete, Obsessed Moralist

桑塔格漠然对待女性主义理论及其研究，在上述这些作品中很难找出特别的女性视角和女性话题。《在土星的标志下》集中了桑塔格最为仰慕的现代主义思想家与艺术家们，他们是：古德曼、阿尔托、本雅明、西贝尔贝格、巴特、卡内蒂，清一色的男性文艺精英。这部文集中只有一篇以女性艺术家为主题的文章——《迷人的法西斯主义》，而对这位亲纳粹的德国电影导演里芬斯塔尔，桑塔格只是剥开其电影貌似唯美的表皮，猛力抨击其内在的法西斯文化逻辑。至于当时著名的女性知识分子，如波伏瓦、阿伦特、玛丽·麦卡锡等，桑塔格都没有写过专门的文章进行评述。

尽管桑塔格在文艺品位上如此"重男轻女"，麦克罗比却赞赏她对艺术和美学价值的重要性的坚持，从而反思当时（90年代初期）文化理论和女性主义辩论在通俗的道路上走得太远，在选择大众文化经典的时候又滥用多重标准，使得高级艺术和低级文化界限模糊。打着大众文化旗帜的研究者们并不能抛弃传统的经典，没能重构文化世界的法则，甚至站到反智立场，降低了文化质量。而对女性主义理论不感兴趣的桑塔格，却以其对经典文化的坚持，"站在20世纪一批男性哲学家和作家的行列当中，因为信奉欧洲现代主义而形成了自己独特的见解，从而从性别的限制当中解放了出来，得以进入一个特权世界。"❶

麦克罗比对桑塔格文化背景的定位无疑是准确的。桑塔格在文坛的成就与性别特征无关，她没有强调自己的女性身份，也没有有意识地用女性视角进行文艺批评和文学创作。事实上，她认为：要实现真正的男女平等，就不应该有性别意识。在1978年的《滚石》访谈中，桑塔格表明了自己对女性主义的看法。她认为，与先锋派类似，女性主义话语大量复制失败了的政治运动的词汇。1910年代先锋艺术继承了无政府主义的修辞（名之为"未来主义"），20世纪60年代末的女性主义继承了另一衰落的政治修辞——左翼行动主义。新左派常用的就是以等级制来对抗平等、以理论对抗实践、以智性对抗情感，女性主义在其中找到了自己的话语和理念，并试图将之永恒化。

---

❶ 安吉拉·麦克罗比. 后现代主义与大众文化[M]. 田晓菲, 译. 北京：中央编译出版社, 2006：127.

第四章　从双重标准到双重命运：桑塔格笔下女性众生相

60年代遭到抨击的小资产阶级情调、压迫、精英意识又被发现了新的意义。女性主义采用的那些二手的军事用语可以在短时间内有效，但这意味着鼓励对艺术观所实施的道德主义的压迫。桑塔格反对这样专制的艺术观，不管是新左派还是女性主义。在她看来，唯一值得捍卫的智性是"批判的、辩证的、怀疑的、反简化的"[1]。对这种智性的坚持使得她拒不加入任何阵营或流派，也不涉足女性主义文化批评领域。

在这次访谈中，采访者提到法国当代著名女性主义作家、文论家埃莱娜·西苏（Hélène Cixous, 1937— ）认为女性写作必然带有女性特征，比男性写作更为感性，桑塔格回应道："我得说她的话对我来说毫无意义。"[2]她不赞成西苏等女性主义理论家们提出的男女分立的观点，即所谓的"女性代表自然，男性代表文化"。她认为女性也可以谈论被认为是男性话题的事物，并以政治哲学家汉娜·阿伦特为例：

> 她（阿伦特）碰巧是个女人，但她玩的是男人的游戏，这个游戏从柏拉图、亚里士多德开始，延续到马基雅维利、托马斯·霍布斯，约翰·斯图亚特·穆尔。她是第一个女政治哲学家，而这个游戏的规则、言辞、参照，其传统都是来自柏拉图的《理想国》。她从来没有问过自己："既然我是女人，难道我不该以不同的方式来研究这些问题？"我认为她也没必要问这个问题。如果我去下象棋，我不认为因为自己是个女人就用不同的方法去下。我认为被要求去将就一种固定成见是压迫人的做法，就像一个黑人作家被要求只能表达黑人想法、只能写黑人思维。我知道有些黑人作家很想被"阵营化"，而我却不想。[3]

---

[1] Cott, Jonathan. Susan Sontag: The Rolling Stone Interview [M]//Poague, Leland. Conversations with Susan Sontag. Jackson: University Press of Mississippi, 1995: 107.

[2] Poague, Leland. Conversations with Susan Sontag [M]. Jackson: University Press of Mississippi, 1995: 108.

[3] Poague, Leland. Conversations with Susan Sontag [M]. Jackson: University Press of Mississippi, 1995: 119.

由此可见，桑塔格并不认同男女两性在智性和表现方式上应有差别，西苏所说的女性写作对她来说毫无意义。她也承认在现实中就成就而言，女性的确比男性处于劣势。要想提高女性的地位，女性应该认同那些在某些领域里把事情做到很高水平、取得卓越成就的女性，应该为她们感到骄傲，而不是去批评女性没有表达女性特有的感受和感性。她反对男女的二元对立，赞成雌雄同体的和谐个体。男性可以变得女性化一些，女性可以变得更男性化一些，这样的世界会更有魅力。就此桑塔格提出了自己的女性解放观点：摒弃性别之见，先把事情做好。男女在社会性上并无根本差别，两性应该互相借鉴，融通共存。

二、抨击"双重标准"：20世纪70年代的女权言论

桑塔格在智性上拒绝区分男女之别，但她深知女性在社会上的地位普遍无法与男性相比。于是她在20世纪70年代发表了数篇论文和访谈，专论女性在当今世界遭受世俗压迫的从属地位，其中最具影响力的三篇是《妇女的第三世界》（"The Third World of Women"[1]，1973）、《衰老的双重标准》（"The Double Standard of Aging"[2]，1973）、《女性之美：是压迫之源还是力量之源？》（"A Woman's Beauty：Put-Down or Power Source"[3]，1975）。这三篇社会评论不涉及文艺批评，是桑塔格对女性解放的看法。她不像女性主义研究者那样挖掘哲学深度而是以理论概括现实，从社会、政治、经济、文化等实际出发，分析女性所处的不平等地位和解放途径。

通过发表在《党派评论》上的长文《妇女的第三世界》，作者从历史和社会发展的角度详细阐述了自己的女性观点，有些提议相当激进。她把妇女

---

[1] Sontag, Susan. The Third World of Women [J]. Partisan Review, 1973, 40: 180-206.

[2] Susan Sontag. The Double Standard of Aging [J]. Saturday Review, 1973, 9 (23): 29-38.

[3] Susan Sontag. A Woman's Beauty: Put-Down or Power Source? [J]. Vogue, 1975, 4: 118-119.

第四章 从双重标准到双重命运：桑塔格笔下女性众生相

在男权社会中的处境与奴隶制中的奴隶做类比，指出女性低人一等并不是因为女性与男性固有的差异性，而是因为社会分工的不同。要想改善这种不平等状况，需要采用革命的方式，改变现代核心家庭中的经济不平等和占有关系。女性必须工作，工作意味着权力。只有经济和精神上的独立才能为女性赢得与男性同样的权力。在性解放的问题上，桑塔格提出了去性极化思想和雌雄同体的主张：消除那些突出女性作为男性消费品和附属物的观念和元素，认为同性恋应获得与异性恋一样的尊严，推行男女都应具有两性特质的同体观。她希望这些观念上的变革能改变女性所处的"第三世界"地位，消除男性特权，实现男女平等。桑塔格还号召女性团结起来，一起走向解放。她说："'解放'了的妇女不仅有责任让自己过上独立自由的生活，更应该团结与帮助其他妇女，推动妇女群体的共同进步与提高。"[1]

同年，桑塔格在另一资深文化刊物《星期六评论》(Saturday Review)上发表《衰老的双重标准》一文，从社会对男女年龄的不同反应揭示女性的从属地位。从社交场合不宜问女性年龄这个"礼貌原则"开始，反思社会对男女年龄设立的不同标准。女性的年龄应该保密，因为她们害怕衰老。现代城市化社会容纳两种标准的男性美：少年之美与男子之美，却只认可一种女性美：少女之美。一个女性的价值在于她的"脸"，青春和美貌就是她的资本，是她存在的社会价值。在文章的结尾，桑塔格呼吁："女性应该允许她们的脸显示自己经历过的生活。女性应该呈现真实。"[2]

1975年，桑塔格在著名时尚杂志《Vogue》上发文《女性之美：是压迫之源还是力量之源？》，痛言女性为了外形美而沉湎于琐碎浅薄的保养修饰，忽略了对自我人格和思想深度的追求。她认为对外表的追求是缺乏权力的表现，"女性美"使女性沦为男性的观赏客体，而女性由于缺乏像男性那样的权力，只能附和与取悦男性的眼光。文章呼吁女性淡化对外在美的追求，重视自身能力的培养，在自己的工作领域内成为领袖人物。这篇短文虽然在倡导

---

[1] 王予霞. 苏珊·桑塔格与当代美国左翼文学研究[M]. 北京：中国社会科学出版社，2009：199.

[2] Susan Sontag. The Double Standard of Aging [J]. Saturday Review, 1973, 9 (23): 38.

女权方面没有标新立异的观点，但此文发表在以宣扬女性美为主的世界级顶尖时尚杂志上，堪称把反传统女性观的利剑插到了要害部位。

桑塔格既不关注学术层面对女性主义的探讨，也不关心其哲学含义，她将之视为一个有待解决的社会问题。作为一个独立的女性知识分子，她为自己能生在20世纪感到幸运，这是现代性给人类带来的最好的变化——让女性可以拥有争取权利的权力。但是她认为女性的解放只是形式上的，因为女性还是居于从属地位，"被养成、教导为受虐狂"❶。只有改变这种心理和伦理的训练，女性才有可能获得真正的平等，否则她们无法享有那种形式上的解放。女性的从属地位在职业选择、语言使用上都很明显，女性的解放战争还远没有取得胜利。性别成见浸透在当今社会的语言、行为和想象之中，需要有更多的男性和女性加入到女性解放的运动中来。她希望看到更多的知识分子为反对"厌女症"做出一份贡献。

桑塔格在70年代的女权言论与当时崛起的理论性女性主义思潮（社会主义女性主义、生态女性主义等）保持了距离。她置身于学院派之外，倾向于选择与社会生活密切相关的现实依据来表明自己的看法，避免用理论来总结、代替社会现实。同时，她在《女性的第三世界》中阐发的激进观点，与她激进的美学观点有相通之处。在她看来，女性不是被男性欣赏和消费的艺术品，不该被物化为审美客体，而应成为具有独立人格的生命个体。只有摆正女性与男性同是作为"人"的平等位置，取消价值认定上的双重标准，女性才能赢得尊严和自由。值得注意的是，桑塔格在文艺审美中宣扬的是感性美，而在女性身上，她倡导的是知性美。她的女性观揭示出，在她作为"唯美者"的内心深处，埋藏着作为"道德家"的人文关怀。

三、揭示"双重命运"：女性事业与女性命运

70年代桑塔格的女权言论还局限在社会批评领域，尚未涉及她的文艺批评和文学创作。到了90年代，随着桑塔格文艺思想从形式向内容、从审美向

---

❶ Servan-Schreiber, Jean Louis. An Emigrant of Thought [N]. Questionnaire, 1979 - 12 - 13.

第四章　从双重标准到双重命运：桑塔格笔下女性众生相

历史的转移，女性形象和女性命运成为其文学创作的核心，十年之内出版了三部极具女性主义色彩的文学作品：八幕剧《床上的爱丽斯》、长篇小说《火山恋人》和《在美国》。这三部作品中的女主人公在历史上都是实有其人，她们都是多才多艺的杰出女子，置身于男权社会，难以避免因为性别因素而受到压抑和伤害。桑塔格反映的就是她们的挣扎、反抗、成功和失落。桑塔格本人是博览群书的女性知识分子，因此她格外关注那些有天赋、有才华的杰出女性的遭遇，为她们鸣不平，用她们的经历来凸显社会性别区分为女性实现自我价值造成的种种艰难险阻和陷阱诱惑。作者的眼光冷静而客观，她的现代意识使得这些18、19世纪的人物得到了重新审视，更能把女性问题作为一种传承已久的社会问题加以反思。

文学创作上的"女性中心化"并不意味着桑塔格认同了西苏所谓的"女性写作"观点。她依然回避理论性的女性主义对文学创作的过度阐释，宁愿结合具体的写作背景来解读女性作家笔下的女性人物。2003年，她为意大利女作家安娜·班蒂的传记小说《阿尔泰米西娅》撰写了导言《双重命运：论安娜·班蒂的〈阿尔泰米西娅〉》，揭示了桑塔格晚年对于女性主义和历史小说创作的一些感悟与自我解剖，由此可以管窥她自己关于文学创作和女性形象创造的考虑。

安娜·班蒂的《阿尔泰米西娅》是一部女作家写的关于女艺术家的小说，而桑塔格作为一位女评论家予以评述，形成了一条女性之间依次解读感悟的阐释链。班蒂满怀同情地书写着阿尔泰米西娅的故事。事实上，由于"二战"的战火焚毁了她的初稿，班蒂不得不把这个故事重写了一遍，使之具有更深的自省含义。作者在自己笔下的主人公身上寄托了自己的生活、处境和感悟，她与阿尔泰米西娅同甘共苦，寄予她深刻的理解和同情，尤其是感受阿尔泰米西娅的痛苦与孤独。

班蒂这本书的主人公阿尔泰米西娅·简提列斯基（Artemisia Gentileschi，1593—1651）是17世纪早期意大利卓有成就的女画家，她的父亲奥拉齐奥·简提列斯基（Orazio Gentileschi，1563—1639）是意大利巴洛克时期最著名的画家之一。阿尔泰米西娅自小显现出超群的绘画天分，跟随父亲在画室作画，可在少女时代被她父亲的一位画家朋友强暴。她不畏舆论压力，把这

苏珊·桑塔格：徘徊在唯美与道德之间
Susan Sontag: Besotted Aesthete, Obsessed Moralist

名画家告上了法庭，这在 16 世纪的意大利可谓史无前例的特案。阿尔泰米西娅的父亲在案件结束之后强迫女儿与一个默默无闻的年轻人结婚，她的婚姻并不幸福。阿尔泰米西娅把全部精力投注在绘画上，她的画作主题大都是神话和《圣经》中或英勇或悲怆的女性形象——那些在男权统治下牺牲、自杀、战斗的女人们，如以美色引诱敌酋并砍下对方头颅的友第德（Judith）、差点因通奸罪枉死的苏珊娜（Susanna）等。虽然她在绘画上取得了巨大成就，但她一生都生活在强势的父亲的阴影下。

与此类似的是，这本书的作者班蒂虽然是一位卓有成就的小说家，却对她的丈夫、意大利著名批评家、艺术史家和文化权威罗伯特·隆吉（Robert Longi，1890—1970）无比敬畏。班蒂曾是隆吉的学生，桑塔格评论道："在两人近半个世纪的婚姻中，班蒂依然处于丈夫的阴影下，是丈夫知识上的贤内助——即使在她自己的作家声誉日盛的时候。（《阿尔泰米西娅》是献给隆吉的。）"❶

在这一点上，桑塔格找到了该书作者与主人公的契合之处——两位才华横溢的女性在两位声名卓著的男性阴影下的事业成就与心理历程。桑塔格指出：这部极具女性主义特色的作品的作者班蒂却"总是否认任何有关女性主义感情或态度的说法"❷。在这里，桑塔格再次阐述了她对女性主义的看法，来解释为什么女性主义运动肇始之初有那么多独立而出色的女性坚决否认自己是一个女性主义者：

> 女性主义意味着很多东西：很多不必要的东西。它可被定义为一种立场——关于公正、尊严和自由。这立场，几乎所有独立的妇女都会遵循，如果她们不怕伴随着"女性主义"这个有着如此火药味的声音的词而来的报复的话。它也可被定义为一种较容易对之加以否认或与之争吵的立场，一如班蒂采取的立场。那个版本的女性

---

❶ 苏珊·桑塔格. 同时：随笔与演说[M]. 黄灿然，译. 上海：上海译文出版社，2009：49.

❷ 苏珊·桑塔格. 同时：随笔与演说[M]. 黄灿然，译. 上海：上海译文出版社，2009：51.

第四章 从双重标准到双重命运：桑塔格笔下女性众生相

主义意味着存在一场对男人的战争，而对这类女性来说这种战争是可憎的；那种女性主义意味着公开宣示力量——以及否认女强人的困难和代价（尤其是得不到男性的支持和男性的钟情的代价）；更有甚者，它宣称为自己是女人而得意，甚至肯定女人的优越性——所有这些态度，都使很多对自己的成就感到自豪和对这些成就所包含的牺牲和损害有深刻体会的独立的女人所难以苟同。[1]

由此看出，桑塔格得出的结论是：班蒂写《阿尔泰米西娅》不是为了宣扬女权，而是为了描述阿尔泰米西娅的生活和感受。她没有为她不幸的生活下定论。也许她并不认为阿尔泰米西娅真的不幸，虽然她终生没有享受到爱情和家庭的幸福，她却由此跻身于那个时期意大利一流画家的行列。作为女人，她的命运是不幸的；作为一个画家，她取得了超越大多数男性同行的成就。这构成了她的双重命运。不过，这部传记小说虽然不是指控男性霸权的女性主义著作，却也"充满了对女性身份令人同情的因素的肯定：女人的弱点、女人的依赖、女人的孤单（要是她们不想做女儿、妻子和母亲）、女人的忧伤、女人的悲哀。做女人即是被禁闭，以及与禁闭做斗争，以及渴望这种禁闭。"[2] 以上描述的这些因素既是作者班蒂与她的主人公的共同遭遇，也是桑塔格在她的三部历史改编作品中描述的女性生存状况。

桑塔格给这篇导言冠名《双重命运》，其中隐含着多种寓意。这本书的初稿被战火焚毁，班蒂重新写了一遍，使得这部著作有了双重命运；班蒂把自己的命运寄托在阿尔泰米西娅身上，她的书就具备了双重命运。《阿尔泰米西娅》的主人公也具有双重命运——作为一个成功的艺术家的命运和一个失败的女人的命运。班蒂也有双重命运：作为名作家的命运，以及作为一个俯首帖耳的妻子的命运。这双重命运也应验在桑塔格笔下的女主人公身上，即她们作为女人的一种命运，和作为去除性别特征之外的"人"的命运——她们

---

[1] 苏珊·桑塔格. 同时：随笔与演说[M]. 黄灿然, 译. 上海：上海译文出版社, 2009：52.

[2] 苏珊·桑塔格. 同时：随笔与演说[M]. 黄灿然, 译. 上海：上海译文出版社, 2009：53.

的才华和事业成就。这两种命运往往相互抵触、互相干扰。大多数的女性往往要牺牲作为"人"的命运来屈从于作为"女人"的命运。在英语中 Man 作为单数形式可以指代整个人类，而 Woman 却永远只是女性。一个女人想超越做女人的社会属性，达到男人可以达到的成就和自由，需要付出巨大的人身代价才能实现。阿尔泰米西娅是一个伟大的艺术家，她付出的代价是既没有做成好妻子，也不是一个好母亲。班蒂始终处于丈夫的威严之下，称他为"老师""教授"。她的自我从未独立于丈夫之外存在，在桑塔格看来，这无疑是人格不健全的表现："她主要是一个名人的妻子，而她必须为这一殊荣付出代价。"❶，只有在写小说的时候她的存在才有别于作为名人妻子的存在。她书写阿尔泰米西娅的生平，希冀来安慰或者分担她的痛苦。虽然这不可能被三百年前的阿尔泰米西娅所感知，桑塔格认为她是在"通过和读者——尤其是女读者承担同情的全部重负来安慰和坚强她自己"❷。

从否认写作有性别差异到反思女性写作，桑塔格对女性主义的观点是摇摆不定的。就她个人来说，她以欧洲现代主义为知识背景，阅读、评论的几乎全是男性作家，并不因为自己是女性就强调自己的性别视角。她的文字并无明显的性别痕迹，她也不认为所有的写作都应该带上性别标签。然而，这并不意味着她对女性的受压迫地位视而不见，她关心女性地位，但更愿意从现实和经验出发，而不是用抽象的理论来把男女差异强调得那么清楚。她在70年代的女权言论中，从社会角度指明了女性的解放之路——必须自立自强，不依赖外表，而依赖能力才能挣得作为"人"的平等权利。1999年，桑塔格为她的女友、美国著名摄影师安妮·莱博维茨（Annie Leibovitz）的摄影集《女性》（Women, 1999）撰写了文章《照片不是一种观点，抑或是一种观点？》（"A Photograph Is Not an Opinion. Or Is It?"），由这部收集了在20世纪末从事各种职业、有着各种生活方式的170多位美国女性的影集，桑塔格再次论证了摄影的表象与隐喻效果和女性的社会地位。与传统上以展现男性理想

---

❶ 苏珊·桑塔格. 同时：随笔与演说[M]. 黄灿然, 译. 上海：上海译文出版社, 2009: 50.

❷ 苏珊·桑塔格. 同时：随笔与演说[M]. 黄灿然, 译. 上海：上海译文出版社, 2009: 51.

第四章 从双重标准到双重命运：桑塔格笔下女性众生相

中的女性美不同，这部摄影集中收录的是在各个行业从事社会工作的女性。在桑塔格看来，她们都是女性的典范："美貌的典范，自尊的典范，力量的典范，违反道德规范的典范，受害的典范，虚假意识的典范，幸福地变老的典范"❶。

桑塔格从班蒂的《阿尔泰米西娅》中看到的不是反抗男权，也不是劝服女性服从男权，而是女性之间的理解与同情：班蒂对阿尔泰米西娅的解读是对同类女性的参照，以自己的同情来安慰和鼓舞自己以及其他女性。作为女人，桑塔格虽然早早摆脱了婚姻的束缚，成为独立自强的女知识分子，她依然能从班蒂的作品中读到女性特有的痛苦、哀怨与自我慰藉。这在她的话剧《床上的爱丽斯》以及两部长篇小说《火山恋人》和《在美国》中都有不同程度的体现。以下两节即是从女性形象和女性命运的角度对这三部作品进行文本细读。桑塔格没有对女性遭遇进行阐释，只让她们的亲身经历在想象中再现出来，展现出一幅幅18、19世纪的女性众生相。

第二节 从沮丧到和解：《床上的爱丽斯》中的女性命运魔咒

八幕剧《床上的爱丽斯》(*Alice in Bed*❷)是桑塔格1990年用两周时间完成的作品。桑塔格一直排斥自传体文学创作，拒绝把作者的个人经历融入虚构作品中去。然而，作者避开了自己的生活经历，却不能避开自己的理念和思想，这一点在《床上的爱丽斯》中表现得尤为突出。这部剧作带有明显的女性主义特征，作者是在为她阅读过的一些才华受到压制的女性鸣不平，书写出她们受到的精神囚禁和心理病痛，尤其是与那些跟她们才华相当却能功成名就的男性相比。1991年，桑塔格给该剧本的德译本题注道：

---

❶ 苏珊·桑塔格. 重点所在[M]. 陶洁，黄灿然，等译. 上海：上海译文出版社，2004：287.

❷ Susan Sontag. Alice in Bed [M]. New York：Farrar Straus Giroux, 1993.

苏珊·桑塔格：徘徊在唯美与道德之间
Susan Sontag: Besotted Aesthete, Obsessed Moralist

>我感觉我整个的一生都在为写《床上的爱丽斯》做准备。
>
>一出戏，然后是一出写女人的悲哀和愤怒的戏；而最后，成了一出书写想象的戏。
>
>精神囚禁的事实。想象的大获全胜。
>
>但想象的胜利仍嫌不够。❶

想象的胜利仍嫌不够，怎样的表达才足以展现女人的悲哀和愤怒？桑塔格运用她擅长的先锋派手法，调动了好几位女性人物，有历史现实中的，有虚构作品中的，让她们共聚一堂，通过她们的自白和遭遇，点画出知识女性在以男性价值为主导的社会中遭受的身心禁锢和抑郁生活。就像剧中总是沉浸在羞耻与悲痛中瞌睡不醒的昆德丽所言："那是个循环。沮丧——反抗——睡眠——和解。"❷ 在这部剧作中的几位杰出女性，不管是身体健康，还是病魔缠身，都或多或少地陷入这个循环的命运魔咒之中，生命结束在缄默或者悲剧之中。这部剧作中没有明示女性受到压制的原因，而是留下很大的想象空间，让读者思考是什么使得这些才华横溢的女性湮没无闻、郁郁而终。

一、历史与虚幻的糅合：悲剧底色上的女性命运拼贴

桑塔格在创作《床上的爱丽斯》时，充分运用她博学的知识和丰富的想象力，把历史人物与虚构角色糅合到一部剧作中，在看似荒诞的情节与对话中展现那些天赋极高却湮没无闻的悲情女性的内心世界。主人公爱丽斯·詹姆斯（Alice James，1848—1892）在历史上实有其人。她出生在19世纪一个声名赫赫的美国家庭，父亲是一位研究宗教伦理学的专家，拥有丰厚的藏书；她的四个兄长中有两个鼎鼎大名的人物：著名小说家亨利·詹姆斯，著名心理学家威廉·詹姆斯。在这样一个书香浓郁的家庭中成长的爱丽斯，同样的才华横溢，却从十九岁开始患有忧郁症，长期卧病在床。1884年她移居到亨利·詹姆斯所住的伦敦，直至罹患乳腺癌于四十三岁病逝。

---

❶ 苏珊·桑塔格. 床上的爱丽斯[M]. 冯涛，译. 上海：上海译文出版社，2007：5.
❷ 苏珊·桑塔格. 床上的爱丽斯[M]. 冯涛，译. 上海：上海译文出版社，2007：90.

第四章　从双重标准到双重命运：桑塔格笔下女性众生相

她自 1889 年开始记的日记，因为其内容涉及对许多现实人物言辞锐利、富有洞见的批评文字，在她去世多年之后才以比较完整的面目出版[1]。桑塔格把她的遭遇与伍尔芙著名的讲座文章《一间自己的屋子》("A Room of One's Own"，1929) 中设想的莎士比亚的妹妹的遭遇相融合，又与 19 世纪卡罗尔·刘易斯的小说《爱丽斯漫游奇境》(Alice in Wonderland, 1865) 相结合，创造出这么一部现实与幻想交织的剧作。

在剧中，桑塔格让爱丽斯与她的父亲和兄长亨利·詹姆斯（哈里）对话；模仿漫游奇境的爱丽斯，她也参加了一个疯狂的茶会，招来了两位美国 19 世纪杰出的知识女性——艾米丽·迪金森和玛格丽特·福勒，还有两位虚构的人物——芭蕾舞剧《吉赛尔》(Giselle, ou Les Wilis, 1841) 中复仇的"维丽"少女们的幽灵领袖迷尔达 (Milda) 和瓦格纳的歌剧《帕斯法尔》(Parsifal, 1882) 中经常瞌睡不醒的女子昆德丽 (Kundry)。她自言自语，幻想着去罗马观光。在第七幕里，一个年轻的小偷潜入了她的房间行窃，爱丽斯饶有兴趣地与他进行了言语交锋。最后一幕，爱丽斯继续生活在层层的被褥和轮椅之间，无奈地过着时醒时睡的生活。

作为以倡导"反对阐释"著称的作家，桑塔格在她的虚构作品创作中，非常注重叙述形式的安排。她借鉴了《爱丽斯漫游奇境》的写作手法，把两个同名的爱丽斯的不同生活结合进这出舞台剧中。刘易斯把现实中的一个小姑娘爱丽斯通过幻想放到一个虚幻的世界里——地下奇境中——去经历虚幻的人物：柴郡猫、疯帽子先生、三月兔、睡鼠、爱砍头的红桃皇后等等。桑塔格笔下的爱丽斯·詹姆斯只能待在书房和卧室，大多数时间躺在床上，身上覆盖着层层的被褥，从小到大遭受父兄和护士的训诫、怜悯和说教。她强健的思想与意识只能在幻想中"漫游奇境"，向往她永远也没去过的罗马，在疯狂的茶会中与其他两位美国历史上的才女、两位虚构作品中的愤怒女性进行谜语般的对白。在这部戏中，她唯一面对真实世界的时刻就是与那个小偷的偶然遭遇，却如昙花一现，她的生活又归入无休止的病榻幻想之中。桑塔

---

[1] Alice James. The Diary Of Alice James [M]. Boston: Northeastern University Press, 1999.

格把历史现实与心理幻想糅合在一起，使得爱丽斯的所遇所感成为不得志的知识女性悲剧命运的缩影。

二、理性重压下的沮丧与反抗：爱丽斯与父兄

在桑塔格的笔下，爱丽斯的悲剧并非出于身体上的疾病，而是由于心理上的压抑。桑塔格擅长分析疾病的隐喻意义，在她看来，很多疾病带来的伤害更多是心理上的，而非生理上的。爱丽斯并非生来命运不济。在现实中，她的家境富裕，母亲早亡，父兄都是卓有建树的知识分子，对她疼爱有加。在这种得天独厚的人文气氛熏陶下长大的爱丽斯，却最终成为一朵温室里的病花，只能在日记里抒发才华，早早凋零。这种悲剧命运可以从剧中爱丽斯与其父兄的对话中看出端倪。

（一）"生命就是一场试验"——爱丽斯与父亲

爱丽斯的父亲是一位"巨大产业的继承人，是当时著名的宗教和道德问题作家，性格怪僻而又意志坚强"[1]。这位父亲认为爱丽斯有着可观的天赋，才华在他的五个孩子中排第三。在剧中，他对年轻的爱丽斯说："我从来不把你局限在妇人的无聊琐事中。我对你一视同仁，允许你像你的几个哥哥一样自由使用书房。"[2] 他指点女儿说："你只需下定决心施展出你的才能，一个广阔的世界就将展现在你面前。哪怕你是个女人。没错，我认为你并非最适合于家庭生活。你必须发挥出自己出色的禀赋。无须害怕男人，将它完全发挥出来。"[3]

这样一位理性的父亲，对爱丽斯产生的却不是正面影响。从第三幕爱丽斯与父亲的一次谈话中就可以看出，成年的爱丽斯与父亲之间的关系相当紧张拘束。爱丽斯欲言又止，父亲越来越不耐烦。她找父亲倾诉，说她"很不

---

[1] 苏珊·桑塔格. 床上的爱丽斯[M]. 冯涛, 译. 上海：上海译文出版社, 2007：2.
[2] 苏珊·桑塔格. 床上的爱丽斯[M]. 冯涛, 译. 上海：上海译文出版社, 2007：17.
[3] 苏珊·桑塔格. 床上的爱丽斯[M]. 冯涛, 译. 上海：上海译文出版社, 2007：19.

第四章　从双重标准到双重命运：桑塔格笔下女性众生相

开心"❶ "绝望就是我的正常状态"❷。但她的父亲给予她的不是抚慰与关切，而是理性的指点："努力一下。换个角度看问题。距离再拉大些。"❸ 最终爱丽斯问了她想问的问题："父亲我能否杀了自己？"❹ 父亲冷静地回答："为什么要问我。如果你当真想这么做我能制止你吗？你这么任性。"❺ "你父亲说你必须做你真心想做的事……我只有一个要求。不要操之过急。不要让那些被你抛在身后的人痛不欲生……"❻

这样的对话呈现的是一个理性到毫无温情的父亲，对他来说，生命就是一场试验（experiment），每个人都应该去做自己真心想做的事情，包括自杀。在父亲代表的理性世界中，生命的意义不在于生命本身，而在于如何阐释它。父亲的回答对爱丽斯造成了终生的伤痛，以致在剧中爱丽斯至少两次提到想拿砖头打破父亲的头："我看见他的脑浆从脑袋里翻涌而出。他黑色的爱尔兰人的脑浆。"❼ 可以说，父亲对生命的看法让爱丽斯丧失了尝试真正生活的勇气，她的忧郁气质与父亲那种强悍的乐观主义精神正好相反，她失去了积极生活的理由，从此怏怏卧床。

（二）怜悯是一种误解——爱丽斯与兄长

与这位言辞冷峻的父亲相反，爱丽斯的哥哥哈里（亨利·詹姆斯）对妹妹充满了怜爱。他来探望卧病中的爱丽斯，对她的称呼充满各种昵称：可怜的小鸭子，亲爱的小兔子，小耗子，宝贝儿，我的小亲亲，等等。他把她当作生病的孩子一样来宠爱，却不能理解妹妹病弱的身体下澎湃的生活激情。她要的是"让我感受一下广阔的世界。我想跟你一起大笑，一起痴心妄想，一起灰心沮丧，一起睥睨世人。"❽ 她对生命的激情对哈里来说只是歇斯底里

---

❶ 苏珊·桑塔格. 床上的爱丽斯[M]. 冯涛，译. 上海：上海译文出版社，2007：17.
❷ 苏珊·桑塔格. 床上的爱丽斯[M]. 冯涛，译. 上海：上海译文出版社，2007：20.
❸ 苏珊·桑塔格. 床上的爱丽斯[M]. 冯涛，译. 上海：上海译文出版社，2007：21.
❹ 苏珊·桑塔格. 床上的爱丽斯[M]. 冯涛，译. 上海：上海译文出版社，2007：25.
❺ 苏珊·桑塔格. 床上的爱丽斯[M]. 冯涛，译. 上海：上海译文出版社，2007：24.
❻ 苏珊·桑塔格. 床上的爱丽斯[M]. 冯涛，译. 上海：上海译文出版社，2007：26.
❼ 苏珊·桑塔格. 床上的爱丽斯[M]. 冯涛，译. 上海：上海译文出版社，2007：10.
❽ 苏珊·桑塔格. 床上的爱丽斯[M]. 冯涛，译. 上海：上海译文出版社，2007：45.

苏珊·桑塔格：徘徊在唯美与道德之间
Susan Sontag: Besotted Aesthete, Obsessed Moralist

的表现，让他非常沮丧，甚至伤心流泪。于是最后轮到爱丽斯这个病人来安慰她的哥哥。爱丽斯对于女人的社会角色认识得非常清楚，她说："别忘了我是个女人，安慰男人让他们放心是女人的天职，哪怕她在床上，不管是卧病是濒死还是刚刚生产，虽然原本是那个男人轻手轻脚地前来探视安慰她的，不是吗？"❶ 她说中了女性被社会安排好的命运：安慰男性，而不是寻求自我意识的实现。因此，像爱丽斯这样有着强烈自我意识的女性，不可避免地陷入抑郁与困顿之中。

在剧中桑塔格运用跨时空的表现手法，让哈里当着爱丽斯的面说出了爱丽斯去世后他对她的评论："从某种意义上说她悲剧性的健康对于她的人生问题而言恰是唯一的解决途径——因为它正好抑制了对于平等、相互依存云云所感到的哀痛。"❷ 对于哈里来说，妹妹的病正好解决了她的心理问题——既然她无法得到平等、相互依存，恰好有疾病把她理所当然地封闭起来，抑制了因为得不到心理上的追求而感到的哀痛。这种自慰性的解释让作者非常不满，因此桑塔格让爱丽斯奋起反驳："这话多么可怕。为什么平等、相互依存对你是理所应当，在我就成了问题？"❸ 这句话可谓击中了那个时代知识女性悲剧命运的要害：在社会理念下，男女两性在才能的发挥上从来不是平等的，两性关系也不是相互依存。女性是男性的附属，是后勤，是安慰者，却很难获得均等机会来实现社会理想和施展个人才华。哈里认识到了妹妹激情的头脑与身为女性的被动地位之间存在难以克服的冲突，他没有抨击这种不公正，却把疾病作为减轻她痛苦的借口。如何解决这个问题呢？似乎所有的人都束手无策，一任爱丽斯枯萎下去。结果爱丽斯的生活，就像爱丽斯自己对哈里所说的那样：

> 我会有这样一些伟大的思想和时刻，当我的头脑被某个辉煌的巨浪淹没时我就会感觉浑身充溢着力量、活力和理解，于是我就感

---

❶ 苏珊·桑塔格. 床上的爱丽斯[M]. 冯涛，译. 上海：上海译文出版社，2007：44.
❷ 苏珊·桑塔格. 床上的爱丽斯[M]. 冯涛，译. 上海：上海译文出版社，2007：31.
❸ 苏珊·桑塔格. 床上的爱丽斯[M]. 冯涛，译. 上海：上海译文出版社，2007：32.

第四章 从双重标准到双重命运：桑塔格笔下女性众生相

觉自己已经参透了宇宙之神秘，可马上又到了该服催吐剂或者梳头换床单的时候了。要么就是这些被褥……我以为自己已经攀上了卓绝的峰顶，一切都豁然开朗，结果却只不过是我无数"寻死"方式中的一种，父亲总是这么说。❶

正是这种幻想与现实的矛盾，使得爱丽斯在整个八幕剧中表现得像个任性的孩子。她的父亲认为她不该如此让他操心，她的哥哥说她歇斯底里，而她只要在语言中显露出激情，护士就会拿来针管给她注射镇静剂，或者给她添加被褥，让她睡去。只有这样一个安静的、困于病房的她才被认为是正常的，她狂放的思考只被认为是一种"寻死"的方式。于是沮丧与反抗之后，爱丽斯只能归于不情愿的睡眠，与她身边的人和解，屈服于缠绵病榻的命运。爱丽斯与父兄的关系，折射出19世纪女性在男权社会中被动的生活状态和无奈的精神处境。女性所受的压迫与每个人所处的具体语境关系不大，这是社会常规为女性安排好的命运。越是精神上渴望自由和平等的女性，感到的压抑越沉重。

三、不同方式的绝望："疯狂的茶会"中的悲剧人生

该剧的第五幕"疯狂的茶会"所占篇幅最长。其他七幕中都以爱丽斯为中心，而这一幕是爱丽斯与几位女性的聚会：玛格丽特·福勒、艾米莉·迪金森、迷尔达、昆德丽，甚至爱丽斯母亲的鬼魂也出了一回场。这场穿越时空的聚会，在形式上模仿《爱丽斯漫游奇境》中"疯狂的茶会"场景，很多对话都似乎让人摸不到头脑，比如艾米莉的话就如同富有诗意的谜语箴言，半睡半醒的昆德丽与《爱丽斯漫游奇境》中的睡鼠扮演的角色一样。然而在这看似荒诞不经的茶会中，作者却灌注了其关心的主题：生命的意义与女性的命运。

---

❶ 苏珊·桑塔格. 床上的爱丽斯[M]. 冯涛, 译. 上海：上海译文出版社, 2007：40.

（一）玛格丽特·福勒的激情人生及其悲剧性死亡

"茶会"的大部分时间是玛格丽特与爱丽斯在讨论有关生命的问题，这个问题从这部戏开始之初就缠绕着思考自杀的爱丽斯。不同于终身幽闭在家的爱丽斯·詹姆斯和艾米莉·迪金森，玛格丽特·福勒（Margaret Fuller, 1810—1850）是19世纪美国女权主义的先驱，她的生活波澜壮阔，是当时美国超验主义俱乐部的主要成员之一，积极参加社会改革活动，参与超验主义乌托邦式的布鲁克农庄的组建，宣传男女平等思想，并与爱默生、帕克和钱宁等新英格兰思想名流保持密切的联系。她写下大量诗篇、散文、文学评论、旅行札记和演说词等，以对话讲座的方式表达自己的思想。[1]她积极参加意大利的革命活动，并与其中一位革命者结婚生子。

这种生活是闭锁家中的爱丽斯向往的，集中表现在她对罗马的渴望，因为那是玛格丽特曾经客居的地方。可是玛格丽特在剧中并不是作为一个女英雄出现，而是因为她的意外死亡——与丈夫、孩子一起溺死在离陆地不到一百英尺的纽约海岸——从而成为一个悲剧角色。这样一位生命力旺盛的女中豪杰，在四十岁的时候以这种方式忽然告别人世，从侧面体现了生命的脆弱和荒诞。在剧中她对丈夫的评价是："我丈夫是个小男孩，而且不像我，非常精致敏感。和他在一起我觉得安全。我们还生了孩子。我觉得他会证明自己是个出色的父亲，虽然他没真正想过这事儿，事实上他没认真想过任何事儿。"[2]似乎表明她对男性缺乏坚定的信念，她表现出的柔情更多的是母性的，而不是怀有崇敬的情感、平等的人格。这与爱丽斯对哈里所说的女性的安慰者身份起到了共鸣。

（二）艾米莉·迪金森：半生幽居的女诗人

"茶会"中的另一位历史人物艾米莉·迪金森（Emily Dickinson, 1830—1886）是终身未嫁的老处女，大半辈子都在家里料理家务。她生前发表的诗

---

[1] 杨金才. 玛格丽特·福勒及其女权主义思想[J]. 国外文学, 2007 (1): 112–122.
[2] 苏珊·桑塔格. 床上的爱丽斯[M]. 冯涛, 译. 上海: 上海译文出版社, 2007: 85.

第四章　从双重标准到双重命运：桑塔格笔下女性众生相

作只有 7 首，但她藏在抽屉里的遗作却有 1800 首左右。如今她被认为是美国最重要的诗人之一，她的遗作被奉为经典。她的命运，正是那些天赋极高却籍籍无名度过一生的女性代表。在旁观者眼中，她是个特立独行的怪女人：只穿白衣，隐居不出，拒绝参加教会活动。她被一些评论家当作一个疯女人、同性恋者和离经叛道的诗人来分析。她的这种形象是一个思想独立的女人对父权社会的一种反叛。❶死亡是迪金森诗歌的一个主要话题，她有首著名的诗句是"由于我不能停下来等待死亡，死亡就好心地停下来等我"。(Because I could not stop for Death, he kindly stopped for me.) 她的诗歌中死亡不是背景，而是通向永恒的途径。在本剧中她说："人无法正面地去思考死亡，正如人无法正视太阳。我只把它想成是斜的。"❷ "死亡是衬里。是诗行。"❸ 她有一段含义深刻而又扑朔迷离的自白：

> 我待在家里写作。我哥哥则在跟人家私通。我住在一间用蓝色装饰的忧郁房间。透过窗户我可以看见一个果园。这时他走了进来，留着山羊胡。死亡。青蛙在鸣唱。他们有这么多慵懒的好时光。做只青蛙该多好！当最好的已经过去我知道其余的都不再重要。心只想要它想要的东西，否则它一概漠不关心。❹

从这段隐晦的话中可以看到艾米莉孤独的一生，她和爱丽斯一样，困守在一间忧郁的房间中。爱丽斯写日记，她写诗，然后就是死亡的降临。桑塔格本人热爱生命、憎恶死亡，在这部剧中所写的有关睡眠、死亡的讨论，都是女性无法实现自我价值之后转移痛苦的无奈之举。迪金森比爱丽斯·詹姆斯更能代表那个时代才华女性的悲剧命运：自封自闭，独自写作，至死没有获得承认，她的身后之名反衬出她在世时的寂寂无闻。

---

❶ 岳凤梅. 艾米莉·迪金森的反叛[J]. 四川外语学院学报, 2004 (5): 53-57.
❷ 苏珊·桑塔格. 床上的爱丽斯[M]. 冯涛, 译. 上海: 上海译文出版社, 2007: 67.
❸ Susan Sontag. Alice in Bed [M]. New York: Farrar Straus Giroux, 1993: 59.
❹ 苏珊·桑塔格. 床上的爱丽斯[M]. 冯涛, 译. 上海: 上海译文出版社, 2007: 85-86.

（三）悲痛的昆德丽与愤怒的迷尔达

除了以上两位历史人物，"茶会"中还有两位虚构人物。迷尔达（Milda）是法国芭蕾舞剧《吉赛尔》中那些为未婚夫所弃而死的复仇少女冤魂的首领，她在剧中代表愤怒的复仇女神。另一位，昆德丽，在瓦格纳的歌剧《帕西法尔》中是魅惑质朴少年帕西法尔未果的女子，她总是处于半睡眠状态。在剧中她代表悲痛与羞耻，她说："那个纯真的男孩来了而我想腐蚀他。想引他渴望我。他确实渴望我，可更多的是把我当作母亲而非情人。而且他终究抵制住了我。所以我倍感羞辱。我堕入了一个耻辱的无底洞中。现在仍在下沉。"❶ 迷尔达责备她说："男人不是将女人变为娼妓就是变为天使，你怎能相信这些鬼话？你就没有一点自尊吗？"❷ 迷尔达的质问向男性理想塑造的女性形象做出了挑战，值得深思的是，这两部剧作都是男性作家撰写，男性在创作这些女性形象时，不可避免地要使之符合自己的理想。

迷尔达在《吉赛尔》中是复仇的幽灵女王，指挥一群少女鬼魂缠住误入此地的男青年起舞，直至他累死为止。剧中女主角吉赛尔因受贵族公子阿尔伯特所骗，心碎而死。当阿尔伯特前来墓地吊唁她的时候，她没有听从迷尔达的指挥缠死阿尔伯特，而是保护他不受其他女鬼的伤害。《吉赛尔》的作者从男性角度出发是赞赏吉赛尔这种"天使"做派的，而从女性角度出发，迷尔达所代表的向男性复仇却有着反抗的含义：她们是因为男性的背叛而死，不甘愿就此做了牺牲品，而是化为愤怒的鬼魂，向男性索命。桑塔格是站在女性立场上，对男权社会施加给女性的压迫发出抗争之声。

在瓦格纳的歌剧《帕西法尔》中，昆德丽是《圣经》中耶稣受难时不但没有同情耶稣，反而大声嘲笑他的那个女人，她因此堕入多世轮回的苦难中。她在剧中是个人格分裂的女人：一方面不断做善事帮助圣杯骑士们以求弥补过去的罪行；另一方面她又是恶魔骑士克林索尔的仆人，受主人之命，化身为妖艳女子诱惑圣杯骑士，让他们丧失德操，趁机夺走圣矛。帕西法尔因为

---

❶ 苏珊·桑塔格. 床上的爱丽斯[M]. 冯涛，译. 上海：上海译文出版社，2007：85.
❷ 苏珊·桑塔格. 床上的爱丽斯[M]. 冯涛，译. 上海：上海译文出版社，2007：85.

第四章 从双重标准到双重命运：桑塔格笔下女性众生相

纯真无知，并且心中同情圣杯城堡国王的痛苦，抵制住了她的诱惑，夺回了圣矛。最后昆德丽取得了帕西法尔的谅解和祝福，化为白鸽，从罪孽中解脱而死。从女性主义的角度来解读瓦格纳剧中的昆德丽，她完全是男性理想中的女性模板，既是具有诱惑性的美艳"娼妓"，又是被男性驯服的温顺"白鸽"，是魔鬼与天使的合体。桑塔格让她在剧中永远处于半梦半醒的昏睡状态，因为遭到男性拒绝的耻辱而抬不起头来。她代表了女性在男性世界中必须履行的功能：从属、取悦，并以之为己任。

这五位女性共同演绎了悲怆的女性命运，爱丽斯与艾米莉这两位才女的幽闭生活，玛格丽特虽然取得事业成功却难逃意外死亡，迷尔达愤怒的复仇，昆德丽因为诱惑失败而难以消除的耻辱感，是众多女性在现实中的生活缩影。她们的遭遇，就像玛格丽特所说的那样："女人以不同的方式绝望着。我观察到了这一点。我们是很能忍受痛苦的。"[1] 她们几乎不约而同地走上了同一条道路：对生活感觉压抑，希望反抗，陷入两难，最终达成和解。这种和解，大都是向现实妥协，以死亡告终。这几乎成了这些有才华的女性们的共同归宿，而那些没有在历史上留下只言片语的大多数女性，则在男权社会中担当着女儿、妻子和母亲的角色，重复着她们作为女人的命运，从未有机会像男性那样在社会上展示自我才华，一代代默无声息地生活到死亡。可以说，《床上的爱丽斯》中浓缩的是众多女性生存状况的无奈现实。

桑塔格本人是拥有很高国际知名度的知识女性，她却能在爱丽斯·詹姆斯的故事中融入玛格丽特·福勒和艾米莉·迪金森的生活遭遇，让这三位才女共同演绎19世纪美国知识女性的悲情人生。这都是爱丽斯困居病床的想象：她只能通过想象来感受外面的世界和真实的生活。在第七幕中，爱丽斯与潜入她卧室行窃的年轻人做了一次饶有兴趣的谈话。她是那么从容镇静，兴致勃勃地指点那人拿走一些值钱的财物，让窃贼都为她觉得惋惜。那男青年临走时爱丽斯劝诫他说："我仍然觉得你应该做点更有意义的事，别白白浪

---

[1] 苏珊·桑塔格. 床上的爱丽斯[M]. 冯涛, 译. 上海：上海译文出版社, 2007：61-62.

费了你的时间,你的青春,你可怕的精力,你——外面的世界多么广阔。"❶换个角度来看,其实这是爱丽斯说给自己的话,是她的自怜自惜。她的时间,她的青春,她可怕的精力,她对外面那个广阔世界的憧憬,只能诉诸无尽的想象之中,如同在第六幕中她想象自己罗马之旅的长篇独白。在精神囚禁中,想象的胜利恰恰显示出现实的残酷与无奈。

《床上的爱丽斯》是一部基于女性生存状态的梦幻曲,是作者作为一个女性知识分子,在博览群书之后,对她读到的才华横溢的女性同胞鸣不平的一幕戏剧。这部交织着女性痛苦与自我认知的作品,揭示了公众视野之外被遮蔽的这些杰出女性的真实命运。她把这种真实以想象和梦幻的方式加以表现,加强了这种悲怆命运的无奈感,同时也催发人们去到想象之外,寻求解脱这种命运魔咒的途径。这种途径应该是社会的,更应该是个人的。桑塔格本人著作等身,积极参与社会生活,频繁出现在公共视野中,成为"评论界与阅读界的一个流行符号"❷,用自己的行动解开了这一女性命运的魔咒。她的身体力行,正是为女性的自我解放提供了一种积极的蓝本。

第三节 生如夏花:《火山恋人》与《在美国》中的女性形象❸

《床上的爱丽斯》是专写女性命运的话剧,短短一个剧本可以做出细致的女性命运解读。《火山恋人》和《在美国》这两部长篇小说却不是如此。在前一章中笔者曾就《火山恋人》中的收藏家汉密尔顿爵士为核心探讨过这

---

❶ 苏珊·桑塔格. 床上的爱丽斯[M]. 冯涛,译. 上海:上海译文出版社,2007:128.
❷ 荒林. 作为女性主义符号的另类场景——西蒙·波伏瓦、汉娜·阿伦特、苏珊·桑塔格的中国阅读[J]. 中国图书评论,2006(5):82.
❸ 本节中部分内容已以论文形式发表,参见:朱红梅,卢晓敏,欧梅. 人与自然的互喻:《火山恋人》中的审美、激情与毁灭[J]. 时代文学,2010,8;朱红梅. 适者如何生存:《在美国》中的女性奋斗之路[J]. 湖南科技学院学报,2010,10.

第四章　从双重标准到双重命运：桑塔格笔下女性众生相

部小说表现出的现代主义的感伤、审美者对美的激情和对现实的无力，也曾就《在美国》中乌托邦的破灭和"美国梦"的实质分析过作者对消费主义开始盛行的美国的抨击，这些都不是特别跟女性相关的主题。然而，这两部小说有着众多鲜明的女性形象，《火山恋人》中的爵士夫人埃玛、她的前任凯瑟琳、意大利民主革命女烈士方塞卡，《在美国》中唯一的女主人公玛琳娜，都是女性解读的绝好范例。与自身的经历相关，桑塔格尤为关注那些有抱负、有才华的女性命运，在这两部小说中，女性的遭遇如火山、如夏花，在男权社会中绽放出异彩又湮没在忧伤之中。

一、四种气质：《火山恋人》中的女性悲剧

桑塔格曾说，《火山恋人》的结构来自于她熟悉的一部芭蕾舞配乐——德国作曲家辛德密斯（Paul Hindemith, 1895—1963）的《四种气质》（*The Four Temperaments*），分为"忧郁（melancholic）、热情（sanguinic）、冷静（phlegmatic）、火爆（choleric）"四个乐章，即心理学上常说的人的四种气质：抑郁质、多血质、黏液质、胆汁质[1]。无疑汉密尔顿爵士体现的是忧郁和冷静，埃玛代表的是热情，而此书后半部分三位女性的自白则充满了火爆意味。汉密尔顿爵士作为忧郁冷静的审美者的身份已在前一章中陈述过，这里专论《火山恋人》中的三位女性：凯瑟琳、埃玛、方塞卡。

如果借用那四种气质来概括这三个女性，凯瑟琳是忧郁型，埃玛是热情型，方塞卡是火爆型。无论她们性情如何，她们都生活在男性统治的时代。凯瑟琳是传统女性，出身富裕家庭，有着良好的文化修养，爱好音乐，性格娴静温雅。她对丈夫汉密尔顿勋爵富于审美激情的性情起到了抑制作用。然而，虽然他们夫妻和睦，凯瑟琳也有她自己为人妻之外的忧思。她的忧郁气质，与汉密尔顿对旅行的热爱并不相合，所以她在看似幸福的婚姻中也是个孤独者，有着无法填补的、女性的孤独。她有个精神伴侣——爵士的远房表侄威廉，放荡不羁又多愁善感的文艺青年。两人产生了相互依恋的感情，但

---

[1] Rollyson, Carl. Reading Susan Sontag: A Critical Introduction to Her Work [M]. Chicago: Ivan R. Dee, 2001: 161.

苏珊·桑塔格：徘徊在唯美与道德之间
Susan Sontag: Besotted Aesthete, Obsessed Moralist

不能表白，也没有结果。她在独白里说到的都是她丈夫汉密尔顿爵士，她在临死时怀里抱着的也是丈夫的肖像。她对女性的社会职能认识得很清楚："女人先当女儿，然后为人妻室，我被人，也被我自己首先描写为嫁给他的人。"❶她并不认为自己的婚姻和人生不幸福，她宽容地看待自己的丈夫和生活，但在她的叙述中却渗透着无以言表的忧郁和无奈。

埃玛是《火山恋人》的第一女主角。她是在凯瑟琳因病去世后、汉密尔顿续娶的第二任妻子。埃玛出身低贱，曾沦落风尘。她本来是汉密尔顿的侄子查尔斯的情妇，被查尔斯作为礼物送给叔叔消遣。汉密尔顿痴迷于埃玛活泼的美貌、惊人的表演才能，这激发了他的唯美品位。他教她读书，训练她，最终不顾身份悬殊而娶她为妻。埃玛不仅貌美，而且善于学习、能歌善舞，最擅长装扮成各种剧中人物和雕塑形象，瞬息万变。桑塔格借此来比喻女性在男权社会所扮演的客体角色：

> 大家都说，她的表情完全是出色而令人信服的。但是更了不起的是她从一个姿势转换到另一个姿势时的那种惊人的速度。她在转换中没有过渡，从悲伤到喜悦，从喜悦到恐怖，从痛苦到欢乐，从欢乐到憎恶。这种毫不费力地从一瞬间、一种表情换到另一种表情似乎绝对是女人的天赋。男人想女人怎么了，他们藐视女人，上一分钟这样，下一分钟那样。当然，所有的女人都是那样的。❷

埃玛的遭遇由三种叙事完成：客观的第三人称、她母亲用爱怜的口吻叙述女儿跌宕的一生，最后是埃玛自己充满伤感的自白。埃玛成为爵士夫人之后，跻身那不勒斯上流社会，出入王宫，与英国海军上将纳尔逊相恋，还生了个私生女。逃避现实的爵士假装不知，三人结成"三人帮"同出同进。作者对这桩英国历史上著名的婚外恋没有表明态度。她既没有谴责，也没有明

---

❶ 苏珊·桑塔格. 火山恋人[M]. 李国林，伍一莎，译. 南京：译林出版社，2002：357.
❷ 苏珊·桑塔格. 火山恋人[M]. 李国林，伍一莎，译. 南京：译林出版社，2002：133.

第四章 从双重标准到双重命运：桑塔格笔下女性众生相

确表示同情，倒是不无反讽。桑塔格更像是冷静的旁观者，看着已然发胖的爵士夫人与矮小残疾的英雄互相仰慕吹捧，直到成为情人，偷偷生下女儿。反倒是在埃玛失去美貌之后，众人对她的攻击，使得作者不惜笔墨地加以描绘："现在她不再是美的化身，所有那些遭到压抑的判断——那些势利和刻薄的言论——统统冒出来了。魅力没有了，每一个人都加入了这个异乎寻常的嘲弄和恶意的大合唱。"[1] 这也注定了埃玛最后的结局：爵士死时几乎没有给她留什么财产，英雄为国捐躯，留下她和私生女几乎身无分文，最后她贫病交加地死在了法国乡下，至死也没告诉女儿自己是她的亲生母亲。"我的生活飞速前进，后来就消耗殆尽。"[2] 她对自己的盖棺定论是："一个悲剧性的人物。"[3]

本书最后一节是共和派女革命党人方塞卡的自述，倾诉了她对革命的热情、对贵族的蔑视和对死亡的思考。这个人物在小说的前大半部分都未出现，只作为民主派的代表被其他人物提到过。方塞卡出身豪门，年轻时是出入宫廷的贵妇，后来接受民主思想，成为推翻自己阶级的组织者，为此付出生命的代价也在所不惜。在她身上，桑塔格寄托了自己对特权阶级的愤怒和女性赢得独立与自我意识的理想。她痛恨王室的贪淫腐败、王权专制的残暴，鄙视汉密尔顿爵士所代表的与权贵同流合污的所谓"文明人"。对于爵士夫人埃玛，她知道她并没有真正的信念，但是埃玛的热情和狂热使方塞卡相信："如果埃玛·汉密尔顿的国籍变一下，我能够理所当然地将她想象成一个共和国的女英雄，她会在绞刑架下勇敢地结束自己的生命。"[4] 方塞卡和埃玛一样，都是桑塔格所认同的"狂热者"（"enthusiasts"）。但是她们所处的时代和环境让她们走上了不同的道路，一个从贵族变身为推翻本阶级的革命者，自愿走

---

[1] 苏珊·桑塔格. 火山恋人[M]. 李国林，伍一莎，译. 南京：译林出版社，2002：229.

[2] 苏珊·桑塔格. 火山恋人[M]. 李国林，伍一莎，译. 南京：译林出版社，2002：384.

[3] 苏珊·桑塔格. 火山恋人[M]. 李国林，伍一莎，译. 南京：译林出版社，2002：385.

[4] 苏珊·桑塔格. 火山恋人[M]. 李国林，伍一莎，译. 南京：译林出版社，2002：395.

苏珊·桑塔格：徘徊在唯美与道德之间
Susan Sontag: Besotted Aesthete, Obsessed Moralist

向绞刑架为理想献身；一个在贫贱中因美貌饱受欺凌，因为偶然因素平步青云，辉煌一时，最终以悲剧收场。桑塔格敬佩和赞赏的是方塞卡式的激情，所以在本书结尾她借方塞卡之口道出了反抗阶级压迫和性别不公的人权宣言：

> 有时为了竭尽全力去完成一项任务，我不得不忘记自己是个女人。至于当个女人有多么复杂，我会去哄骗自己。所有的女人都会如此，包括这本书的作者在内。但是，我不会原谅那些只关心自己的荣誉和幸福的人，他们以为自己是文明人。他们可鄙。让他们统统见鬼去吧。[1]

桑塔格把自己带入故事里，借这位18世纪的女革命者之口道出了女性要"完成一项任务"是多么不易。《火山恋人》是桑塔格把美学与道德精密交织而成的故事。她在方塞卡身上寄托的是知性和正义之光，在埃玛身上则体现了她对"感性美"的观念。一方面她借爵士的眼光来赞赏埃玛的肉体之美和她瞬息万变的表演才能；另一方面，她又叹息埃玛的美给她本人带来的悲剧：她的美貌使她先是堕落风尘，接着平步青云，随着她的美貌的丧失，她又受尽嘲弄垢辱，落魄而死。正如桑塔格70年代的那篇文章所言，"女性之美：是压迫之源还是力量之源？"。对于埃玛来说，她的美是两者兼备。她就像爵士所爱慕的火山，喷发出绚丽的火焰、激情的岩浆，最终焚毁了自己，化为冰冷的火山岩。

在这部得意之作中，桑塔格对三种女性的描述，都加入了她自己对女性地位和命运的思考。而对凯瑟琳的同情、对埃玛的赞赏和怜悯、对方塞卡的敬佩和理解并没有影响她以冷静的笔触，把她们放到18世纪末期那个风云变幻的历史大环境下，以现代眼光加以审视。不管这些女性地位如何，她们都没有摆脱悲剧的命运。

---

[1] 苏珊·桑塔格. 火山恋人[M]. 李国林，伍一莎，译. 南京：译林出版社，2002：395.

二、适者如何生存:《在美国》中的女性奋斗之路

与《床上的爱丽斯》和《火山恋人》中的诸位女性相比,《在美国》中的玛琳娜不是悲剧人物。相反,她过的生活似乎满足了女性对自我追求的所有幻想:天生丽质,才华出众,演艺事业无比辉煌,在波兰和美国都取得了傲人的成就。她拥有忠诚的丈夫、乖巧的儿子、狂热的情人以及大量的仰慕者和追随者。她的经历是爱丽斯在病榻上所梦想的,也是埃玛·汉密尔顿只做了一半的繁华梦。作为19世纪的一位出身卑微的女性,她的奋斗之路堪称传奇。

在桑塔格的笔下,玛琳娜是个有着雄心壮志的非凡女性。虽然《在美国》的叙事是从玛琳娜准备离开波兰、前往美国开始,她在波兰的生活经历却通过她的回顾和信件揭示出来。玛琳娜生活的年代是19世纪中期的波兰,幼年丧父,家境贫困。她说自己是"靠刻苦和勤勉而取得成功的"[1]。她的第一个恋人是家里的房客海因里希·扎温佐夫斯基,他帮助玛琳娜实现了演员梦。海因里希比她年长二十多岁,家中已有妻室,无法正式娶她。她为他生了一儿一女,女儿夭折。他还虐待她,最后抛弃了她,但玛琳娜却并不后悔,也无怨言,自己一直用着他的姓。她在去美国之前海因里希前来诀别,玛琳娜心里反省:"在这个时候我意识到我曾经真正爱过他。也许我对其他人从来也没爱得那么深切。我爱他,是因为想出人头地,想在世界上成就一番伟业。"[2] 玛琳娜把"出人头地"作为自己生活的目标,这样的雄心让她把演艺事业作为生命核心,爱情和家庭都居其次席。她说:

> 我非常清楚我很容易屈服,很容易被他人左右,亦步亦趋,因此十分珍视自己反抗的性格。我有强烈的失败感,渴望服从,由于我是女人,从小养成奴颜婢膝的性格,这种失败感和渴望服从的倾向

---

[1] 苏珊·桑塔格. 在美国[M]. 廖七一,李小均,译. 南京:译林出版社,2008:37.
[2] 苏珊·桑塔格. 在美国[M]. 廖七一,李小均,译. 南京:译林出版社,2008:116.

就更加强烈,我是多么顽强地在进行斗争。这是我选择舞台生涯的一个原因。我所扮演的角色培养了我的自信心,使我敢于挑战。表演能够克服我身上的奴性。❶

玛琳娜所处的环境让她意识到:只有通过当演员才能成为一个独立、成功的自我,因为那个时代"几乎没有什么令人羡慕的职业可供妇女选择"❷。她凭借自己的坚忍不拔赢得了胜利。当他们在美国建立乌托邦农庄的计划失败之后,她走上美国舞台,开始了又一次奋斗。她的丈夫波格丹在日记说她"并不是渴望崭新的生活,她需要新的自我。我们的社团是她获得自我的形式;如今,她一心一意要重返舞台。她说,她要向世人表明她在美国观众面前同样会取得成功,在此之前她不会考虑返回波兰。"❸玛琳娜没有在想象中的田园牧歌式的农居生活中找到新的自我,她发挥特长,回归红尘,在美国这个繁华国度东山再起。

玛琳娜首先要克服的是语言问题,她要在美国舞台上用她不熟悉的英语表演莎士比亚戏剧。为了用英语演出,她跟着语言教师科林格蕾小姐学习英语的吐字发音,用出色的演技征服了剧院老板巴顿先生。精明的巴顿立即在她身上发掘出大好商机,对她进行全方位包装。他把她的名字改为玛琳娜·扎温斯卡,更符合美国人的发音习惯,又不失异国情调。从此玛琳娜踏上了迎合美国观众趣味的道路。为了扩大知名度,她接受记者采访,"接受采访意味着改写历史"❹,以此把自己塑造成一个更具有消费社会品位的"明星":她虚报年龄,把三十七岁说成三十一岁;她父亲的职业由中学教师变成大学教授;她的第一位情人海因里希由一个流动小剧团的团长变成华沙一家显赫私人剧院的导演;她来美国是为了参加百年博览会,是因为健康原因来到旧金山。谎言堆积起来的玛琳娜变成了一位来自波兰的贵族女表演家,被冠以"伯爵夫人"的头衔,其实她的丈夫波格丹并没有爵位。她的经纪人刻意给她

---

❶ 苏珊·桑塔格. 在美国[M]. 廖七一,李小均,译. 南京:译林出版社,2008:123.
❷ 苏珊·桑塔格. 在美国[M]. 廖七一,李小均,译. 南京:译林出版社,2008:8.
❸ 苏珊·桑塔格. 在美国[M]. 廖七一,李小均,译. 南京:译林出版社,2008:208.
❹ 苏珊·桑塔格. 在美国[M]. 廖七一,李小均,译. 南京:译林出版社,2008:247.

第四章 从双重标准到双重命运:桑塔格笔下女性众生相

制造花边新闻,鼓吹她演出行头的价值,敦促她接受各种稀奇古怪的礼物,使她成为时尚代表、话题女王,成为大刊小报报道的热门人物。于是,纽约的女人开始模仿她的仪态举止和发型样式,商店开始出售用她的名字命名的帽子、手套和胸针。一种取名"波兰香"的新型香水也已问世,香水瓶上印着她的相片,她的形象出现在药店和烟店里。报纸上每天都刊登她参加社交活动的消息。❶ 她从旧金山演到纽约,风靡美国。她又回到欧洲,在法国、英国演出,结交名流,与戏剧批评家亨利·詹姆斯交流艺术,与名演员埃德温·布斯合作演出,成了当时最著名的国际名角之一。

在婚恋上,玛琳娜按照自己的意志做出了现实的选择。她征服了贵族子弟波格丹,使他不顾长兄反对娶她为妻,缔结了牢固的婚姻,对她始终忠诚宽容。波格丹有恋男童倾向,但这不妨碍他对玛琳娜的爱。玛琳娜要去美国,他就卖掉产业,跟她去加州建立农业乌托邦。乌托邦幻灭,他又全力支持玛琳娜重返舞台,对玛琳娜与年轻记者里夏德的婚外情关系视而不见。他相信玛琳娜是不会离开他的,因为只有他才真正了解她的追求和需求。

玛琳娜在爱情上的选择也是从理性出发,为自己的抱负着想,不会长久屈从于激情。在波格丹不在身边的时候,她与狂热追求她的里夏德有过短暂的情侣关系,但很快主动与他断绝恋情。分手时,玛琳娜说:"两人生活在一起,对我而言,并不重要,现在如此,永远都是如此。我现在明白了这一点。也许你会说,这是职业使然。我希望爱,也想得到爱。谁不想呢?可是我需要的是宁静……心灵的宁静……"❷ "演员对现实生活不感兴趣,只想演戏。"❸ 她不是感情用事的小女人,她渴望独立、自由,希图用演技来征服世界、实现自我价值,而不是沉溺在个人情感的漩涡里。她"紧紧地攀附着自己的情感不敢松手,生怕淹死在爱的汪洋之中"❹。在热烈奔放的情人里夏德和淡泊宁静的丈夫波格丹之间,她选择了和后者白头到老。在小说中,里夏

---

❶ 苏珊·桑塔格. 在美国[M]. 廖七一,李小均,译. 南京:译林出版社,2008:284.
❷ 苏珊·桑塔格. 在美国[M]. 廖七一,李小均,译. 南京:译林出版社,2008:266-267.
❸ 苏珊·桑塔格. 在美国[M]. 廖七一,李小均,译. 南京:译林出版社,2008:268.
❹ 苏珊·桑塔格. 在美国[M]. 廖七一,李小均,译. 南京:译林出版社,2008:269.

苏珊·桑塔格：徘徊在唯美与道德之间
Susan Sontag: Besotted Aesthete, Obsessed Moralist

德虽然的确热爱玛琳娜，但他在性情上被描写成一个喜欢拈花惹草的风流才子，在他跟玛琳娜热恋前后都是艳遇不断；两人分手后，他回到欧洲，有过三次婚姻。"专情"不但不是这些现代主义者们对爱情的信条，甚至会成为桎梏。沉浸在情爱中的里夏德因为"过于幸福"而耽误了写作，只有当玛琳娜提出与他斩断情缘，里夏德才回到波兰，投入写作，并最终获得诺贝尔文学奖："少了几分迷恋，少了分心，现在他可以写作了！"❶ 桑塔格的笔下没有完美的爱情，长久的婚恋必然意味着自我牺牲和妥协；女人必须在生活和事业做出选择。她做出的决定是：个人之间的激情并不能长久，只有把激情投入艺术事业才是值得的。桑塔格看中了玛琳娜经历的传奇性，这和她自己退出婚姻，在家庭和事业之间选择了后者，献身文艺的一生有诸多类似之处，于是将之演绎成一段女性奋斗史诗，让她的艺术生命如夏花般绽放，在波兰和美国都留下一段传奇。

对比玛琳娜，《火山恋人》中的埃玛也有着非凡的美貌和表演才能，但她最终还是依赖美貌和男人（丈夫、情人）存活，从未有过除去妻子、情妇之外的社会角色。一旦失去他人的依靠，她就一无所有，最终穷困潦倒。玛琳娜对自身成就的期许让她超越了情欲，实现了梦想。她认为自己是幸福的："幸福有多种形式，但是能献身艺术是一种特权，是上帝的恩赐；而女人又懂得如何放弃男欢女爱。"❷ 在那个男权统治的社会里，女人能克服爱情、不受人摆布、靠自身努力取得成就的为数并不多。爱情不是桑塔格笔下故事的主脉，她关注的不是私人情感，而是社会大环境下个人抱负的施展与挫折。不管是纳尔逊与艾玛的"英雄美人"传奇，还是里夏德与玛琳娜的"才子佳人"故事，作者写出来的都既不"唯美"，也不"道德"。纳尔逊是个矮小残疾的有妇之夫，艾玛是个中年发胖的有夫之妇；里夏德是混迹情场的风流浪子，玛琳娜是为人妻为人母的舞台皇后。他们的不伦之恋曾经一度燃起激情，但在世事人情的磋磨下，都以悲剧告终。桑塔格仿佛以此来证明：对个人的激情是靠不住的，只有将激情投诸到事业中去，取得社会意义上的成功，才

---

❶ 苏珊·桑塔格. 在美国[M]. 廖七一，李小均，译. 南京：译林出版社，2008：269.
❷ 苏珊·桑塔格. 在美国[M]. 廖七一，李小均，译. 南京：译林出版社，2008：344.

第四章 从双重标准到双重命运:桑塔格笔下女性众生相

是值得的。艾玛的悲剧结局、玛琳娜的辉煌胜利即是证明。

尽管玛琳娜取得了女性中难得的成功,但她的奋斗历程并不是那么完美无瑕,其中包含着诸多的妥协和牺牲,包括牺牲真实、迎合大众。她还付出了漂泊的代价,放弃了家园,在异国打拼。在她首演成功之后,一位匿名的观众给她的赞美诗中写道:"把对波兰的回忆埋在你心中,从此你就是我们美国的新宠"❶,玛琳娜哭了,这泪水中有成功的喜悦,也有背井离乡的痛苦。如果建立田园牧歌式生活模式是一种乌托邦,那么在消费社会中取得名利则是另一种乌托邦,物质上的富足不能掩饰精神上的空虚。正如书中所说:"每一次婚姻,每一个社区,其实都是失败的乌托邦。乌托邦不是指某个地方,而是指某一段时光,一段极为短暂的时光,是不希望到其他地方去的极为短暂的时间。"❷ 这个比喻不无现代主义的伤感。

玛琳娜等人信奉的乌托邦模式奠基人傅立叶把工业的发展视为社区发展的根基,即把经济因素作为说明各社会发展阶段的特征的关键因素❸。从这个意义上说,人类从精神世界向物质世界转移是不可避免的过程,乌托邦总有幻灭的一天,人类精神家园守护是否也有彻底瓦解的一天?这是该书隐含的一个无法回答的问题。桑塔格让玛琳娜用一个欧洲人的眼光打量美国,在这片生机勃勃的土地上,美国人的活力、热情和自负,还有可以吞噬一切的商业精神,都与缓慢、怀旧的欧洲风格不同。为了更新自己,她在美国各地辛苦奔波,不停巡演,"全国巡回演出二十次以后,我会变成怎样一个怪物?"她对自己的未来并不乐观,她知道她的路还很漫长。

---

❶ 苏珊·桑塔格. 在美国[M]. 廖七一,李小均,译. 南京:译林出版社,2008:246.
❷ 苏珊·桑塔格. 在美国[M]. 廖七一,李小均,译. 南京:译林出版社,2008:159.
❸ 傅立叶. 傅立叶选集第一卷[M]. 赵俊欣,译. 北京:商务印书馆,1982:4.

本章小结：双重标准决定双重命运

本章集中探讨了桑塔格的女权言论、她对女性写作的看法以及她自己文学作品中的女性形象，梳理了其自 20 世纪 60 年代以来在女性地位与性别解放方面发表的观点，通过她为安娜·班蒂的历史小说《阿尔泰米西娅》所写导言《双重命运》管窥其对于女性主义文学以及小说型传记的评述，并以她的三部文学作品为例剖析她笔下的女性众生相。桑塔格本人的文艺事业并不带有明显的女性色彩，她汲取智力养分的源泉大都来自欧洲现代主义的男性作家和思想家；她也不认为女性研究者必须以女性眼光来做研究，对她来说，写作不应打上性别的烙印，文艺批评和文学创作不必体现性别差异。

尽管桑塔格本人不认同女性主义运动中的诸多观点，但她自 70 年代之后越来越关注女性在男权社会中的地位，多次发表评论和作品为女权呐喊。与当时盛行的各种理论型女性主义不同，桑塔格排斥从抽象的、哲学的角度谈论女性地位，她更愿意从具体的、社会的层面探究女性在男权社会所处的不利地位。她认为社会给女性施加的角色要求，比如设置了男女对于外在美和年龄的不同标准，使得女性永远处于从属地位，无法在权力和成就上与男性抗衡。她在书评《双重命运》中总结了这一主题：女性作为卓有成就者的命运和作为父权社会下受压抑的女性的命运相互对立。桑塔格从生活在 16 世纪的女画家阿尔泰米西娅和生活在 20 世纪的女作家安娜·班蒂身上都看到了这类"双重命运"，她们自身的才华卓著与她们遭受的来自父亲、丈夫以及其他男性的压力使得她们的作品暗藏着悲怆意味。

这样的主题也体现在桑塔格本人创作的三部历史文学作品中。桑塔格善于在历史题材中加入现代性因素，把现代主义的忧患思维投射到历史往事中去。从女性批评角度看待这三部作品，无论是充满先锋派意味的《床上的爱丽斯》，还是历史小说型的《火山恋人》和《在美国》，几乎述说的都是有才

第四章 从双重标准到双重命运：桑塔格笔下女性众生相

华、有抱负的优秀女性如何在男权社会求得生存、获得承认的故事。尤其是《床上的爱丽斯》，剧中生长在书香之家的爱丽斯·詹姆斯只能终生困守在床上和卧室里，与她两个声名远播的知识分子哥哥相比，她的遭遇充满了性别障碍所带来的种种禁闭与悲剧。男权社会已经给女性设定死了位置，那就是，女人应该待在屋子里。这种约定俗成的位置分配，来自于男性对世界和女性的征服欲望。即使是爱着这些女性的父兄们，也不由自主地遏制了女性超越禁锢、到外部空间施展才华的渴望。他们还是按照世俗的标准，迫使或引导她们屈从于自己作为女人的命运，而不是像男人那样作为一个完整的"人"去创业、去生活。

回避女性主义的桑塔格创作了这三部以女性命运为主线的文学作品，这些作品体现了她对女性生存状态的认识由个体上升到社会的深化过程。细读这三部作品中的女性命运，可以让读者感受到女性，尤其是有才华的女性，在男权统治、消费社会中的艰苦历程。桑塔格笔下的女子，要么是爱丽斯·詹姆斯、艾米丽·迪金森这样怀璧抱璞的才女，终生默默无闻，郁郁而终；要么是玛格丽特·福勒、方塞卡这样雄心勃勃的女权主义者或革命者，一个横遭意外身亡，一个为革命捐生；要么是埃玛·汉密尔顿、玛琳娜这样出身低微、勤奋好学，凭借出色的表演才华出人头地，最终一个声名狼藉、贫病而死，一个放弃回归自然的愿望，迎合商品经济的需求，成了资本社会的表演明星。这些女性的命运，与她们所生活的时代与环境相映照，彰显出女性在男权社会中备受压抑的实情，以及消费精神对女性自我价值的扭曲。比较而言，桑塔格更希望女性能像方塞卡和玛琳娜那样在有生之年轰轰烈烈地绽放，而不是像爱丽斯·詹姆斯那样在病榻上恹恹而终。

桑塔格曾庆幸自己生活在 20 世纪中叶之后的美国，过上自己想过的生活，不至于重蹈知识女性的命运魔咒。她本人成为成功女性的典范：早早摆脱了单纯作为"女人"的命运，早婚早育，二十几岁就主动提出离婚，拒绝接受丈夫的赡养费。从此再也没有套上婚姻枷锁，而是独力抚育幼子，成为独立女性的代表人物。即使她被公认为博览群书、才华横溢的知识分子，却依然被人怀疑是依靠她出众的相貌和魅力博得出版商的支持，把自己打造成拥有大批粉丝的偶像级人物❶。在一个以男性为主导的社会里，一个女人要独立取得事业上的成功，远比男人艰难得多。她充分认识到这种艰难，所以她笔下的女性们也是在这两种命运之间挣扎抗争。她像班蒂一样，对这些女性寄予深刻的理解和同情，又能以现代的眼光超然于史料之上，洞悉在特定时代中女性所处的社会地位与种种困扰。对于桑塔格来说，女性解放的根本不是去争取"平等权益"（equal rights），而是要拥有"平等权力"（equal power）；女性只有参与到已有的社会构建中才能获得这样的权利，才能获得真正的平等和解放。❷

2004年底，桑塔格因病去世，遗体安葬在巴黎蒙帕纳斯公墓。与她为邻的，除了萨特、贝克特、波德莱尔等她景仰的欧洲文学大师之外，还有女性主义先驱波伏瓦。❸ 同为身体力行的女性主义者，波伏瓦指出了女性在现实社会中"第二性"的地位，桑塔格总结出女性具有的"双重命运"，一脉相承了从历史、社会现状探究性别问题的路径。她们都以自己的言论、著作和行为，为女人争取作为一个与男性有着平等机会的"人"的地位与命运。桑塔格以她奋斗的一生验证了女性独立自强之道。然而，要想改变女性整体的"双重命运"，还需更多的人，男人和女人，为之奋斗下去。

---

❶ 卡尔·罗利森，利萨·帕多克. 铸就偶像：苏珊·桑塔格传[M]. 姚君伟，译. 上海：上海译文出版社，2009.

❷ Jonathan Cott. Susan Sontag: The Rolling Stone Interview [M]// Poague, Leland. Conversations with Susan Sontag. Jackson: University Press of Mississippi, 1995: 120.

❸ 戴维·里夫. 死海搏击：母亲桑塔格最后的岁月[M]. 姚君伟，译. 上海：上海译文出版社，2011: 111.

第五章　美学家品位、道德家情怀：桑塔格的文化定位

在解读了桑塔格的文艺思想、文学创作和女权言论之后，要给桑塔格做一个恰当的文化定位并不容易。这不仅是因为她的作品涉猎之广、跨度之大不能以某条主线一以贯之，更是因为她所尊崇的否定的、思辨的现代性思维拒绝被冠以任何固定的名衔。本书所抓住的两条线索：美学和道德，是桑塔格的笔墨生涯中最为关注的两个主题，但这也是令她最感纠结、难下定论的两个议题。还有一个难以定位的原因是：桑塔格总是避免在自己的作品里让自己"显形"，她以一个读者和作者的身份来写作，很少把自己带入到自己笔下的评论和故事中去，这也使得她成为一个有着多种互相矛盾特性的作家。

尽管如此，用心的读者还是可以在她的某些更为感性的随笔中体察出她自我的投射，正如她的儿子兼编辑戴维·里夫所言："她的赞赏性随笔——例如其中三篇最出色的，论罗兰·巴特、论瓦尔特·本雅明、论埃利亚斯·卡内蒂——所包含的自我揭示也许比她想象的多。"❶ 桑塔格并未否认，那几篇文章的确有着"夫子自道"的意义。在本文导论中已指出，桑塔格给自己的定位是"沉醉的美学主义者"（"besotted aesthete"）、"痴迷的道德主义者"（"obsessed moralist"）、"狂热的严肃捍卫者"（"zealot of seriousness"）这三重身份，而其中包含的意义具体体现在几位她所看重的作家身上。撇开别人加诸她的种种头衔不谈，她自己选择的是作为一个世界文学的狂热阅读者和一

---

❶ 苏珊·桑塔格. 同时：随笔与演说[M]. 黄灿然, 译. 上海：上海译文出版社, 2009：4.

个"高尚的赞赏者"❶,在对那些她所仰慕的作家和作品之中一再确立、质疑和调整自己的文化取向,形成了她自己的美学家品位、道德家情怀。

一、激进的现代主义审美品位

桑塔格的美学家品位取自于当代法国作家罗兰·巴特,这是她最看重的美学思想家。她在巴特死后编辑了《巴特读本》,写了两篇文章纪念他:1980年的《纪念巴特》和1982年的《写作本身:论罗兰·巴特》,她给巴特的盖棺定论是:"教师、文学家、道德家、文化哲人、强有力思想的鉴赏家,变化多端的自传作者……",并确信他的作品将"流芳百世"。❷她在巴特身上看取的,是剥离了符号学和结构主义等理论标签之后、以各种浩繁纷杂的写作内容围绕"写作本身"这一核心主题的美学家和鉴赏家。在对巴特的赞扬中,桑塔格明确表达了自己对巴特式唯美倾向的推崇,也间接地为她在60年代到80年代这段时期对形式美的注重做出了解释:唯美主义的激进思想、脱离任何特定内容的激进主义,是现代主义的精髓,体现的是现代主义的感受力。❸她所认同的巴特的审美品位也成为她自己的评判标准:记纪德式的"日记",爱好格言式的短文,喜欢把同一事物或理念拆解成自相对立的两面,善于分门别类却又敌视体系对文艺个性的吞噬,重视表面的、感官的感受而非深层的意义,强调文本的愉悦性而非教诲作用,对摄影的研究,等等。她甚至继承了巴特对日本审美情趣的认同,在晚年还想写一部关于日本人在法国的小说,但因癌症复发而未能成书。在桑塔格眼里,巴特是一位伟大的唯美主义者,在形式与内容之间,他选择了形式,摒弃了常规意义上的内容。他不愿真的归属在某种学说或理论的框架中,而是在形式中取消任何终极意义,从而突出"形式":

---

❶ 苏珊·桑塔格. 在土星的标志下[M]. 姚君伟,译. 上海:上海译文出版社,2006:177.

❷ 苏珊·桑塔格. 重点所在[M]. 陶洁,黄灿然,等译. 上海:上海译文出版社,2004:80.

❸ 苏珊·桑塔格. 重点所在[M]. 陶洁,黄灿然,等译. 上海:上海译文出版社,2004:93-94,105.

第五章 美学家品位、道德家情怀:桑塔格的文化定位

巴特所有的思想步骤都具有取消作品"内容"的效果,即取消最终结果的悲剧性。这正是因为巴特作品具有真正的颠覆性和解放性——游戏人生。在伟大的审美传统中这是违规的话语,因为该传统经常自由地抛弃话语的实质,以便能更好地欣赏它的"形式":就这样,在各种形式主义理论的协助下,违规的话语就变得高雅了。在众多关于他自己理性发展的文章中,巴特把自己描述成一位永久的信徒——可是他真正想强调的是,最终他仍是一成不变的。他谈到自己曾在一系列理论和大师的庇护下进行工作。实际上,巴特的理论总体上说具有更多的连贯性和辩证矛盾性。尽管他与众多庇护性的学说具有因缘关系,但巴特对那些学说的信服只是表面上的。归根结底,所有那些思想理论都将被扬弃。❶

桑塔格从巴特与萨特的对比中表明了自己在形式与内容、审美与道德方面的认识。巴特继承的是纪德的精神教义,认为道德与审美选择是敌对的。富有政治激情的萨特一直强调作家对社会责任的承担,而巴特虽然也同意这种承担,却比萨特更关注这种责任的复杂性和不明确性:"萨特呼吁目的的道德性,巴特提出'形式的道德性'——正是这个使文学变成了问题而不是解决的途径,也正是由于这一点文学才成其为文学。"❷ 桑塔格从巴特的"形式的道德性"中获取了文艺批评的去意识形态化视角,对她而言,文学的功能是展示问题,并非解决问题;有目的地利用艺术去宣扬某种道德观点则扭曲了文学的功用,这种类似唯美主义"为艺术而艺术"的文艺观要求的是一种"脱离任何特定内容的""激进的写作探索"❸。她把萨特与巴特在文学观上的

---

❶ 苏珊·桑塔格. 重点所在[M]. 陶洁,黄灿然,等译. 上海:上海译文出版社,2004:95.

❷ 苏珊·桑塔格. 重点所在[M]. 陶洁,黄灿然,等译. 上海:上海译文出版社,2004:92.

❸ 苏珊·桑塔格. 重点所在[M]. 陶洁,黄灿然,等译. 上海:上海译文出版社,2004:93.

苏珊·桑塔格：徘徊在唯美与道德之间
Susan Sontag: Besotted Aesthete, Obsessed Moralist

差异归结到性格差异之中：萨特在思想上所追求的"简洁、决断和透明"，与巴特"复杂、自觉、精细和优柔寡断"❶的世界观形成了几乎截然相反的伦理特征。对于这两位法国思想名家的分歧，桑塔格选择站在巴特的文学品位上反对萨特"近乎蛮横的幼稚的世界观"❷。

桑塔格并非完全与巴特保持一致。巴特只重视写作和文字，他规避政治，拒斥历史，桑塔格到了70年代之后则获得了更多的历史感，而且一直关心政治。这一点桑塔格在另外一位她所仰慕的欧洲现代主义者那里找到了补偿，那就是德国思想家瓦尔特·本雅明。她在巴特那里看到了写作和审美的快乐，在本雅明那里看到的却是另一种美学家气质——忧郁的土星气质。巴特对历史和政治的疏离使得他可以醉心于文学艺术的感性审美，同样具有审美癖好的本雅明却因念念不忘政治和社会现实，他在探索现代性本质的过程中，目睹现代意识求新求变的贪婪对传统价值和美的摧毁，使得他的感受力不可避免地具备了"悲剧意识"❸。他收藏，他摧毁，他反讽，他悲叹，他站在多种立场做批判与自我批判："神学的，超现实主义的，美学的，共产主义的，不一而足"❹。从对他的解读和仰慕中，桑塔格采纳了他现代思维模式中的思辨意识和否定性力量。正如她在本雅明的文字里读到的："现代作家的道德任务不是成为一个创造者，而是成为一个破坏者——破坏浅薄的内在性，破坏普遍人性、半瓶子醋的创造性以及空洞的言辞所具有的安慰人的意图。"❺ 桑塔格认为本雅明是最后的知识分子，而本雅明已经指出，自由知识分子是一个正在灭绝的物种，共产主义和资本主义社会都在淘汰他们。在现代社会，"一

---

❶ 苏珊·桑塔格. 重点所在[M]. 陶洁,黄灿然,等译. 上海：上海译文出版社,2004：94.

❷ 苏珊·桑塔格. 重点所在[M]. 陶洁,黄灿然,等译. 上海：上海译文出版社,2004：94.

❸ 苏珊·桑塔格. 重点所在[M]. 陶洁,黄灿然,等译. 上海：上海译文出版社,2004：95.

❹ 苏珊·桑塔格. 在土星的标志下[M]. 姚君伟,译. 上海：上海译文出版社,2006：132.

❺ 苏珊·桑塔格. 在土星的标志下[M]. 姚君伟,译. 上海：上海译文出版社,2006：130.

第五章 美学家品位、道德家情怀：桑塔格的文化定位

切有价值的东西都是其所属种类仅存的硕果了"[1]。桑塔格没有感染本雅明的忧郁气质，却继承了他对收藏和摄影的伤感态度，而且，在她目睹了大众文化在当代泛滥成灾的状况之后，对消费文化的批判比本雅明更尖锐、更绝望。

在巴特式的审美品位、本雅明的土星气质之外，感染桑塔格的是另一位欧洲现代主义作家卡内蒂的激情之思想。桑塔格在这位诺贝尔文学奖获得者的生平和作品里看到的是对知识的无限追求、对自由的无限展望以及对道德立场和精神纯洁性的无限渴望。他和桑塔格一样，也是一个高尚的赞赏者，他仰慕的是奥地利作家布罗赫（Herman Broch，1886—1951）以及他自己的母亲——一位酷爱欧洲高雅文化的强悍女性。桑塔格尤其提到了卡内蒂对死亡的恐惧，他那激情之思想从未解决过关于死亡的问题，正如桑塔格至死还抗拒死亡的降临。他们对自己的智性生活抱有太大的热情，以致无法面对这热情将会被冰冷的死亡所湮灭。他们把激情化作了著作中"紧张、努力、道德的和非道德的严肃性所做的有力的辩护"[2]，这与桑塔格给自己定位的"狂热的严肃捍卫者"是一致的。

除了这三位欧洲作家，影响桑塔格的还有一位美国作家——保罗·古德曼。在古德曼的著作中，令桑塔格受益匪浅的有三个方面，即如何做一个"自由、快乐和享乐的鉴赏家"[3]，这也是桑塔格写文艺批评的宗旨。除此之外，打动她的还有他"对人生意义无畏的探寻，以及对道德激情所表现出的严谨和豪放"[4]。在纪念古德曼的短文中，桑塔格坦承了古德曼对她的重要影响，称他与几位欧洲作家"为我确立了我自己作品的价值、并且使我从其作

---

[1] 苏珊·桑塔格. 在土星的标志下[M]. 姚君伟，译. 上海：上海译文出版社，2006：132.

[2] 苏珊·桑塔格. 在土星的标志下[M]. 姚君伟，译. 上海：上海译文出版社，2006：198.

[3] 苏珊·桑塔格. 在土星的标志下[M]. 姚君伟，译. 上海：上海译文出版社，2006：10.

[4] 苏珊·桑塔格. 在土星的标志下[M]. 姚君伟，译. 上海：上海译文出版社，2006：9.

品中找到用以衡量我自己作品的价值"❶。毋庸置疑，这几位作家即古德曼、巴特、本雅明、卡内蒂，桑塔格根据自己的喜好，从他们的作品中撷取了其中现代主义的审美品位，成为一位激进的文学与美学的鉴赏家。

二、严肃的公共知识分子道德情怀

桑塔格在巴特、本雅明、卡内蒂身上所看取的审美与道德印记尚不足以完全勾勒桑塔格本人的文化形象，在激进的现代主义美学家之外，桑塔格还有另一重文化身份，那就是具有严肃道德情怀的公共知识分子。在这一点上她既不同于只谈美学不谈政治的巴特，也不同于只在纸上谈政治的本雅明，亦不同于把激情之思想只投注于文学中的卡内蒂，桑塔格的公知情怀更接近与巴特形成鲜明对比的萨特。她在职业上拒绝受雇于任何官方机构，选择做一名自由知识分子；对美国政府的对外政策大加抨击，反对美国在当代发动的所有战争，从反越战到反伊拉克战争，桑塔格始终作为反战活动家积极投身到世界和平事业中去。为此她两次访问越南，在北约战火中几赴萨拉热窝排演《等待戈多》，她用她的笔写下了《越南之行》《在萨拉热窝等待戈多》以及几篇有关911事件后对美国政府态度的批评和反思文章，在美国引起了极大争议，也给她招致了诸多的批评。

桑塔格与学院派学者的差别在于：她的公知情怀与她的文艺批评和文学创作息息相关，相互交织。明确这一点，即可明白为什么她在醉心现代主义美学品位的同时念念不忘道德评价。在60年代"反对阐释"时，她曾偏向于宣扬脱离了道德、价值定位的文艺感性体验，但随着她的文艺观的变化，她的文字日益偏向道德的估量，她非常重视作家的道德责任。诚如她在逝世前最后一次演讲《同时：小说家与道德考量》中所言：

> 我把写长篇小说、短篇小说和戏剧的作家视为一种道德力量。……一位坚守文学岗位的小说作家必然是一个思考道德问题

---

❶ 苏珊·桑塔格. 在土星的标志下[M]. 姚君伟, 译. 上海：上海译文出版社, 2006：10.

第五章 美学家品位、道德家情怀：桑塔格的文化定位

的人：思考什么是公正和不公正，什么是更好或更坏，什么是令人讨厌和令人欣赏的，什么是可悲的和什么是激发欢乐和赞许的。这并不是说需要在任何直接或粗鲁的意义上进行道德说教。严肃的小说作家是实实在在地思考道德问题的。他们讲故事。他们叙述。他们在我们可以认同的叙述作品中唤起我们的共同人性，尽管那些生命可能远离我们的生命。他们刺激我们的想象力。他们讲的故事扩大并复杂化——因此也改善——我们的同情。他们培养我们的道德判断力。❶

以此标准来判断桑塔格自身的小说创作，可以解释为什么在90年代她放弃了60年代时创作《恩主》和《死亡匣子》的虚无主义手法，回到历史中重写现实主义小说《火山恋人》和《在美国》。在《火山恋人》里她同情主人公汉密尔顿爵士对审美和收藏的迷恋，却也抨击他与贪淫无耻的王室同流合污，对暴君政治和民众苦难不闻不问，并借革命者方塞卡之口痛斥他的自私和可鄙；她借《在美国》的主人公玛琳娜的遭遇揭示19世纪女性奋斗的艰难、消费主义对艺术和人性的侵蚀，以及为成功的艺术人生所付出的辛劳、牺牲和孤寂。在她的短篇小说中则更是以当代社会议题为内容，以幽微的艺术笔法展现各种社会矛盾和人性冲突。桑塔格理想中的文学是"真"与"美"的结合，作家并不借助文字来对读者进行说教，而是通过他们的叙述来刻画生活、升华人性，从而使得读者在感动和震撼中放飞想象，培养和提高自身的道德判断力，达到"善"的效果。

桑塔格的道德情怀不仅体现在她的小说创作中，她的文艺批评也有着不加掩饰的价值判断意味。《论摄影》中摄影对现实的定格、改造和扭曲，《疾病的隐喻》中文化隐喻对生理疾病的心理干预，都是桑塔格所不能认同的。尤其是她对德国纳粹御用女导演里芬斯塔尔所执导的电影的分析，从赞赏其电影摄制的美学魅力，到批判其电影中所蕴含的纳粹精神，桑塔格虽然没有

---

❶ 苏珊·桑塔格. 同时：随笔与演说[M]. 黄灿然, 译. 上海：上海译文出版社, 2009: 218-219.

苏珊·桑塔格：徘徊在唯美与道德之间
Susan Sontag: Besotted Aesthete, Obsessed Moralist

否定纳粹电影中的形式美，但却因其宣扬纳粹精神内涵而痛加贬斥。她喜欢摄影和谈论摄影，但最终她把摄影视为艺术品位大众化、庸俗化的牺牲品和帮凶：人们把影像置于现实之上，感知变成了猎奇，审美变成了审丑，使得当代人的感受力和道德判断力都在滑坡。桑塔格迷恋审美，关注现实，她能感受到自己所赞赏的两种价值——欧洲现代主义艺术所代表的美学和公共知识分子所代表的道德责任——正在受到社会文化的极大挑战。她应对这些挑战的斗争方式就是用她的文字去申诉、去质疑：申诉过度阐释对文艺感受力的损害、消费主义对文化的腐蚀，质疑一切非文艺的外力——政治的、经济的、军事的隐喻——对文艺之自由独立的干预，不遗余力地反对暴力和残酷，维护自由、公平和正义。

在一次访谈中，桑塔格援引罗兰·巴特的话：最后那批传统上既是知识分子，又是伟大作家的人中，纪德是其中之一。如今作家似乎都在撤退……他们大部分都被知识分子们、被教授们都取代了。[1] 桑塔格表示同意，对她来说，作家应有良知，文字该有良心，她谴责不问民间疾苦的专业化知识分子，也反对有些公共知识分子从自己的观点出发充当公共声音而压制真相、误导群众。她在2000年耶路撒冷受奖演说《文字的良心》中言道："作家的首要职责不是发表意见，而是讲出真相……以及拒绝成为谎言和假话的同谋。作家的职责是让我们看到世界本来的样子，充满各种不同的要求、组成部分和经验。"[2] 她知道在当代社会知识分子已被行业化，现代社会文化的主导意识形态正在"把小说家预言、批评以至颠覆的任务变得过时"[3]，但她选择做这行将灭绝的传统知识分子中的一员，既不加入学院派做教授，也不入媒体圈做编辑记者，而是做一个作家知识分子，既写作，也关心实事，用自己的文

---

[1] Sontag, Susan. A Lifestyle is not yet a Life: a conversation with Monika Beyer [M]// Poague, Leland. Conversations with Susan Sontag. Jackson: University Press of Mississippi, 1995: 167 – 168.

[2] Poague, Leland. Conversations with Susan Sontag [M]. Jackson: University Press of Mississippi, 1995: 155.

[3] 苏珊·桑塔格. 同时：随笔与演说[M]. 黄灿然，译. 上海：上海译文出版社，2009: 236.

字和声音来映射这个世界日渐熹微的道德光辉。

三、狂热的世界文学阅读者和鉴赏者

分析桑塔格的唯美品位、道德情怀离不开对其知识构成和思想源泉的探究。事实上，桑塔格最认同的自身标签不是"作家"，而是"读者"。桑塔格之所以能成为当代声名卓著的文艺批评家，是她博览群书、博采众长的结果。桑塔格本人也不止一次提及自己文艺品位和批评视野的由来，她将之归功于自童年起就开始的对世界文学的广泛阅读。她在2003年接受德国图书交易会"和平奖"时发表演说《文学就是自由》时说：

> 接触文学，接触世界文学，不啻是逃出民族虚荣心的监狱、市侩的监狱、强迫性的地方主义的监狱、愚蠢的学校教育的监狱、不完美的命运和坏运气的监狱。文学是进入一种更广大的生活的护照，也即进入自由地带的护照。文学就是自由。尤其是在一个阅读的价值和内向的价值都受到严重挑战的时代，文学就是自由。❶

她所感念的世界文学，是她童年时读的《居里夫人传》，从此她想成为一个居里夫人那样独立、勇敢、成就斐然的女斗士；是雨果的《悲惨世界》，让她想成为一个社会主义者，消除社会不公。这造就了她成年之后的道德情怀。少年时她读的是现代主义经典作家们：托马斯·曼、艾略特、纪德、普鲁斯特、伍尔夫等。❷ 这使她形成了对现代主义文学形式的钟爱，加上芝加哥大学在文史哲方面的经典课程，促进了她对欧洲精英文化矢志不渝的求索。虽然她成年之后就读于欧美名校：哈佛、牛津、巴黎大学，研修过哲学、宗教学和文学方面的书籍，但最终决定了她的文学品位的，还是这些早期的阅读。即使是她所做的有关摄影、疾病等社会现象的文化批评，其主要论据以及核

---

❶ 苏珊·桑塔格. 同时：随笔与演说[M]. 黄灿然，译. 上海：上海译文出版社，2009：213.

❷ Cott Jonathan. Susan Sontag: The Rolling Stone Interview [M]// Poague, Leland. Conversations with Susan Sontag. Jackson: University Press of Mississippi, 1995: 121 – 122.

苏珊·桑塔格：徘徊在唯美与道德之间
Susan Sontag: Besotted Aesthete, Obsessed Moralist

心论点大都来自于经典文学作家和作品。如刘勰在《文心雕龙》第四十八节"知音"篇中所言："凡操千曲而后晓声，观千剑而后识器；故圆照之象，务先博观。阅乔岳以形培塿，酌沧波以喻畎浍。无私于轻重，不偏于憎爱，然后能平理若衡，照辞若镜矣。"桑塔格的文艺批评和文学创作的源泉，就是她对世界文学的海量阅读和执著热爱。

从比较文学与世界文学的角度来看，桑塔格是极好的研究案例。她所涉及的文艺领域之广、所论及的文艺人物之多，鲜有同时代的批评家所能企及。并且她能触类旁通，从其他艺术形式中寻找文学表现力的灵感。如果其他作家，如巴特、本雅明、卡内蒂，与桑塔格的关系可以作为影响研究的范例，那么她立足于文学、又涉足电影、舞蹈、摄影、疾病等文化批评的成就则可作为平行研究的榜样，研究文学与其他艺术形式之间的关系。桑塔格说：

> 我的品位主要是由文学决定的，现在也主要从事文学性的工作。我对所有艺术形式之间的关系都感兴趣。几年前我写过一些文章，写的是我所关注的一些人如何评论文学。后来我读了一些评论家评论舞蹈、绘画、雕塑、音乐的文字，我感觉到他们对其他的艺术形式都很了解，这些知识帮助他们去写他们最感兴趣的那类艺术。但是当我看到那些写文学的人，他们大多数对绘画、雕塑、电影这些所谓非文字的艺术都一无所知——对那些严肃的、有深度的内容一无所知。我并不相信文学的时代已经结束，但我相信其他艺术形式中包含着很多有意思的东西，没有这个语境文学不能得到充分的理解。对文学的形式予以重视即为她从其他艺术形式借鉴的经验。[1]

借鉴其他艺术形式来充实、更新文学的表现形式，这是桑塔格自己文学创作的心得，也是她赞赏的批评家，如巴特、本雅明、古德曼，做过的。桑塔格尤其赞赏这些被她称为"高尚的赞赏者"的作家们，他们各自有着自己

---

[1] Newman Edwin. Speaking Freely [M]// Poague, Leland. Conversations with Susan Sontag. Jackson: University Press of Mississippi, 1995: 3-4.

第五章　美学家品位、道德家情怀：桑塔格的文化定位

的偶像，如巴特推崇纪德、本雅明看重波德莱尔、卡内蒂崇敬布洛赫。桑塔格没有从理论建构的角度把他们归入某个文艺范畴或文学流派，而是把他们当作纯粹的个体，视他们为思想上的特立独行者、意志的英雄，作为自己文学生涯的榜样。随着他们的逝去，桑塔格的文字也充满了怀旧和悲观情绪：她已无法像60年代那样拥抱大众文化，消费主义盛行的当代再也不能给她提供阅读和仰慕的对象。

桑塔格的一生都在探究美学和道德在文艺中的关系。她认同唯美主义的感性美，却从未放松过对形式美背后的道德追问。没有这样强劲的道德情怀，桑塔格只会是一个空谈形式、不切实际的美学家；而没有她在形式与内容、美学与道德之间从未止息的探索徘徊，她的道德论述也会陷入毫无新意的道学说教。在道德危机日益严重的今天，当"所有人都溺死在伪善里"❶ 时，桑塔格对"美"的追求、对"善"的探索、对"真"的捍卫，都体现在她对唯美与道德的追寻、文学与其他艺术形式的合流、学问与时尚的交融之中。她为当今世界的精神救赎建立了一个风标，也为学院派之外的作家知识分子树立了一个成功的范例。

---

❶ 引自苏联作家帕斯捷尔纳克的话，出自：苏珊·桑塔格. 同时：随笔与演说[M]. 黄灿然，译. 上海：上海译文出版社，2009：20.

结　语

试图阐释一位以"反对阐释"著称的作家是一项冒险的任务，这意味着很难从文学理论的层面予以归纳和归类。乔治·斯坦纳在20世纪60年代曾断言："美国作家，特别是过去几十年的作家，发现很难保持连续性，很难使个体的创造行为变成自然生长臻于圆满的组成部分。"[1]这是美国特有的多元文化造成的，也是风云变幻的社会发展对作家造成了难以连续的影响。这对桑塔格同样适用。她在文艺思想和文学创作上的变与不变，往往是社会变革在她思想上的投射；也许是自感从未达到"臻于圆满"的境界，她至死还在筹划下一部作品、下一个目标。

桑塔格游离于学院派之外，阅读的是欧洲现代主义精英思想，并未加入任何理论阵营或文学流派。她在40年间的文艺批评和文学创作过程中对艺术复杂性的体察、她本人在批评视角和创作理念上的流变，使得任何以单一的理论对她的作品进行的阐释都难免牵强。为了切实了解和理解她的思想，本书在详细的文献综述的基础上，鉴于以往研究对她的作品所做探究的片面性，对她的所有重要作品做了较为全面的梳理，分文艺批评、小说创作和女权思想三部分细读了她的文本，并总结出她的"美学家品位、道德家情怀"这一文化定位。对于她这样一个拒绝被贴上任何标签的作家，回归她的作品本身看她的思想变迁，怀着好奇和敬意来阅读她的文本，尽量客观公正地审视她所传达的信息，以求尽可能贴近她的本真样貌。

桑塔格毕生关注的是美学和道德在文艺中的体现。她所经历的时代是从

---

[1] 乔治·斯坦纳. 语言与沉默：论语言、文学与非人道[M]. 李小均，译. 上海：上海人民出版社，2013：331.

结 语

20世纪50、60年代到21世纪初这段消费文化飞速发展的时期。她曾在60年代的激进氛围中短暂乐观地展望了大众文化的兴起，倾向于以王尔德为代表的唯美主义，用她的"反对阐释"和"坎普感受力"来呼吁用形式审美和感受力来代替社会政治意义上的过度挖掘。她对现代性的追求体现在对文艺的极端形式的探求，反映在她对"静默之美学"的推崇和她60年代两部充满不确定性的长篇小说《恩主》和《死亡之匣》中。60年代的桑塔格在政治上"左倾"，在文化上激进，她的传奇形象就这样被树立起来，成为许多批评家和理论家眼中早期后现代主义的代表人物之一，而她自己只认为自己处在现代主义的第二个阶段，即后期现代主义阶段；这个时期她的作品都是为了"捍卫现代性"，捍卫现代文学传统中超现实体验、不确定性叙事、开放式结尾等极端形式的尝试。

及至到了70年代之后，桑塔格逐渐改变了自己的文艺观。她依然把欧洲现代主义作为自己的文艺基石，但是她的目光逐渐由虚无主义的形式论转向社会现实，转向作家作品所应具备的伦理道德。她的《论摄影》和《疾病的隐喻/艾滋病及其隐喻》都是在文艺现象和理念的佐证下讨论现代人在现实中的美学与道德困境。她的短篇小说集《我，及其他》可以分明地表现她的创作重心从写作形式向社会意义的逐渐过渡、她的视野从回避自我到向自我转移的过程。另一个重要转变是她频频回顾业已逝去的现代主义高峰期，主要体现在她的文集《在土星的标志下》，她带着伤感和惆怅徘徊在现代主义的废墟中，怀想她心目中那些探索现代性的英雄们：本雅明、巴特、巴塔耶、卡内蒂、古德曼，等等。她并不把他们放在一个阵营中，而是把他们视为鉴赏家、收藏家和悲壮的文艺试验者们来缅怀。到了90年代，她的目光投向了更为久远的18、19世纪，从历史中寻找素材成就自己"小说家"的梦想，写出了《火山恋人》和《在美国》这样类似历史小说却带有很大程度的现代性的现实主义作品。从激进到保守再到回归历史验证现代性，桑塔格文艺思想的变迁是在美学与道德双轨上的与时俱进，只是她是以退为进：揭示文艺大众化时代思想质量的恶化，抨击当前迅猛发展的消费文化，怀念已然渐行渐远的欧洲现代主义思潮，在文学创作和文艺批评上从审美和形式向主题和意义回归。

苏珊·桑塔格：徘徊在唯美与道德之间
Susan Sontag: Besotted Aesthete, Obsessed Moralist

本书之所以把桑塔格的女权言论和创作中的女性形象单列一章加以解读，是因为女性主义是桑塔格所关注得不多的思想流派之一（除此之外她还关注的是以布勒东的超现实主义及其变体为代表的现代主义文学）。桑塔格不屑谈论理论化的女性批评，不承认女性写作必须有女性特征，她更多的是从现实角度谈论女性如何摆脱社会性别角色和解放自己。她深知社会对男女两性采取双重标准，从而导致了女性有着双重命运：作为人的命运和作为女人的命运。她尤其关注那些有着出色才能的女性，所以她写剧本《床上的爱丽斯》来表达女人的愤怒和无奈，理解和同情《火山恋人》中的几位女性的悲剧命运，赞赏和钦佩《在美国》中的女主人公为成功所做的奋斗和牺牲。桑塔格自己跳出了男权世界中女性命运的魔咒，但这并不妨碍她切实地描写大多数女性所遭受的性别压迫和自我压抑。她以讲故事的方式而非理论阐释来反映这些现实问题，亦是她担当社会批评的责任心所系。

桑塔格尊重文学艺术的复杂性，反对简化式的总结归类。即使她在早期沉醉于唯美主义品位时也未曾忘记道德追问，而到了晚期重返历史现实时也是带着现代眼光来重温往事。总体来说，桑塔格的文艺观经历了从激进到保守、从前卫到怀旧的历程。其变化的原因，既有时代发展、文化氛围变迁的渊源，也有她个人阅历、阅读的积累所形成的动因。事实上，20世纪下半叶纽约文人圈的诸多知识分子几乎都经历了这一从激进到保守的转变过程，无论是政治上还是文化上都是如此。桑塔格的特别之处在于，她在博览群书之中从未减弱过对现实的关注，善于把文学艺术与社会问题相联系，赋予她的批评文字真切、深邃的文艺内涵，使得她的历史小说创作也充满了现代意味，使得她边缅怀过往，边抨击现实。在回望历史、追思现代主义鼎盛时期的文艺成就时，桑塔格完成了她从前卫到怀旧的现代主义者心路历程。

在桑塔格的核心词汇中，"美学"和"道德"都不再是字面肤浅的意义。她所谓的"美学"（aesthetics）实际上是还原这个词在希腊语中的原意，即关于感性和艺术品位的领域。与之对应的"道德"也不是限制人性自由的伦理教条，而是人性中对正义、真理和良知的规范。因此，桑塔格所自称的"美学家"（aesthete）实质上是关于艺术审美的探索者，而"道德家"（moralist）称谓则反映了她对真理和人道主义无时或忘的正义情怀。桑塔格能把这两个

结　语

看似抵触的品质结合在一起的最好实例，是 1993 年她在北约战火围困中的萨拉热窝排演《等待戈多》。身患绝症、年届六旬的桑塔格在已被炮弹轰炸得几成废墟的萨拉热窝剧场导演这样一个充满了绝望和希望的现代主义荒诞派戏剧，是她希望"通过艺术来确认和改变他们对现实的看法，并因此感到更有力量和受到抚慰"[1]。她的这种堂吉诃德式的热情和理想，在当代文化语境中屡受挫折。她所反对的"后现代"文化的大行其道，使得她在 60 年代之后的文艺批评和文学创作中更远地回到历史中去重温现代性的缘起、兴盛与失落，企图唤回记忆，把文学的"现代性"这项事业进行到底。

然而，文学对人类精神世界的改善不是单靠厚古薄今的怀旧情怀就能实现，桑塔格从先锋派向现实主义的转变亦非完全的艺术理念意义上的回归；"历史永远是在不断前进的，而且始终呈螺旋形上升状，因此认为先锋派之后必然返回（传统的）现实主义显然是不可能的。"[2]如何能完成桑塔格所说的尚未完成的现代事业，如何既能跟上时代的脚步又能重塑人文精神，依然是一项庞大的未竟事业，留待后继者不断观察、探究下去。

---

[1]　苏珊·桑塔格. 重点所在[M]. 陶洁，黄灿然，等译. 上海：上海译文出版社，2004：359.

[2]　王宁. 比较文学：理论思考与文学阐释[M]. 上海：复旦大学出版社，2011：123.

参考文献

[1] 安吉拉·麦克罗比. 后现代主义与大众文化[M]. 田晓菲，译. 北京：中央编译出版社，2006.

[2] 艾姆拉姆斯 M H. 镜与灯：浪漫主义文论及批评传统[M]. 丽稚牛，张照先，童庆生，译. 王宁，校. 北京：北京大学出版社，1989.

[3] 柏拉图. 理想国[M]. 张子菁，译. 北京：光明日报出版社，2006.

[4] 陈冠中. 坎普·垃圾·刻奇——给受了过多人文教育的人[J]. 万象. 2004（04）：16 - 46.

[5] 陈文刚. 苏珊·桑塔格批评思想研究[D]. 杭州：浙江大学，2006.

[6] 陈治云. 后现代语境下"第四种批评"的文化倾向——以桑塔格的"新感受力"为例[J]. 求索，2010（10）：134 - 136.

[7] 戴维·里夫. 死海搏击. 母亲桑塔格最后的岁月[M]. 姚君伟，译. 上海：上海译文出版社，2011.

[8] 费尔巴哈. 基督教的本质[M]. 北京：译林出版社，2009.

[9] 佛克马，伯顿斯. 走向后现代主义[C]. 王宁，等译. 北京：北京大学出版社，1991.

[10] 傅立叶. 傅立叶选集第一卷[M]. 赵俊欣，译. 北京：商务印书馆，1982.

[11] 黄灿然. 格拉斯的烟斗[M]. 上海：上海人民出版社，2009.

[12] 黄灿然. 苏珊·桑塔格与中国知识分子[J]. 读书，2005（04）：105 - 107.

[13] 郝桂莲. "禅"释"反对阐释"[J]. 外国文学，2010（01）：76 - 82，158.

[14] 郝桂莲. 静默与喧嚣:《在美国》的历史书写[J]. 外国文学评论, 2011 (01): 124-137.

[15] 郝桂莲. 流连忘返——《火山恋人》的叙事时间分析[J]. 当代外国文学, 2009 (02): 118-124.

[16] 郝桂莲. 桑塔格的批评理论与《恩主》的互文性解读[J]. 当代外国文学, 2006 (04): 72-78.

[17] 郝桂莲. 苏珊·桑塔格在中国的接受与研究展望[J]. 当代外国文学, 2010 (03): 152-157.

[18] 郝桂莲. 作者死后的文本狂欢——从《恩主》和《死亡之匣》看桑塔格早期的小说作者观[J]. 解放军外国语学院学报, 2009 (01): 99-103.

[19] 荒林. 作为女性主义符号的另类场景——西蒙·波伏瓦、汉娜·阿伦特、苏珊·桑塔格的中国阅读[J]. 中国图书评论, 2006 (5): 78-84.

[20] 河清. 现代与后现代[M]. 北京:中国美术学院出版社, 2004.

[21] 汉斯·伯顿斯. 后现代世界观及其与现代主义的关系[C]. 王宁, 译.//佛克马, 伯顿斯. 走向后现代主义. 王宁, 等译. 北京:北京大学出版社, 1991.

[22] 加缪. 西西弗的神话:加缪荒谬与反抗论集[M]. 杜小真, 译. 天津:天津人民出版社, 2007.

[23] 卡尔·罗利森, 莉萨·帕多克. 铸就偶像. 苏珊·桑塔格传[M]. 姚君伟, 译. 上海:上海译文出版社, 2009.

[24] 林超然. 桑塔格"反对阐释"理论的文化认同[J]. 文艺评论, 2010 (01): 18-23.

[25] 刘丹凌. 从新感受力美学到资本主义文化批评——苏珊·桑塔格思想研究[M]. 成都:巴蜀书社, 2010.

[26] 李建波. 直面人生的阴影——苏珊·桑塔格和她的小说《死亡之匣》[J]. 译林, 2006 (05): 195-199.

[27] 廖七一. 历史的重构与艺术的乌托邦——在美国主题探微[J]. 外国文学, 2003 (05): 70-75.

[28] 李小均. 漂泊的心灵 失落的个人——评苏珊·桑塔格的小说《在美国》[J]. 四川外语学院学报, 2003 (04): 71-75.

[29] 李小均. 自由与反讽——纳博科夫的思想与创作[M]. 南昌: 百花洲文艺出版社, 2007.

[30] 马红旗. 关注社会议题的激进主义者苏珊·桑塔格——兼评短篇小说《我们现在的生活》[J]. 当代外国文学, 2006 (04): 145-150.

[31] 梅丽. 作为解放手段的文学: 结合马尔库塞的理论探讨桑塔格20世纪60年代的作品[D]. 上海: 上海外国语大学, 2007.

[32] 南宫梅芳, 朱红梅, 武田田等. 生态女性主义: 性别、文化与自然的文学解读[M]. 北京: 社科文献出版社, 2011.

[33] 乔治·斯坦纳. 语言与沉默: 论语言、文学与非人道[M]. 李小均, 译. 上海: 上海人民出版社, 2013: 331.

[34] 苏七七. 预言的号角[J]. 中国图书评论, 2005 (03): 32-33.

[35] 苏珊·桑塔格. 反对阐释[M]. 程巍, 译, 上海: 上海译文出版社, 2003.

[36] 苏珊·桑塔格. 火山恋人[M]. 李国林, 伍一莎, 译. 南京: 译林出版社, 2002.

[37] 苏珊·桑塔格. 火山情人: 一个传奇[M]. 姚君伟, 译. 上海: 上海译文出版社, 2012

[38] 苏珊·桑塔格. 同时: 随笔与演说[M]. 黄灿然, 译. 上海: 上海译文出版社, 2009.

[39] 苏珊·桑塔格. 疾病的隐喻[M]. 程巍, 译. 上海: 上海译文出版社, 2003.

[40] 苏珊·桑塔格. 论摄影[M]. 黄灿然, 译. 上海: 上海译文出版社, 2008.

[41] 苏珊·桑塔格. 在土星的标志下[M]. 姚君伟, 译. 上海: 上海译文出版社, 2006.

[42] 苏珊·桑塔格. 重点所在[M]. 陶洁, 黄灿然, 等译. 上海: 上海译文出版社, 2004.

[43] 苏珊·桑塔格. 关于他人的痛苦[M]. 黄灿然, 译. 上海: 上海译文出版社, 2006.

[44] 苏珊·桑塔格. 激进意志的样式[M]. 上海: 上海译文出版社, 2007.

[45] 苏珊·桑塔格, 陈耀成. 反对后现代主义及其他——苏珊·桑塔格访谈录[N]. 黄灿然, 译, 南方周末, 2005年1月6日.

[46] 苏珊·桑塔格. 我, 及其他[M]. 徐天池, 申慧辉, 王予霞, 等译. 上海: 上海译文出版社, 2009.

[47] 苏珊·桑塔格. 床上的爱丽斯[M]. 冯涛, 译. 上海: 上海译文出版社, 2007.

[48] 苏珊·桑塔格. 在美国[M]. 廖七一, 李小均, 译. 南京: 译林出版社, 2008.

[49] 孙燕. 反对阐释: 一种后现代的文化表征[M]. 上海: 上海三联书店, 2007.

[50] 瓦尔特·本雅明. 启迪: 本雅明文选[M]. 张旭东, 王斑, 译. 北京: 三联书店, 2008.

[51] 王建成. 桑塔格文艺思想研究[D]. 济南: 山东师范大学, 2010.

[52] 汪民安. 巴塔耶的神圣世界[J]. 国外理论动态, 2003 (04): 41-47.

[53] 王宁. 比较文学: 理论思考与文学阐释[M]. 上海: 复旦大学出版社, 2011.

[54] 王宁. "后现代理论时代"的文学与文化研究[M]. 北京: 北京大学出版社, 2009.

[55] 王秋海. 重构现实主义——解读桑塔格的《火山情人》[J]. 外国文学, 2005 (01): 28-32.

[56] 王秋海. 从解构主义看典籍英译的意义——兼论桑塔格的三种翻译方法 [J]. 首都师范大学学报 (社会科学版), 2006 (S3): 110-113.

[57] 王秋海. 反对阐释——苏珊·桑塔格美学思想研究[M]. 北京: 中央编译出版社, 2011.

[58] 王秋海. "矫饰"与前卫——解读苏珊·桑塔格的《"矫饰"笔记》[J]. 文艺研究, 2004 (02): 63-68, 159.

[59] 王秋海. 桑塔格："激进"语境下的美国实验派作家[J]. 外国文学, 2005（01）：21-22.

[60] 吴锡平. 反抗隐喻的病痛[J]. 中国图书评论, 2005（03）：59-60.

[61] 王予霞. "反对释义"的理论与实践——桑塔格和她的《我等之辈》[J]. 外国文学评论, 1998（04）：13-21.

[62] 王予霞. 疾病现象的文化阐释[J]. 文艺理论与批评, 2003（06）：108-115.

[63] 王予霞. 苏珊·桑塔格与当代美国文学左翼文学研究[M]. 北京：中国社会科学出版社, 2009.

[64] 王予霞. 苏珊·桑塔格纵论[M]. 北京：民族出版社, 2004.

[65] 王予霞. 文化诗学视野中的《火山情人》[J]. 外国文学评论, 2002（04）：37-43.

[66] 徐贲. 扮装政治、弱者抵抗和"敢曝"（Camp）美学[J]. 文艺理论研究, 2010（05）：59-67.

[67] 徐岱. 反本质主义与美学的现代形态[J]. 文艺研究, 2000（03）：11-20.

[68] 徐岱, 周静. 被误读的先锋诗学——桑塔格批评理论之批评[J]. 学术月刊, 2009（11）：105-111.

[69] 岳凤梅. 艾米莉·迪金森的反叛[J]. 四川外语学院学报, 2004（05）：53-57.

[70] 杨金才. 玛格丽特·福勒及其女权主义思想[J]. 国外文学, 2007（01）：112-122.

[71] 姚君伟. 姚君伟文学选论[M]. 上海：复旦大学出版社, 2007.

[72] 袁晓玲. 桑塔格思想研究——基于小说、文论与影像创作的美学批判[M]. 武汉：武汉大学出版社, 2010.

[73] 朱红梅. 反对阐释及其反思：苏珊·桑塔格文艺批评探微[C]. 文学理论前沿（第十辑）, 王宁, 编. 北京：北京大学出版社, 2013：171-196.

[74] 朱红梅. 适者如何生存：《在美国》中的女性奋斗之路[J]. 湖南科技学院学报, 2010（10）：44-46.

[75] 朱红梅,卢晓敏,欧梅. 人与自然的互喻:《火山恋人》中的审美、激情与毁灭[J]. 时代文学,2010 (08):166 - 167.

[76] 张莉. "沉默"的言说——苏珊·桑塔格小说创作研究[D]. 北京:中央民族大学,2011.

[77] 詹姆斯·伍德. 不负责任的自我:论笑与小说[M]. 李小均,译. 郑州:河南大学出版社,2017.

[78] 张柠. 桑塔格:被肢解的女性和批评家[J]. 中国图书评论,2006,(02):53 - 57.

[79] 张柠. 批评家的公众关怀和审美气质——苏珊·桑塔格的"政治评论"[J]. 2006 (11):18 - 22.

[80] 周树山. 苏珊·桑塔格的启示[J]. 2007 (02):72 - 76.

[81] 周艺. 盲目的追寻——评〈在美国〉中玛琳娜的主体性[J]. 外语研究,2010 (06):97 - 100.

[82] ACOCELLA J. The Hunger Artist [J]. New Yorker 2000, 3 (6):68 - 77.

[83] ATWOOD M. A Courageous and Unique Thinker [J/OL]. The Guardian, 2004, 12 (29). [2011 - 07 - 09]. https://www.theguardian.com/uk/2004/dec/29/usa.artsobituaries

[84] BERNSTEIN M, BOYERS R. Women, the Arts, and the Politics of Culture: An Interview with Susan Sontag [J]. Salmagundi 31 - 32, 1975 (fall) / 1976 (winter):29 - 48.

[85] BERTENS R. The Postmodern Weltanschauung and its Relation with Modernism: An Introductory Survey [C] //FOKKEMAD W, BERTENS H. Approaching Postmodernism. Amsterdam:John Benjamins Publishing Company, 1986:9 - 52.

[86] BROWN N O. Life against Death:The Psychoanalytic Meaning of History [M]. Middletown, CT:Wesleyan University Press, 1959.

[87] BRUSS E. Beautiful Theories:The Spectacle of Discourse in Contemporary Criticism [M]. Baltimore:John Hopkins University Press, 1982.

[88] CHING B, WAGNER – LAWLOR J A. The Scandal of Susan Sontag [M]. New York: Columbia University Press, 2009.

[89] COTT J. Susan Sontag: The Rolling Stone Interview [J]. Rolling Stone, 1979, 10 (4): 46 – 53.

[90] FIELD E. The Man Who Would Marry Susan Sontag: And Other Intimate Literary Portraits of the Bohemian Era [M]. Madison: University of Wisconsin Press, 2005.

[91] FOX M. Susan Sontag, Social Critic With Verve, Dies at 71 [N]. Obituary, New York Times, 2004, 12 (28).

[92] GORDIMER N. Nadine Gordimer and Susan Sontag, In Conversation [J]. The Listener, 1985, 5 (23): 16 – 17.

[93] HARRISON S. Pop Art and the Origins of Post – Modernism [M]. Cambridge: Cambridge University Press, 2001.

[94] HIRSCH E. The Art of Fiction: Susan Sontag [J]. Paris Review, 1995 (Winter): 175 – 208.

[95] HOWE I. Decline of the New [M]. New York: Harcourt, Brace & World, 1971.

[96] JAMES A. The Diary of Alice James [M]. Boston: Northeastern University Press, 1999.

[97] KAUFMANN W. Religion from Tolstoy to Camus [M]. New York and Evansion: Harper & Row Publishers, 1961.

[98] KENNEDY L. Mind as Passion [M]. Manchester: Manchester University Press, 1995.

[99] MAUNSELL, J B. Susan Sontag [M]. London: Reaktion Books, 2014.

[100] MCROBIE A. Postmodernism and Popular Culture [M]. Oxon: Routeledge, 1994.

[101] MOVIUS G. An Interview with Susan Sontag [J]. New Boston Review, 1975, 7.

[102] NELSON C. Soliciting Self-Knowledge: The Rhetoric of Susan Sontag's Criti-

cism [J]. Critical Inquiry 6, 1980 (Summer): 707 – 726.

[103] NEWMAN E. Speaking Freely [M]//POAGUE L. Conversations with Susan Sontag. Jackson: University Press of Mississippi, 1995: 3 – 22.

[104] OLSTER S. Remakes, Outtakes, and Updates in Susan Sontag's The Volcano Lover [J]. Modern Fiction Studies 41, 1995 (Spring): 117 – 139.

[105] PAGLIA C. Vamps and Tramps [M]. New York: Vintage Books, 1994: 344 – 360.

[106] PHILLIPS W. Radical Styles [J]. Partisan Review, 1969 (Summer): 388 – 400.

[107] POAGUE L. Conversations with Susan Sontag [M]. Jackson: University Press of Mississippi, 1995.

[108] POAGUE L, Kathy A P. Susan Sontag: An Annotated Bibliography 1948—1992 [M]. New York: Garland, 2000.

[109] RIEFF D. Swimming in a Sea of Death: A Son's Memoir [M]. New York: Simon & Schuster, 2008.

[110] ROLLYSON C. Reading Susan Sontag: A Critical Introduction to Her Work [M]. Chicago: Ivan R. Dee, 2001.

[111] ROLLYSON C, PADDOCK L. Susan Sontag: The Making of an Icon [M]. New York: W. W. Norton and Company, Inc., 2000.

[112] ROLLYSON C, PADDOCK L. Susan Sontag: The Making of an Icon, Revised and Updated [M]. Jackson: University Press of Mississippi, 2016.

[113] SARTRE J P. Saint Genet, Comédien et Martyr [M]. Paris: Gallimard, 1952.

[114] SAYRES S. Susan Sontag: The Elegiac Modernist [M]. New York and London: Routledge, 1990.

[115] SCHREIBER D. Susan Sontag: A Biography [M]. Trans. David Dollenmayer. Evanston: Northwestern University Press, 2014.

[116] SELIGMAN C. Sontag and Kael: Opposites Attract Me [M]. Berkeley: Counterpoint Press, 2004.

[117] SERVAN-SCHREIBER J. An Emigrant of Thought [J]. Questionnaire, 1979, 12 (3).

[118] SONTAG S. Against Interpretations and Other Essays [M]. New York: Octagon Books, 1982.

[119] SONTAG S. Alice in Bed [M]. New York: Farrar, Straus and Giroux, 1993.

[120] SONTAG S. As Consciousness is Harnessed to Flesh, 1963—1980 [M]. Rieff D. ed. New York: Farrar, Straus and Giroux, 2012.

[121] SONTAG S. At the Same Time: Essays and Speeches [M]. New York: Farrar, Straus and Giroux, 2007.

[122] SONTAG S. A Woman's Beauty: Put-Down or Power Source? [J]. Vogue, 1975, 4: 118 – 119.

[123] SONTAG S. Death Kit [M]. New York: Farrar, Straus and Giroux, 1967.

[124] SONTAG S. I, etcetera [M]. New York: Anchor Books, 1991.

[125] SONTAG S. Illness as Metaphor [M]. New York: Farrar, Straus and Giroux, 1978.

[126] SONTAG S. In America [M]. New York: Farrar, Straus and Giroux, 2000.

[127] SONTAG S. On Photography [M]. New York: Farrar, Straus and Giroux, 1977.

[128] SONTAG S. Reborn: Journals & Notebooks, 1947—1963 [M]. RIEFF D. ed. New York: Farrar, Straus, and Giroux, 2008.

[129] SONTAG S. Regarding the Pain of Others [M]. New York: Farrar, Straus and Giroux, 2003.

[130] SONTAG S. Susan Sontag: Essays of the 1960s and 70s [M]. RIEFF D, ed. New York: Library of America, 2013.

[131] SONTAG S. Susan Sontag: Later Essays [M]. RIEFF D. ed. New York: Library of America, 2017.

[132] SONTAG S. Under the Sign of Saturn [M]. New York: Farrar, Straus and Giroux, 1980.

[133] SONTAG S. Where the Stress Falls [M]. New York: Farrar, Straus and Giroux, 2001.

[134] SONTAG S. The Benefactor [M]. New York: Farrar, Straus and Giroux, 1964.

[135] SONTAG S. The Double Standard of Aging [J]. Saturday Review, 1973, 9 (23): 29-38.

[136] SONTAG S. The Third World of Women [J]. Partisan Review, 1973 (Spring): 180-206.

[137] SONTAG S. The Volcano Lover: A Romance [M]. New York: Farrar, Straus and Giroux, 1992.

[138] SPAN P. Susan Sontag, Hot at Last [N]. Washington Post, 1992-09-17 (C1-C2).

[139] STEINER G. After Babel: Aspects of Language and Translation [M]. Shanghai: Shanghai Foreign Language Education Press, 2001.

[140] STEVENS E. Miss Camp Herself [J]. New Republic, 1966, 2 (19): 24-26.

[141] UPDIKE J, KENISON K. The Best American Short Stories of the Century [C]. Boston, New York: Houghton Mifflin Company, 1999.

附录：桑塔格生平及著作年表[1]

1933　1月16日出生在纽约，取名Susan Lee Rosenblatt，是其父Jack Rosenblatt和其母Mildred Jacobson Rosenblatt的第一个孩子。其父当时在中国天津从事皮货生意，其母做过教师。苏珊的母亲生下她后返回中国，把苏珊留在外祖母家抚养。

1936　苏珊的妹妹Judith于2月27日出生在纽约。

1938　生父因肺结核于10月19日在中国天津去世。

1939　苏珊出现哮喘症状，其母带着苏珊姐妹及其保姆移居到亚利桑那州的图森地区。苏珊入小学，一周之内连跳三级，在三年级就读。

1945　苏珊的母亲嫁给空军上尉内森·桑塔格（Nathan Sontag），从此苏珊随继父姓。

1946　全家迁居洛杉矶附近的加州公园（Canoga Park），入读北好莱坞中学。

1948　任学校文学期刊主编、学生会成员。

1949　1月份中学毕业，春季入读加州大学伯克利分校，同年秋季转学芝加哥大学。

1950　旁听一次研究生课程时，与芝加哥大学社会学系28岁讲师菲利普·里夫（Philip Rieff）相识，10日后结婚，但未随夫姓。

1951　从芝加哥大学本科毕业，获学士学位，随夫移居波士顿地区，里

---

[1]　此年表基本信息源自：1. Leland Poague, *Conversations with Susan Sontag*；2. Susan Sontag, *At the Same Time: Essays and Speeches*；3. Carl Rollyson and Lisa Paddock, *Susan Sontag: The Making of an Icon*，以及桑塔格日记与亲友回记录，内容经作者综合整理而成。

夫在布兰迪斯大学（Brandeis University）任教。

1952　9月28日生下独子戴维·里夫（David Rieff）。

1953　在康涅狄格大学（University of Connecticut）做英文讲师。

1954　在哈佛大学读英语专业研究生。

1955—1956　在哈佛开始哲学专业研究生课程，做助教。

1957　获得哈佛大学哲学硕士学位。获得美国女大学生联合会的一项奖学金，赴牛津大学圣安妮学院进修一年，准备写她的博士论文《伦理的形而上学推测》（"The Metaphysical Presuppositions of Ethics"），后转入巴黎大学学习。

1958　从欧洲返回美国，与里夫离婚。

1959　带着儿子戴维来到纽约，在《评论》（Commentary）杂志社做编辑。里夫与她合作的专著《弗洛伊德：道德家之心灵》（Freud: The Mind of the Moralist）出版，但未署桑塔格之名。在纽约城市大学和萨拉·劳伦斯学院教授哲学。

1960　在哥伦比亚大学宗教系做讲师，直至1964年。开始为《哥伦比亚每日观察》（The Columbia Daily Spectator）的文学副刊写书评。1960年6月到1960年9月间访问古巴。

1961　《希波莱特的梦》，她的第一部长篇小说《恩主》中的一章初稿在《普罗文斯敦评论》（Provincetown Review）上发表。

1962　在《党派评论》夏季版上发表辛格作品《奴隶》书评。

1963　在《纽约书评》第一期上发表对法国作家西蒙娜·薇依（Simone Weil）的《1934—1943随笔选》的书评。《恩主》由弗雷·斯特劳斯出版社出版。短篇小说《假人》在《时尚芭莎》（Harper's Bazaar）的9月期刊出。11月28日，在《纽约书评》发表对克劳德·列维-施特劳斯的分析，被人认为是她"结构主义"文章中的第一篇。

1964　在《党派评论》冬季刊上发表《论戏剧》（"Going to Theatre"），发表了一系列评论当代戏剧和表演艺术的文章。被罗格斯大学（Rutgers, The State University of New Jersey）聘为1964—1965年度驻校作家，获得洛克菲勒基金会支持。夏季在巴黎写下《关于坎普的札记》，发表于《党派评论》的秋季刊，在《时代》杂志12月11日刊上被评论。《反对阐释》发表在《常青评论》（*Evergreen Review*）12月刊上。

1965　获得美林基金（Merrill Foundation）资助。《一种文化与新感性》发表在《女士》（*Mademoiselle*）4月刊上。《灾难的想象力》发表在《评论》杂志的10月刊上。《论风格》发表在《党派评论》的秋季刊上。

1966　出版《反对阐释》一书，获得乔治·波克纪念奖（George Polk Memorial Award）。获得古根汉姆基金会（Guggenheim Foundation）基金支持。

1967　《色情想象力》发表在《党派评论》的春季刊上，当选为国际笔会美国中心的执行委员。第二部长篇小说《死亡匣子》出版。《静默之美学》发表在《阿斯彭》（*Aspen*）上。

1968　5月初应邀访问北越南。《河内之行：关于敌营的札记》在《老爷》（*Esquire*）杂志上发表。《河内之行》单行本发行。

1969　随笔集《激进意志的样式》出版。完成电影剧本《食人者的二重奏》，电影在9月纽约电影节上放映。

1970　回到斯德哥尔摩开始电影《卡尔兄弟》的拍摄。

1971　完成《卡尔兄弟》。开始长期居住在巴黎。

1972　《年龄的双重标准》在《星期六评论》上发表。12月份再次访问越南。

1973　1月份开始为期六周的中国之行。《中国旅行计划》发表在《大西洋月刊》的四月号上。《走进阿尔托》发表在《纽约客》上。《女性的第三世界》发表在《党派评论》上。《论摄影》的第一篇文章《摄影》发表在《纽约书评》上。10月中旬赴以色列拍摄电影《应许之地》。

1974　短篇小说《宝贝》在《花花公子》杂志上发表。获得洛克菲勒基金支持。

1975　因乳腺癌住院。《迷人的法西斯主义》发表在《纽约书评》上。《女性之美：是压迫之源还是力量之源？》发表在《时尚》的4月刊上，在5月刊上又发表《美：下一步该如何变化？》。

1976　主编并出版《安东尼·阿尔托文选》。

1977　《论摄影》出版。在《纽约客》上发表短篇小说《没有向导的旅行》。

1978　《疾病的隐喻》和短篇小说集《我，及其他》出版。

1979　赴日本巡回演讲；再次访问中国。

1980　《在土星的标志下》出版。《作为激情的思想》在《纽约书评》上发表。

1981　《舞蹈与舞蹈写作》发表在《新表演》杂志。

1982　《写作本身：论罗兰·巴特》发表在《纽约客》上。出版《苏珊·桑塔格读本》和《巴特读本》。

1983　《看不见的字母表：卡夫卡的内心世界》在《Vogue》上发表。

1984　参加法国电视台四集节目《第二性》（改编自波伏瓦同名著作）。

1985　导演由米兰·昆德拉的作品《雅克和他的主人》改编的戏剧。在《名利场》上发表《桑塔格论梅普尔索普》。

1986　短篇小说《我们现在的生活方式》在《纽约客》上发表。

1987　当选美国笔会主席。《我们现在的生活方式》入选"1987年度美国最佳短篇小说"。在《纽约客》上发表自传体短文《朝圣》。

1988　带领美国笔会代表团参加在韩国汉城举办的国际笔会年会，抗议韩国政府对韩国作家的迫害。《艾滋病及其隐喻》在《纽约书评》上发表。认识39岁女摄影家安妮·莱博维茨，请其拍摄随笔集《疾病的隐喻/艾滋病及其隐喻》封面。

1989　《艾滋病及其隐喻》单行本出版。开写《火山恋人》。

1990　《疾病的隐喻/艾滋病及其隐喻》出版。

1991　八幕剧《床上的爱丽斯》在波恩完成。

1992　《火山恋人》出版。

1993　从哈佛获得荣誉博士学位。在战火纷飞的萨拉热窝执导《等待戈多》。《床上的爱丽斯》在柏林上演。《戈多来到萨拉热窝》发表在《纽约书评》上。《床上的爱丽斯》剧本出版。

1994　一部时长43分钟的纪录片《苏珊·桑塔格》发行。因其在萨拉热窝的工作获得万宝龙文化艺术奖（The Montblanc de la Culture）。

1995　《诗性人》出版。11月在哥伦比亚大学发表演讲《论被翻译》。

1996　为西班牙版《反对阐释》写下导言《三十年之后》。

1997　为罗伯特·威尔逊的歌剧《普莱雅斯和梅丽桑德》(*Pelleas et Melisande*) 写下《哀挽的狂喜》一文。

1998　乳腺癌复发，再次化疗。

1999　为安妮·莱伯尼兹的摄影集《女人》配文《一张照片不是一种观点，或者就是一种观点》，后收入《重点所在》文集。

2000　5月9日在耶路撒冷接受"耶路撒冷奖"，发表受奖演说《文字的良心》，该文6月10日发表于《洛杉矶时报书评》。7月，维勒出版社出版了桑塔格的最后一部长篇小说《在美国》。

2001　911事件后数日内在《纽约客》上发表短评《9.11.01》，抨击美国政府不思悔改、误导民众，数周后接受意大利《宣言报》记者从罗马发出的书面采访，坚守批判立场，在美引起轩然大波，遭到围攻。

2002　在"圣杰罗姆文学翻译讲座"发表演说《作为印度的世界》，次年发表于《泰晤士报文学增刊》。11月论文集《重点所在》出版。

2003　向以色列士兵选择性拒绝在占领区服役组织"耶什格武尔"（意为"要有限度"）主席伊斯亥·梅纽钦颁发"奥斯卡·罗梅罗奖"仪式上发表定调演说《论勇气和抵抗》，5月5日发表于《民族》周刊。10月12日接受德国图书交易会"和平奖"，在法兰克福保罗教堂发表演说《文学就是自由》，次年以单行本由冬屋出版社出版。

2004　3月在开普敦和约翰内斯堡首届"纳丁·戈迪默讲座"发表演讲《同时：小说家与道德考量》。12月28日因急性白血病在纽约逝世，次年葬于巴黎蒙帕纳斯公墓。

遗作（桑塔格去世之后，由其子戴维·里夫编辑出版）

2007　演讲与论文集《同时：随笔与演说》(*At the Same Time*: *Essays and Speeches*, New York: Farrar, Straus and Giroux) 出版。

2008　桑塔格日记第一卷《重生：日记与笔记（1947—1963）》(*Reborn*: *Journals and Notebooks 1947—1963*, New York: Farrar, Straus, and Giroux) 出版。

2012　桑塔格日记第二卷《心为身役：1963—1980》(*As Consciousness is Harnessed to Flesh*: *1963—1980*, New York: Farrar, Straus, and Giroux) 出版。

2013　桑塔格早期随笔集重新编辑出版，题名为《苏珊·桑塔格：20世纪

60、70 年代随笔》(*Susan Sontag：Essays of the* 1960*s &* 70*s*，New York：Library of America)。

2017　桑塔格后期随笔集出版，题名为《苏珊·桑塔格：后期随笔》(*Susan Sontag：Later Essays*，New York：Library of America)。

后　记

2016 年，我受学校和国家留学基金委资助，到位于美国华盛顿州西雅图的华盛顿大学访学一年。西雅图是一座依湖傍海的美丽城市，我住在华大南边的 Montlake 社区，步行半小时可达校园。通往学校的葱郁幽径路过 Union Lake，湖边有所华大附属医院 the Fred Hutchinson Center，以癌症诊疗技术著称于世。这所医院临湖而建，近可观湖边停泊的白色游艇，远可眺壮丽的雷尼尔雪山，是治疗和疗养胜地。

也正是在这里，七十一岁的苏珊·桑塔格度过了最后的治疗期，丧失了存活的希望。

2004 年，桑塔格的白血病已恶化到无可救药的地步，唯一的希望就是骨髓移植。对于她这样一个年过七旬的老人来说，移植的成功率微乎其微。从 44 岁起开始与癌症抗争的桑塔格，一如既往地想尽办法求生，坚决要求做此尝试。于是她的女友、著名摄影师莱布尼兹用私人专机把她运到西雅图，在此医院进行骨髓移植。然而奇迹并未降临，经过痛苦的治疗，移植失败，桑塔格被运回纽约，不久病逝。

每当我路过这所医院，我总会想到绝望的桑塔格曾躺在这里的病床上，无心观赏山水，全身插满管子，忍受病痛折磨，一心盼望着从最先进的科技中寻找生机。她的儿子戴维·里夫在回忆录《死海搏击：母亲桑塔格的最后岁月》里，带着悲痛和思索，记录了桑塔格与死神的最后较量。绝症病人所出现的"拒绝—愤怒—衡量—抑郁—接受"这五部曲，在桑塔格这里完全失效；宗教和哲学的那些安慰死亡的理念在她那里丝毫不起作用，她绝不认命地接受自己会从这个世界上消失。她要活着，不惜一切代价地活着。里夫写道：

后　记

"西雅图的一些医生惊讶地发现，我的母亲拒绝任何慰藉，无论是精神安慰，还是亲情抚慰。他们不知如何是好。其实，母亲在所有关键问题上从未妥协过，因此她必定到死都不会接受自己会死这个事实。她最终的死亡是安详之死的反面，真正了解她的人对此并不感到惊讶。"

无神论者桑塔格深知人死后万事皆空，她至死不愿回归虚无。然而，她又不是彻底的唯物主义者，嘱咐儿子不要将她火化，她不愿化为灰烬。于是，戴维·里夫将母亲的遗体葬在巴黎现代主义文豪们的栖身之所，以慰亡魂。如今，桑塔格去世已近十三年，她在巴黎的墓地也必芳草萋萋。她的文字依然流传，她的文艺思想和创作依然在研究者笔下被反复揣摩、剖析，可这并不能消解她对死亡的拒斥。声名远播，文字长存，又如何？人已不在人世间，意味着作为主体的自我完全消亡，没有了主体意识的桑塔格，就不是酷爱自由、变化多端的桑塔格了。作家的个人魅力和文字魅力并不总成正比，但桑塔格的鲜明个性不仅映照在她的文字间，更体现在她一生的个人奋斗之中。

留美一年期间，我曾去过她生活过的若干地方：多种文化交融互动的文化大都会纽约，她在这里出生、谋生、去世；炎热的沙漠戈壁之州亚利桑那，她在这里度过寂寞的童年；娱乐之都洛杉矶，她少年时在这里上学，初寻文学梦想；风景如画的加州大学伯克利分校，是她上的第一所大学；波士顿郊外、哈佛大学，是她生子、读研的学巢。还有更多留下她足迹的地方未曾到访：她受益最多的芝加哥大学、她的第二故乡巴黎以及亚非拉美诸多她曾访问过、写到过的国家和地区。如果绘一张桑塔格的行踪地图，可以看出她的踪迹所至的现实世界，与她的文笔所触及的文艺世界一样广阔无垠。

我从 2008 年开始阅读桑塔格，到 2012 年完成以她为主题的博士论文，再到如今完成专著，已近 10 年。围绕她写论文、做项目，时日也不短，专著却迟迟未能修订。在完成博士论文之后的两三年里，我发现很难让自己重读桑塔格的著作和关于她的研究。也许是因为审美疲劳、久而生厌，也许她所热爱的欧洲现代主义文艺始终不是我所喜爱的文学。我的闲读还沉浸在 19 世纪英国现实主义经典中，她仰慕的托马斯·曼、罗兰·巴特，与我反复阅读的狄更斯、乔治·艾略特在意境和情怀上都相去甚远。我不认为她早期的两部虚无主义小说《恩主》和《死亡匣子》算是引人入胜的叙事文学，对她后期改弦易辙的新历史小说《火山恋人》和《在美国》也并不是特别喜爱。在我看来，桑塔格算不上善于讲故事的文学天才；反而是她的那些读书笔记般的随笔、言辞锋锐的演讲词，更让人印象深刻。

桑塔格接受采访时曾说，她最喜爱的作家是莎士比亚；然而她却没有写过一篇关于莎士比亚的评论。毕竟，文学是感性的，而批评是理性的；文论与文学是矛盾的统一，彼此证实又彼此证伪。剖析一个自己喜欢的作家，不亚于把自己心爱的花木制成标本，条分缕析地进行生物分析。悠闲地阅读文学使人心旷神怡，严肃地评论文学却不那么轻松。桑塔格40年间以"严肃性"来对待文艺批评，成就了她文艺批评家的国际地位，也阻碍了她想做文学家的远大抱负——理性地讨论"感性"，往往与文学的感性价值背道而驰，而文学之所以能动人心魄，多半是因为其触动人心的感性魅力。研究了一辈子感性与美的桑塔格，没有创造感性美的天赋。无怪乎她从不写诗，也没能写出流芳百世的文学经典。但是作为文艺批评家，她已比她的诸多同行要感性得多。

这部专著是献给我的父亲的。2017年6月初，父亲突发脑溢血，遽然去世，享年80岁。我很后悔没能在父亲在世的时候让这本书正式出版，不过这也不是很大的损失。父亲曾翻阅过我的博士论文，坦言看不懂。父亲是传统的中国知识分子，一辈子热爱读书，读的是四书五经、四大名著，所以，我的博士论文里提到的那些国外作家、文艺理论，对他来说殊不可解。无论是在生活中还是在思想上，他和桑塔格都处在地球的两侧，属于泾渭分明的两个世界。桑塔格写她那些现代小说、高级文论，世界闻名；父亲写他平易如白话的诗词和对联，只与亲友分享；桑塔格拒斥死亡；父亲视死如归。父亲70多岁时曾写对联如下：

生有何喜，死有何悲，有生年月，当鞠躬尽瘁；
富切勿骄，贫切勿怨，为富时光，应行善积德。

后 记

对于生死荣辱的态度，有个体差异，也有文化因素。在我们中国儒释道三教合一的思想熏陶下，看淡生死、宠辱不惊是普遍接受的哲理，而西方现代主义者桑塔格是不能接受的。然而，父亲和桑塔格也有相通之处，那就是做一个讲真话的正义的人；认为无论在生活中还是作品里，坚持真理，不忘"文字的良心"是每个知识分子都应秉持的原则。

万物皆有生有死，唯有时间与自然能够绵亘万年。就像西雅图那条通往华盛顿大学的幽径，如今想来，应如那年夏天我曾漫游时的一样，郁郁葱葱地延展在碧海蓝天间。路边那些藤蔓上的点点小花、串串果实，发于春，茂于夏，盛于秋，经冬不凋……

这本专著也只是万物中的一点微尘。我曾在博士论文的后记里致谢过的师长亲友，在此不再赘述。特别要感谢我的导师王宁教授，为拙作早早写下了恳切、明晰的序言；另要感谢知识产权出版社的陈晶晶女士，她以耐心细致、认真负责的职业出版人态度，促使这本书得以问世。

朱红梅

2018 年 4 月于北林寓所